215/17
1,20

Zwischen Europa 1911 und Mitteleuropa, Wien, 1936 spannt sich der Zeitenbogen der Erzählungen aus Franz Werfels letztem Lebensjahrzehnt. Sie sind geprägt vom Eindruck realer Gestalten und politischer Ereignisse, von persönlichen Erlebnissen und allgemeinen Erfahrungen – von Karl Weißenstein, einem kauzig-tragischen Original, ebenso wie von den durch das Abkommen zwischen Schuschnigg und Hitler bewirkten Veränderungen in Österreich, von der Stieftochter Manon und ihrem Sterben ebenso wie vom plötzlichen Tod des Freundes Ödön von Horváth. Um Charakter und Verantwortung, um Gerechtigkeit und Toleranz, um Wahrung der Menschlichkeit geht es Werfel in diesen Legenden, Porträts und Erzählungen, nicht zuletzt in der »vertrackten Ehegeschichte« von der blaßblauen Frauenschrift, von der er während der Arbeit sagte, sie sei etwas, was er bisher noch nie versucht habe: erzählend Privatestes und Politisches auf eine Ebene zu stellen.

Am 10. September 1890 wird Franz Werfel in Prag geboren; als Schüler schreibt er Gedichte und entwirft Dramen. Karl Kraus veröffentlicht später in seiner Zeitschrift ›Die Fackel‹ Gedichte von ihm. 1914 wird Werfel zum Militärdienst eingezogen; 1915 lernt er im Garnisonsspital in Prag Gertrud Spirk kennen, will sie heiraten – doch 1917 begegnet er Alma Mahler-Gropius, mit der er bis zu seinem Lebensende verbunden bleibt; er siedelt nach Wien über. Zu dieser Zeit sind bereits mehrere Gedichtbände von ihm erschienen, hat er kritische, pazifistische Aufsätze veröffentlicht. 1919 erscheint seine erste große Erzählung ›Nicht der Mörder, der Ermordete ist schuldig‹, 1921 wird sein Drama ›Spiegelmensch‹ an mehreren deutschen Bühnen aufgeführt. In den nächsten Jahren entstehen die berühmten Novellen wie ›Der Tod des Kleinbürgers‹ und ›Kleine Verhältnisse‹, die Romane ›Der Abituriententag‹ und ›Die Geschwister von Neapel‹. Dazwischen veröffentlicht er immer wieder Gedichte. 1929 heiratet er Alma Mahler. 1933 erscheinen ›Die vierzig Tage des Musa Dagh‹ – eine Mahnung an die Menschlichkeit; im gleichen Jahr werden seine Bücher in Deutschland verbrannt. 1938, als Hitlers Truppen in Österreich einmarschieren, hält sich Werfel in Capri auf – seine Emigration beginnt. 1940 wird Werfel in Paris an die Spitze der Auslieferungsliste der Deutschen gesetzt. Mit Alma und einigen Freunden, darunter Golo Mann, flüchtet er zu Fuß über die Pyrenäen nach Spanien. ›Das Lied von Bernadette‹ schreibt er als Dank für seine Errettung. Von Lissabon bringt sie ein Schiff nach New York. Die letzten Jahre verlebt Werfel in Los Angeles, Kalifornien. Am 26. August 1945 erliegt er seinem schweren Herzleiden.

Franz Werfel
Gesammelte Werke
in Einzelbänden

Herausgegeben von Knut Beck

Die Erzählungen

1

Die schwarze Messe

2

Die tanzenden Derwische

3

Die Entfremdung

4

Weißenstein, der Weltverbesserer

Franz Werfel
Weißenstein, der Weltverbesserer

Erzählungen

Fischer
Taschenbuch
Verlag

Originalausgabe
Veröffentlicht im Fischer Taschenbuch Verlag GmbH,
Frankfurt am Main, Juni 1990

Lizenzausgabe mit freundlicher Genehmigung
der S. Fischer Verlags GmbH, Frankfurt am Main
Für die ›Legenden – Erste Legende:
Die Fürbitterin der Tiere – Aufzeichnungen über eine Legende‹
© by Albert Langen Georg Müller Verlag in der
F. A. Herbig Verlagsbuchhandlung GmbH, München
Für diese Zusammenstellung:
© 1990 S. Fischer Verlag GmbH, Frankfurt am Main
Umschlagentwurf: Buchholz/Hinsch/Hensinger
unter Verwendung eines Gemäldes
von Gustav Klimt ›Dame mit Fächer‹, Ausschnitt
Gesamtherstellung: Clausen & Bosse, Leck
Printed in Germany
ISBN 3-596-29453-3

Inhalt

Legenden
  Widmung 9
  Erste Legende: Die Fürbitterin der Tiere 10
  Aufzeichnungen über eine Legende 29
Beim Anblick eines Toten 42
Par l'amour 52
Die arge Legende vom gerissenen Galgenstrick . . 60
Anläßlich eines Mauseblicks 83
Weißenstein, der Weltverbesserer 87
Eine blaßblaue Frauenschrift 95
  Erstes Kapitel: April im Oktober 95
  Zweites Kapitel: Die Wiederkehr des Gleichen . 102
  Drittes Kapitel: Hoher Gerichtshof 111
  Viertes Kapitel: Leonidas wirkt für seinen Sohn . 130
  Fünftes Kapitel: Eine Beichte, doch nicht
    die richtige 145
  Sechstes Kapitel: Vera erscheint und verschwindet 160
  Siebentes Kapitel: Im Schlaf 180
Manon 187
Géza de Varsany, oder:
  Wann wirst du endlich eine Seele bekommen? . . 196

Bibliographischer Nachweis 219

Legenden
[Fragmente]

1 Die Fürbitterin der Tiere oder Die Erlösung der Tiere
2 prev. Titel: Die Fürbitterin der Toten

Widmung
an meine Ziehtochter
Alma Manon
(geboren 5. Oktober 1916 – gestorben 22. April 1935)

Der Tod hat dich uns entrissen. Seitdem gehen wir wie Kranke, wie Halbgelähmte durch das Haus und durch die Welt. Welche herzklopfende Mühe kostet es, die Tür aufzuklinken und den Raum zu betreten, in dem du nicht mehr da bist. Du weilst in der zeitlosen Ruhe, wir aber müssen uns noch in der ruhelosen Zeit umhertreiben, und von deinem zu unserem Ort führt nicht einmal die gütige Brücke des Traums. Dennoch suchen wir dich bei Tag und bei Nacht. Mit witternder Seele bleiben wir auf deiner Fährte. Eifrig sammeln wir die Hinterlassenschaft deines mädchenhaften Alltags und verewigen all die vergänglichen Gegenstände, die du geliebt hast und die dich überleben. Wir versenken uns immer wieder in deine Bildnisse, in die allzuwenigen Photographien, die wir von dir besitzen. Doch wie durstig unser Blick sich auch festsauge, um einen Anhauch deines wirklichen Liebreizes, einen Schimmer deines echten Lächelns zu erhaschen, – du entziehst dich uns mit der überlegenen Abgewandtheit der Toten selbst auf deinem Abbild.

Ich aber will dich nicht verlieren. Ich will nicht, daß jene lindernde Blässe dich umspinne, die so oft die Trauernden herbeisehnen, damit sie die hingegangene Gestalt und mit ihr den Schmerz wohltätig verschleiere. Ich will nicht, daß du, – oh Ewig-Bleibende – weil meine Lebensfahrt weitersaust, an deinem unverrückbaren Orte klein werdest und dich entfernest. Ich will bei dir und mit dir sein.

Und deshalb mache ich mich jetzt an die Arbeit und werde es bedächtig versuchen, Einiges von dem verborgenen Leben gottseliger Wesen nachzubilden, nur um in den Tagen dieses Sommers, dieses Sommers ohne dich, recht lange und recht innig bei dir und mit dir zu sein. Vielleicht wirst du mit den Erscheinungen, die ich erwecke, in mein Zimmer treten und hinter mir stehn. Ich werde deine Stimme hören. Die durch Schmerz erworbene klare Reinheit deines Geistes, die sich über den Tod hinaus in dem innersten Gehör meines eigenen Geistes siegreich weiterentwickelt, sie wird zu mir sprechen. Möge sie unduldsam streng sein, von der Lüge abratend, zur Wahrheit ermunternd.

Breitenstein im Juli 1935

Erste Legende
›Die Fürbitterin der Tiere‹

12. 7. 1935

Erstes Kapitel
Prooemium von der Heiligkeit vom verborgenen Leben
(flüchtige Skizzierung)

Die schweren Äquinoktial-Stürme bewegen kaum die äußerste Oberfläche des Ozeans. Wenige Ellen schon unter dieser Oberfläche herrscht ewig dunkle Ruhe und je heftiger die Winde toben, um so unberührter erscheint die Tiefe. Auch die schweren Äquinoktial-Stürme der Geschichte bewegen kaum die äußerste Oberfläche der Menschheit. Wohl werden die Massen in Stadt und Land aufgewühlt, Umsturz und Erneuerung scheint zu herrschen, verzweifelte Begeisterung erfaßt die Betroffenen, im Wesen aber hat sich wenig oder nichts verändert. Nichts im Wesen des Alltags, denn der Mensch lebt unter allen Bedingungen vom bebauten Boden, ob einfaches Werkzeug, ob komplizierte Maschine, sie wollen bedient sein, man muß essen und trinken, aufstehn und schlafen gehn, Kinder werden nach Evas Art geboren und Tote nicht anders aus den Häusern getragen als vor Jahrtausenden. Nichts hat sich demnach im alltäglichen Wesen geändert, weniger als nichts aber im geistigen und geistlichen Wesen. Nackt wie eh und je steht der Mensch dem göttlichen Geheimnis gegenüber. Die babylonischen Himmelsweisen und die modernen Astronomen betrachten dieselben Sternbilder in denselben Häusern des Firmaments. In den Zeiträumen, die das Menschliche Bewußtsein überliefert, haben sie ihre Form nicht gewandelt und ihren Ort nicht gewechselt. Doch was sind die Gestirne anderes als Flammenkörper, Stoff also, wenn auch Stoff feurigster und feinster Art. Unendlich wandelloser als alle Sternsysteme, die sich ja bestimmen und errechnen lassen, ruht das göttliche Geheimnis über und in uns. Fast möchte man meinen, daß die ganze Menschheitsgeschichte nichts andres sei als Flut und Ebbe, als der rhythmische Wechsel drängender Annäherung an das Geheimnis und fliehender Verfernung von ihm. Rückt ein Zeitalter ins Epihel, in die Sonnennähe zu Gott, so erscheint es uns schweigsam, und ohne viel krampfhafte Verwicklungen flüchtet es ins Ophel, in die Sonnenferne zu Gott, so bietet es den Anblick einer wahrhaft ›geschichtlichen‹ Epoche, voll blutigen Hasses und fletschender Verbissenheit in die irdischen Geschäfte. Das sind dann die Zeiten des großen Lärms. Jeder Lärm aber umschließt die Angst vor der Stille, jede Leugnung des Geheimnisses die Furcht vor ihm. Es muß nicht eigens gesagt werden, welche geschichtliche Zeit hier gemeint ist. Hat aber gerade in solchen, also in unseren Tagen die Schriftstellerei diese Kunst der Betrachtung und der Hinweisung, nicht die zehnfache Aufgabe, die Seelen von der Unruhe weg zur Anschauung der Ruhe zu führen, zur Ahnung eben dessen, was nur mit ungenauen Worten als Göttliches Geheimnis bezeichnet werden kann?

Unsere Schriftstellerei kommt im allgemeinen dieser Pflicht sehr wenig nach. Um beim Gleichnis der Stürme und des Ozeans zu bleiben, sie dient der aufgewühlten Oberfläche, der reinen Geschichte. Als ob es im Augenblick nicht Trubel genug gäbe, vermehrt sie den gegenwärtigen noch um verschollenen

Trubel, indem sie das Ablenkungsbedürfnis der Seelen (welch verräterisches Wort) mit biographischen Wellen befriedigt (kühlt), den sie im Namen Cäsars, Napoleons, Attilas, Timur Lenks, und wer weiß wessen noch, gefällig aufpeitscht.

Ein Weniges unter diese bewegte Oberfläche taucht sie schon unwilliger, dorthin nämlich, wo das Leben der Künstler, der Dichter und der Weisen wohnt. Die nächsttiefere Stufe aber erreicht die moderne Schriftstellerei fast überhaupt nicht mehr, wenn man von einigen religions-wissenschaftlichen und erbaulichen Autoren absieht, welche der Heiligen Leben zum Fach und zur Spezialität erkoren haben. Hier, in dem Tiefenraum, wo das Göttliche Geheimnis im Irdischen zu wohnen beginnt, wird der Zeitgeist von echter panischer Angst gepackt; in seinem abergläubischen Hang zum aktuellen und zur psychologischen Deutung alles Menschlichen und Übermenschlichen kann er dem Wunder nicht auf den Namen kommen und zuckt vor diesem verzweifelt zurück.

Es ist auch wahrlich kein unverwegenes Unternehmen, in die Tiefe eines heiligen Lebens hinabzusteigen, fehlt uns doch das wappnende Rüstzeug: Die Gottesnähe und Gotterfülltheit des erlauchten Zeitalters und mehr noch die Einfachheit, die Einfalt des Glaubens. Der Gegensatz der Einfalt ist nicht die Klugheit sondern die Vielfalt. Oh, unsere Seelen sind durch unübersehbare Vielfalt gezeichnet. Sie gleichen lehmigen Landstraßen im Regen. Tausend Fußstapfen und tiefe Räderspuren zerreißen sie und machen sie unwegsam. Was gehört uns an, und was gehört uns nicht an? Es wäre lügnerisch, eine Einfalt vorzugaukeln, die wir nicht besitzen, und lediglich müßig stilistisches Spiel, in altertümelndem Ton Legenden zu erzählen. Und doch, wir wollen es wagen, wir mit unserer spuren- und fährtenverwundeten Seele, die Geschichte der Miranda aus Monselice zu erzählen, wenn auch nur auf unsre Art. Möge uns die Sehnsucht nach dem göttlichen Geheimnis, die allen Lebendigen auch noch in der gottlosesten Zeit innewohnt, rechtfertigen und verständlich machen.

Aufgezeichnet ist das Leben der Heiligen, angefangen von den frühesten Akten, den in den Schriften der Väter eingestreuten Viten, über die Hagiographie der ersten Mönchsorden bis zu dem Werke des Jacobus de Voragine, der Legenda Aurea, welche, eine der erhabensten dichterischen Zusammenfassungen der tausendjährigen christlichen Mythologie, alle Zeiten überdauert. Doch die Vita sanctorum schließt nicht mit jenen gottberauschten Tagen des Mittelalters, sie treibt üppig immer neue Blüten in der Wirklichkeit des Lebens und im Berichte, sie dringt bis in die nüchternen Kalendarien der Bauern. Die Aufzeichnungen aber und die Berichte sind nur eine äußerliche Seite. Die Kirche selbst bezeichnet die Tage ihres festlichen Jahres nach den Heiligen und bietet sie in unvergänglicher Reihenfolge der Anbetung aller Gläubigen dar. Doch nicht genug damit! Es wäre ungerecht, in der katholischen Kirche das einzige Gefäß zu sehn, in dem das mystische Leben der gottseligen Menschen für immer aufbewahrt bleibt. Es ist wahr, nichts andres auf Erden kann sich mit ihr messen an Gedächtnis und Treue. Aber auch die andern Weltreligionen, Buddhismus, Judentum, Islam, haben ihre Martyrologie und ihre Asketik. Auch sie heben die Namen, Taten und Schicksale ihrer Überwinder, Büßer und Streiter hoch empor über die menschliche Zeit.

Was ist nun das verbindende Kennzeichen des Heiligenlebens, auf welche Formel kann man die Seinsweise der wahrhaft Gottseligen bringen, worin sie sich von gemeiner Menschheit unterscheiden? **Jeder Heilige (und nicht nur der christliche) ist ein Transformator, ein Umschaltungspunkt der Natur in die Übernatur, und der Übernatur in die Natur.**

Denken wir uns einen der orientalischen Einsiedler und Asketen, einen Styliten, einen Heiligen auf der Säule, wie etwa Daniel aus Maratha oder Martinian von Cäsarea. Dieser Daniel und dieser Martinian – diese Männer also stehen oder hocken jahrelang an Straßenkreuzungen oder auch in tiefer Einsamkeit auf einer Matte oder in einem Strohkorb, den man auf dem breiten Kapitel einer Säule befestigt hat. Sie bewegen sich nur zwei oder dreimal am Tage, wenn ihre zitternde Skeletthand den Wassernapf und die Getreidekörner zum Munde führt, von denen sich das Gespensterflämmchen ihres leiblichen Lebens nährt. Ihr Schlaf gleicht dem Schlafe riesiger Raubvögel auf Felsgraten und Bergvorsprüngen. Sie versinken nur tiefer in sich und ihr wild zugewachsener abschreckender Kopf duckt sich in das aufgeplusterte Gefieder ihrer Lumpen. Doch selbst diese Lumpen werden im Laufe der wechselnden Jahreszeiten zu Zunder. Sie fallen ab und lassen den von Ungeziefer, Krätze, Aussatz, Knochenfraß, Beulen und Geschwüren zerstörten Körper frei, vor dem sich alle Vorübergehenden entsetzen. Wozu dieses ungeheuerliche Opfer? Gilt es der Schuld, dem Leiden und der Abtötung allein? Nein, keineswegs! Es hat im Geiste einen äußerst aktiven Sinn. Der Heilige, der Büßer, der Asket unternimmt einen fanatischen Durchbruchsversuch durch die Materie auf das göttliche Geheimnis hin, einen wüsten stierköpfigen Angriff mit dem ganzen Sein, an dessen Wucht gemessen die Geistestätigkeit aller Philosophien zu einem eleganten und leeren Spiel zerrinnt. Die Hülle des Stoffes ist bald durchstoßen. Der Körper schläft ein, in dem selben Sinne, wie man das von einem Fuß und einen Arm sagt. Es ist der erste Akt des Selbst-Zerdenkens und Selbst-Zerlebens. Auch wir gewöhnlichen Menschen erfahren plötzlich in grell überlichteten Augenblicken den seltsam losen Zusammenhang des Leibes mit unserm wirklichen Ich. Wer aus einer Ohnmacht oder Narkose erwacht, nimmt blitzschnell den umgekehrten Weg, den jene Säulenheiligen durch ihre jahrzehntelange Bewegungslosigkeit freizumachen suchen. Aus unermeßlichen Fernen kehrt er in sein Ich zurück und muß erleben, daß die schlecht durchbluteten Glieder, die er vorfindet, gar nicht sein Ich sind, sondern etwas sehr Fremdes, Persönlichkeitslos-Austauschbares. Auch ein Kranker erkennt genau, daß das leidende Organ seiner Person nur bedingt zugehört, daß die gequälte Leber, Niere oder Lunge ein höchst selbstsüchtiges Eigenleben und Eigenwesen hat, das sich gewaltig überhebt. Der Körper ist also das Ich nicht. Was aber ist es? Der Asket durchdringt die nächsten Hüllen und Schalen des Seins, um zum Wesen vorzudringen. Er kämpft nun in der Region dessen, was man Seele nennt. Doch auch hier erlebt er, wie sich das Wesen aus dieser Region scheu zurückzieht. Die Seele wird ihm nur bewußt als ein wahres unstillbares Entbehren und Begehren. Dieses Entbehren und Begehren aber ist wiederum nichts an sich Wirkliches, sondern wird ihm ihrerseits unbewußt in den Inhalten und Gegenständen, die der Trieb ersehnt, in fremden Dingen also, die außerhalb seines Ichs bestehn. Der Durst ist untrennbar von der Vorstellung des Tranks, die Liebessehnsucht untrennbar vom geträumten Partner, (die Begierde nach Musik ist schon ein Musizieren). Trank, Weib und Musik, um nur ein paar Inhalte zu nennen, die dem Entbehrenden das Begehren vorgaukeln, sind fremde Erscheinungen, die mit seinem Wesen, seinem Ich ebensowenig zu tun haben als dieses Entbehren und Begehren selbst, das sie erzeugt. Der Einsiedler und Säulenbüßer hat unter ungeheuren Qualen und nach phantastischen Versuchungen und Anfechtungen die Seele einschlafen lassen wie den verwahrlosten Körper, dessen Schmerzen er nicht mehr empfindet. Er durchdringt immer feinere Hüllen, um zu seinem Wesen vorzudringen. Jetzt hofft er schon im Bereiche des Geistes und der Wahrheit zu kämpfen. Doch siehe, auch diesmal ist das Wesen, nach dem er jagt, seine Selbheit, zurück-geschnellt und unendlich ferngerückt. Wie er den Körper als einen fremden, ihm nicht eignenden Stoff, wie er die Seele als ein fremdes Traumgewirr der Begierde zerlebt und zerdacht hat, so entpuppt sich ihm nun der Geist als Wortestrom, als Sprache, die nicht aus ihm selbst entspringt, sondern nur durch ihn hinflutet als ein unabhängiges Element seit Urvätertagen. Im Geiste also, der außerhalb der Sprache nicht zu leben scheint, ist jenes Wesen, jenes Ich nicht zu fassen, das sich dem göttlichen Geheimnis nähern will. Der Säulenheilige unternimmt vielleicht unter den allergrausamsten Kasteiungen den Versuch, ohne Worte zu denken, jenseits seiner Muttersprache Geist zu sein. Vergebens!

Wäre er nun kein Heiliger, sondern nur ein Weiser, bestände für ihn die Gefahr des rettungslosen Erliegens. Er würde entweder wahnsinnig werden oder die ganze Schöpfung, Materie, Seele und Geist als das unordentliche Sinnengespenst eines Gespenstes erklären, das keinerlei Ich besitzt. Doch er ist kein Weiser, sondern ein Säulenheiliger, und somit geschieht etwas ganz andres. Er ist in seiner erstarrten Bewegungslosigkeit an die Grenze des Selbst-Zerlebens und [der] Selbstzerdenkung gelangt. Innerhalb dieser Grenze hat er jene Wesenheit nicht gefunden, die er Ich nennt. Doch er weiß, dieses Ich ist, und ist wirklich, gerade so wie sein schwärenübersäter Körper und seine abgetötete Seele wirklich sind. Dies gerade zeichnet den wahrhaft religiösen, den pneumatischen Menschen vor dem Philosophen aus, daß er niemals dem leeren Gedankenspiel verfallen kann und daß trotz der härtesten Selbstverfolgung und Seinszergliederung die von Gott geschaffene Welt immerdar für ihn wirklich bleibt.

Da kommt für den heiligen Daniel und den heiligen Martinian die Stunde oder besser der Augenblick, der all die jahrelange Peinigung, Kasteiung, Starrnis mit der Krone des Sieges bedenkt und zum wahren Anfang ihrer Heiligkeit wird. In diesem unaussprechlichen und noch unbeschreiblichen Augenblick der Gnade verfließt das Ich, das sich immer tückischer aus den Grenzen der Sterblichkeit zurückgezogen hat, mit dem göttlichen Geheimnis selbst, dem aller Kampf und alle Sehnsucht gilt. Das Ich wird Gott und Gott wird das Ich. Und dieser Augenblick ist das, was man in der Sprache der Mystik die »Einung« nennt. Vielleicht sind darauf sowohl Daniel wie Martinian, wenn ihre eitrigen Glieder es noch erlauben, von den Säulen herabgestiegen...

Sollte der erschrockene Leser nach Überwindung dieses Exkurses über die Säulenheiligen das Buch schließen, um noch schlimmeren Zumutungen zu entgehn, so sei ihm rasch zugerufen, solange es noch Zeit ist: gerade deshalb, weil diese selbstische Seite des Heiligenlebens nicht der Gegenstand unserer Schrift ist, wurde sie im Vorwort abgetan, damit sie nicht fehle. Wir werden sogleich dort angelangt sein, wo es nurmehr gilt, das Leben Mirandas von Monselice ohne jede betrachtende und belehrende Abschweifung zu erzählen. Wenn jene beiden Säuleinheiligen Daniel aus Maratha und Martinian aus Cäsarea sehr wenig bekannt sind, so ziert den Namen der Jungfrau Miranda nicht einmal das Wort: Heilig. Es ist nicht einmal ein verschollenes und vergessenes Leben, von dem wir berichten wollen, sondern mehr als das, ein verborgenes. –

Glorreich strahlt Franziscus, dieser Bruder aller Brüder, glorreich Johannes Chrysostomus, dieser Freund aller Freunde, um nur zwei der lichtstärksten Fixsterne am Heiligenhimmel zu nennen. Zu ihnen steigt die Weihrauchwolke dauernden Dankens auf. Die vorhin geschilderten Einsiedler, Büßer, Styliten, auch die bedeutenden unter ihnen, ernten diesen Dank nicht. Franziscus ist vielleicht der Höchste der Heiligen, denn sein Wesen umfaßt in überströmendem Reichtum alles was heiligmäßiges Dasein ausmacht. Auch er ist wie jene Eremiten ein Transformator, ein Umschaltungspunkt der Natur in die Übernatur und der Übernatur in die Natur. Doch er erschöpft sich nicht im Einsiedeln, nicht in der mystischen Einung, nicht im Anschauen des Geheimnisses, nicht in der Ekstase, die er tiefer gekannt hat als je ein Sterblicher. Zu den duldenden Tugenden tritt bei ihm am klarsten jene heiter-tätige Begeisterung, die uns zu einer neuen allgemeinen Formel des Heiligenwesens führt. Es ist die Liebe, die ganz besondere (natürlich-übernatürliche) irdisch-überirdische Liebe, die unermüdlich zwischen Kreator und Kreatur mittelt, geschäftig hin und her eilt zwischen diesen beiden unvereinbaren Existenzen, nach oben und nach unten bittet, fleht, beschwört und mit wilder Energie das Unmögliche möglich macht. Es gibt kein echtes Heiligenleben, das nicht einen Funken der Franziscus-Liebe besäße, einen Anhauch dieser stürmischen Zwischenträgerin.

Das Leben Mirandas ist kein Heiligenleben. Sie steht nicht sichtbar unter den Verklärten. Kein Wunder bezeugt ihre Auserwähltheit. Schon der liebreizende Klang ihres Namens widerspricht beinahe der Möglichkeit kanonisiert zu werden. Und doch, an jener Franziscusliebe scheint sie uns teilzuhaben und eine Mittlerin zu sein zwischen unten und oben. – Sie hat gelebt zu ihrer Zeit und ach, es ist so, als hätte sie nie gelebt, obgleich wir ihre Gestalt und ihr Antlitz deutlich zu erblicken vermeinen.

Ein verborgenes Leben! Aber gibt es nicht mehr Sterne als jene, die wir mit freiem und sogar mit tausendfach bewaffnetem Auge zu sehen vermögen? Gott läßt nur eine geringe Zahl seiner Helden und seiner Gerechten offenbar werden. In der Himmelstiefe der Engelheit und in der Ozeantiefe der Menschheit, dort, wo die letzte Stille herrscht, sind aufbewahrt die verborgenen Leben, Taten und Mysterien, von denen niemals ein Laut das irdische Ohr trifft. Und gerade diese verborgenen Leben, Taten und Mysterien ohne sichtbare Wirkung und Wirklichkeit sind es, auf denen, nach einer tiefen Lehre, das Schicksal des Weltalls gegründet ist.

Zweites Kapitel

Unvermittelt, ja wie ein förmlicher Widerspruch erheben sich die euganischen Berge aus der weiten Ebene des Festlandes von Venedig. Ein rascher vulkanischer Jähzorn hat sie aufgeworfen. Doch ehe die bergbildende Wirkung dieses Jähzornes noch in die Höhe und Breite Raum gewinnen konnte, scheint er auch wieder verraucht gewesen zu sein. Übrig blieb von dieser hitzigen Laune der frühen Natur eine unregelmäßige Kegelgruppe aus Trachyt und Basalt, die ohne Übergang und Vorbereitung auf dem Flachland steht wie auf einem Tisch. Wie weit ist doch die unbegründete Versammlung dieser üppigen Vulkanhügel von den redlichen Gebirgen entfernt, von der Alpenkette im Nordwesten und dem Apennin im Süden, der an klaren Tagen deutlich herüberblickt. Mit den alten, gleichsam bürgerlich soliden Gesteinsarten jener erhabenen Bergwelten haben die unscheinbaren Euganiden nichts zu schaffen. Sie sind weder aus Granit, Gneis und Glimmerschiefer, noch aus undichtem Kalk emporgefaltet. Fremdartig ist ihr Baustoff, fremdartig ihre Bauform, sie selbst bilden als Ganzes eine fremdartige kleine Welt. Es scheint, als wären sie nicht aus der Erde gewachsen, sondern vom Himmel herabgefallen. Ein geographisch empfindsamer Reisender, der von Padua kommt, wird vielleicht dunkel spüren: Wie gerieten diese Kegel in die meeresnahe Ebene, deren

Sippschaft Lagunen, Sandflächen, Sümpfe und Kanäle sind, die aber zu ehmals feuerspeienden Erhebungen nicht die geringste Verwandtschaft besitzt. – Und es ist wahr. Die lagunenreichen Gestade der Adria machen sich hier fühlbar. Seit Menschengedenken durchschneiden breite schiffbare Kanäle das Land, die das Brentanetz mit dem Lauf der Etsch verbinden oder unmittelbar in das Binnenmeer von Chioggia führen. Die colli euganei kümmern diese Widersprüche nicht. In sich abgeschlossen als echte Persönlichkeiten, sind sie sich selbst genug. Ist es menschliche Überheblichkeit, daß uns eine bestimmte Natur an einer bestimmten Stelle nicht immer in die Natur zu gehören scheint? Oder könnte man alles vulkanische Wesen im Gleichnis das Genie der Erde oder zumindest ihr Zigeunertum nennen? Vom Feuer stammend, aus Fieberschauern geboren, eine schon erkaltete und geordnete Oberfläche frech durchbrechend, der Rebe und somit der Trunkenheit günstig, bewahrt das vulkanische Wesen auch noch in den letzten Erstarrung den unheimlichen Segen seines Ursprungs. Ja, auch hier auf diesen Hügeln bei Padua gedeiht der Wein und die Olive nicht schlechter als tief unten im Süden an den Hängen des Vesuvs, mächtige Wälder von Steineichen bedecken die verwachsenen Krater und die grünen Höhen und Mulden stecken voll wundersamer Geheimnisse, die in diesen Breiten sonst nicht zu Hause sind.

Nicht von den siedend heißen Jod- und Schwefelquellen soll die Rede sein, die hier allenthalben entspringen, nicht von den brodelnden Schlammteichen, die sich plötzlich mit wulstigen Lippen qualmend auftun, ja nicht einmal von der Dampfgrotte im Felsen Sant'Elena oberhalb des Städtchens Battaglia, jener berühmten Wunderhöhle, wo seit der Zeit des Augustus bis auf unsere Tage nicht nur Heilung gesucht, sondern auch Zauberei und Totenbeschwörung geübt wird. Selbst die umfassende Pflanzenwelt dieser sonderbaren Berginsel sei nur flüchtig erwähnt, obgleich sie die buntesten Gegensätze beherbergt. Auf den Lenden der Nordseite blühen im Juni die Cyklamen und im August die kurzstengligen Enzianen der Alpen, während auf dem Rücken des Monte Venda, des überragenden Kraterkegels, und auf seinen Sattelungen und Einschnitten im Schatten der Eichen und Ulmen die gespenstischen Asphodelen, die Blumen Proserpinas, neben allerlei sinnlich fleischlichen Orchideenarten gedeihen. Mag der Blick all diese Naturschätze nur leichthin streifen, so muß er bei der Tierwelt dieser Hügel länger verweilen, sind diese Tiere doch die Mithelden der nachfolgenden äußeren und inneren Geschehnisse. Und hier wiederum spielt das vierfüßige Getier vom Iltis und Wiesel bis zum Fuchs eine geringere Rolle als alles Kriechende und Fliegende.

Die euganischen Seiten und Sacktäler, die Sohlen, Sättel und Niederungen des kleinen Gebirges sind warm, dunkel und feucht. Überall kreuzen Wasserläufe die Steige und Hirtenpfade, um sich auf mancherlei Umwegen in den großen Sammelkanal zu ergießen, der die beiden Hauptorte der Landschaft Battaglia und Monselice verbindet. Die halbwüchsigen Burschen dieser zwei Städtchen, die sich auf heimlichen Wildeswegen umhertreiben, unterscheiden mehr Sorten von Lurchen, Molchen, Kröten, Echsen und Nattern, als ein gewissenhafter Forscher sie gezählt haben mag. Nach jedem besseren Sommerregen ziehen die Buben neugierig aus. Sie entdecken Feuersalamander von unnatürlicher Größe, die zwischen Gestein oder unter Huflattichblättern hervorkriechen, um an der nassen Erde zu saugen. Die orangegelben Feuerflecken dieser Regenmännchen glühen wie von innen erleuchtet. Auch die geschmeidigeren Brillensalamander, die sie Tarantolini nennen, fangen die Buben, grünlich schwarze, zierliche Tiere mit einer goldenen Brillenzeichnung über den Augen. Sie knien an den Sumpf- und lauen Fangopfützen, die sich hier überall finden und warten, daß der mißgestaltete Schlammenteufel blitzschnell auftauche. Sie quetschen sich in die zahlreichen Felsspalten des Trachyts, in die Wohnungen des gefleckten Höhlenmolchs, der eine Zunge hat, länger als er selbst, die er wie eine Lanze schleudert, um seine Beute aufzuspießen. Sie kennen die unglaublichsten Arten von Unken, Fröschen und Kröten, die in diesen Tälern größer und furchtloser sind als anderswo. Da gibt es dicke Erd-, Waben-, Wechsel- und Kreuzkröten, die den Verfolger ruhig aus erbitterten Kugelaugen anstarren, eh sie ihm ihren Stinksaft entgegenschleudern. Für manche dieser Geschöpfe scheint überhaupt noch kein Name gefunden zu sein. Sie wechseln im Mondlicht ihre Farbe von Purpur bis Smaragdgrün und tragen goldene Achselstücke wie Offiziere. Bei solchem unausforschlichen Reichtum ist es nicht verwunderlich, daß ein oder der andre Knabe auch schon dem Basilisk begegnet ist, der ja bekanntlich Krötengestalt besitzt, wenn er auch auf der Stirn ein Horn trägt und gebogene Giftzähne hat. Die euganischen Kinder aber fürchten sich weder von dem Basilisk, noch auch vor den Schlangen, die ringsum die Höhen bevölkern, sich auf den Trümmern der Trachytbrüche in der Mittagsglut sonnen oder zwischen Ufergras und Eppich hervor mit melodisch zitterndem Dahingleiten im Wasser der Bergbäche verschwinden. Die gefährlichen mit den dreieckigen Köpfen, Vipern und Giftottern lassen sie liegen, die wasserfrohen Nattern aber lieben diese Kinder. Sie fangen sie mit der bloßen Hand nicht ohne Zärtlichkeit, sie betrachten die edelsteinartige Krone auf dem Kopf manchen Weibchens und oft bergen sie die Schlangen in ihrem Gewand, um daheim Mutter und Schwestern mit ihnen zu erschrecken.

Mit der Vogelwelt freilich haben die Burschen weniger Jagdglück als mit Lurchen und Nattern, obgleich diese womöglich noch reicher und sonderbarer in den Eichen der Euganiden haust und über ihren Kegeln taumelt oder schwebt. Die Singvögel, die uccelleti, Amseln, Pirole, Rotschwänzchen, Nachtigallen, Lerchen, Stare und wie das gewöhnliche Zeug sonst heißen möge, gehen seltener ins Fallennetz als unten in der Ebene, um in gelblicher Polenta auf dem Abendtisch der Stadtbewohner zu enden. Es müssen schon gewiegtere Jäger kommen, die riesigen Schleiereulen aufzuspüren, die, wenn in der Abendstunde die Blindheit von ihnen weicht, ihren Horst verlassen, und mit kurzen Schwingen und mächtigem Rumpf durch die Dämmerung schwimmen wie die Lampenfische der Tiefsee. Manche von diesen Eulen sind hellgrün, einige seltene sogar schneeweiß wie sonst nur an wenigen Orten der Welt. Ihr dunkler Mahnruf durchdringt die Nächte bis ins Tal von Battaglia und Monselice hinab. Die Käuze aber stoßen keinen Mahnruf, sondern eine kurze trostlose Totenklage aus. Einer oder der andre von ihnen hängt stets im roten Sonnenuntergang über den Waldungen wie ein kleiner schwarzer Halbmond. Große Waidmänner, Vogelnarren und Sammler wie es z. B. die Grafen Arrigoni degli Oddi seit altersher waren – ihr Haus, die Villa Ca'Oddo, stand und steht noch heute außerhalb der Mauern von Monselice, – dergleichen Eingeweihte wissen, daß kein Bergland der italischen Welt von verschiedenartigeren Raubvögeln bevorzugt wird als dieses bescheidene, ja nichtige Hügelgebiet zwischen Padua und Este in der venetischen Ebene. Gewaltige Seeadler streifen gar oft vom Meere herüber, einen Sonntagsjagdausflug zu unternehmen. Mäuse- und Schlangenbussarde stürzen senkrecht vom Himmel herab. Sie haben böse, wollig aufgeplusterte Köpfe, wenn sie sich wieder erheben. Habichte mit dunklem und hellem Gefieder, breitem Nacken und stämmigen Stelzen, schlanke schöne Feldweihe und Martinsvögel, Wander- und Baumfalken aller Gattungen; Dohlen, Sperber, ja dann und wann sogar ein Geier oder echter Kaiseradler kreisen in den Lüften, nehmen Aufenthalt in den Eichwipfeln oder im Kraterbruch des Monte Venda.

Nachdem die Fülle der euganischen Fauna in ebenso unvollkommener Aufzählung wie ohnmächtiger Andeutung berührt worden ist, erhebt sich die gewichtige Frage nach Wesens- und Lebensart der hier beheimateten Menschheit. Heute, das heißt in unsern Tagen der Verwischung und Angleichung, da die nachfolgende Legende niedergeschrieben wird, heute wäre es schwer, einen Wesensunterschied zwischen einem Paduaner und Estenser oder gar eine besondere Eigenart des zwischen diesen Orten lebenden Bergvölkchens ausfindig machen zu wollen. Damals aber, das heißt in den Tagen, da sich diese stille Legende ereignet hat, damals waren die Weinbauern des Monte Ventolone und Rua, die Holzfäller auf dem Venda, die Arbeiter in den Steinbrüchen der Krater, die Jäger in den Eichenwäldern von Valsanzibio, die Flößer in dem Canale di Battaglia, die Mönche von S. Daniele und S. Lorenzino ganz andre Leute als die Bewohner der Terra ferma ringsum. (›International‹ konnte eigentlich nur die venetische oder paduanische Herrenschicht genannt werden, die sich in dieser schönen Landschaft ihre Villen gebaut hatte.) Früher noch als damals war der Schlag der euganeischen Weinbauern, Jäger, Holzfäller, Hirten und Flößer nicht unberühmt wegen seiner Lieder und Wundergeschichten, wegen der stillen Beschaulichkeit, die in den hellen Augen zu lesen stand, wegen der Naturheilkunde, die es zum Ärger der Paduaner Professoren ausübte, kurz wegen seines ruhig verwurzelten Wesens, das der spritzigen Art des abwechslungssüchtigen Venezianers heftig widersprach. So mochte es kein Zufall sein, daß schon in ältester Zeit die Benediktinermönche auf diesen Hügeln das Kloster S. Daniele in Monte und die Abbazia von San Lorenzino gegründet hatten, daß auch der Orden der Olivetaner ihnen mit einer Klostergründung auf dem zerstörten Kratergipfel des Monte Venda nachfolgte und daß schließlich die Minoritenmönche des hochangesehenen Camaldolistiftes bei Neapel, die sogenannten Camaldolenser, auf dem Monte Rua eine strenge, fast unzugängliche Niederlassung errichteten. Besaß dieser vulkanische Erdfleck solche Anziehungskraft auf Mönche um der geistlichen Sammlung willen, die er darbot, oder um der Anfechtungen willen, die es hier zu überstehen galt? Gleichviel, er zog nicht nur mönchische Geister an. Hätte sonst Friedrich der Zweite der Hohenstaufen sich bei Monselice eine Burg gebaut, deren Reste, die Rocca, man bis zu dieser Stunde bewundern kann? Hätte der große Petrarca sonst gerade diese Landschaft, und zwar das Dorf Arcquà auf dem Monte Ventolone, sich zum weltversunkenen Ruhesitz gewählt, um hier zu altern und zu sterben? Wie hübsch ist das Haus des Dichters, nahe dem Dorfplatz von Arcquà Petrarca, wo die schönsten blauschwarzen Trauben daheim sind! Und wie muß Francesco Petrarch diese Hügel geliebt haben. Er, der erste Bergsteiger des Abendlandes, der in seiner Jugend das bis dahin Unerhörte vollbrachte und den Gipfel des Mont Ventoux bei Avignon erklomm, er suchte sich in seinem Alter Pfade, die, ohne das müde

Herz zu erschöpfen, ihm doch die Empfindung des Emporsteigens und der überwundenen Höhe schenkten. Wer ein Liebhaber der Berge ist, der ist auch ein Liebhaber der Luft, jener reinen ungeatmeten Luft der oberen Schichten, in der allein der Hauch der Laubwipfel, Stämme, Sträucher, Nadeln, Blüten, der Hauch des Humus, der verfaulten Herbste, der Höhlen, der Gesteine, der Wolken verschmolzen ist zum Wohlgeschmack eines überirdischen Honigs. Das Haus Petrarcas ist klein, wie es sich für einen Dichter ziemt, aber alle Fenster sind weit geöffnet und schauen hinab in die Ebene. In diesen Räumen scheint seit den Tagen ihres großen Besitzers der Wind zu Hause zu sein, eine frische köstliche Zugluft, die mit den Düften von Lorbeer, Myrthe und der Klematis an den verblaßten und verbröckelnden Fresken entlangstreicht. Der Dichter und Bergbezwinger – der mit seinem Aufstieg dem visionären Höllenabstieg Dantes vielleicht eine sichtbare Tat entgegensetzen wollte – Petrarca starb lange vor ›damals‹, im Jahre 1370. Zwei Jahrhunderte später wurde dem Unsterblichen von seinen Verehrern eine Büste gesetzt, vor der Kirche von Arcquà, wo sich auch sein Grabmal erhebt, ein Sarkophag aus rotem Marmor. Und wiederum ein Jahrhundert und mehr stand diese Büste bereits, als die kleine Miranda von Monselice an der Hand ihrer Wartefrau Verecundia das Dörflein Arcquà auf ihren Spazierwegen besuchte.

Die Familie Mirandas gehörte mit einigen anderen venezianischen und paduaner Herrschaften zu den großen Grund- und Villenbesitzern des euganeischen Hügelgebietes. Während aber die Cornaros zumeist nur im Herbst ihren Palast bei Luvignano bezogen, die Obizzi, Nachkommen des tapferen Pio Ennea, das Schloß Cattajo als Sommersitz benützten, die Barbarigos unbegreiflicherweise ihr herrliches Eigentum, die weithin bekannte Donna delle Rose kaum einige Wochen im Jahr bewohnten, gab es zwei Familien, die auf ihren Gütern hier sogar überwinterten: die jagdliebenden Arrigoni degli Oddi nämlich und Mirandas Eltern.

Messer Michiel Renier besaß drei Schiffe im Hafen der Giudecca, die den Frachtdienst an die dalmatische Küste und bis nach Konstantinopel besorgten. Ihm gehörten ferner die großen Tannenwälder bei Valsanzibio, die er ohne viel forstwissenschaftliche Gewissensbisse ausholzen ließ. Seine Baumstämme trieben in langen, unregelmäßig zusammengebundenen Flößen den Canale di Battaglia und die Brentaläufe hinab in die Lagune. Außer diesen Hauptstücken bestand das Vermögen dieses wohlhabenden Patriziers noch aus manchen andern, mehr oder weniger ertragreichen Ländereien, aus der Teilhaberschaft an der oder jener geschäftlichen Unternehmung, aus einem ansehnlichen Haus in einem würdigen Bezirk der Hauptstadt und aus seinen Sammlungen, über deren Wert die Kenner sich freilich stritten. Messer Michiel verkörperte alles eher als einen geschäftstüchtigen Reeder des ausgehenden siebzehnten Jahrhunderts, dem der Warenaustausch mit dem nahen Orient, Zoll- und Frachttabellen, die Bestechungspreise türkischer Hafen-Paschas im Sinne liegen und den die Erfolge der ostindischen Kompagnie nicht schlafen lassen. Er verlor an Wirtschaft, Handel und Wandel recht wenig Gedanken und war es wie andre große Herren zufrieden, wenn seine Prokuristen und Verwalter am letzten Stichtag nicht weniger Zechinenbeutel ablieferten als am vorletzten. Die den erwähnten Beuteln beiliegenden Abrechnungen ging er zwar mit gerunzelter Stirn und gezücktem Stift durch, dies geschah aber weniger der ganzen Nachprüfung als der dabeistehenden Buchhalter wegen, deren Redlichkeit nicht in billige Versuchung geführt werden sollte. Renier war ein zartknochiger feingebauter Mann, der auf seine langgefiederten beseelten Hände stolz sein konnte. Er liebte es, sich durchaus schwarz zu kleiden. Nur bei den unumgänglich notwendigsten Staats-Gelegenheiten setzte er die breitspurige Perücke der damaligen Zeitmode auf. Er trug sein dunkles Haar halblang. Ein schmalgeschnittenes Antlitz von bleicher Farbe, große lauschende Augen, ein abwartend geschlossener Mund gaben ihm ein Aussehen, das weder dem Bilde eines Ritters noch dem eines Kaufmannes entsprach. Er fühlte sich am ehesten als Gelehrter, obgleich er weder durch reine Forschungen noch durch irgendwelche Veröffentlichungen das Recht zu diesem

Gefühl erworben hatte. Immerhin war er Student der freien Künste in Padua gewesen und unterhielt zeit seines Lebens mit ein paar glanzvollen Namen der dortigen Universität Briefwechsel und persönliche Beziehung. Die wissenschaftlichen Fachleute belächelten seinen ungeregelten Eifer. Sie sahen in ihm einen vergrübelten Dilettanten von adliger Zerfahrenheit, der von den Kreuz- und Quersprüngen seiner wechselnden Neigungen und Neugierden hin- und hergerissen wurde. Und wirklich, insoweit seine Sammeltätigkeit den Niederschlag jener Neigungen bildete, ließ sich in ihnen keineswegs ein rechtes System entdecken. Er hatte fast alles begonnen und wieder stehen lassen. Die Gäste der Ca'Renier bei Monselice begegneten in den weiten Räumen der Villa und des Parkes einem Durcheinander von Wertvollem und Wertlosem, das aber, sonderbar genug, durch die Persönlichkeit des Hausherrn im Laufe der Zeit zu einer Einheit zusammengewachsen war: Antiken und zeitgenössische Bilder, baukünstlerische und technische Modelle, Mineralien, physikalische und astronomische Apparate, eine erstaunlich zusammengewürfelte Bibliothek, ausgestopfte Bälge und eine schreiende und krächzende Vogelvoliere im Freien, womit nur ein kleiner Teil der Sammelbemühungen aufgezählt sei.

Miranda hatte von ihrem Vater die zartgliedrige Erscheinung geerbt, die schönen Hände und das schweigsam Zuwartende seines Wesens. Auch in ihrem Blick war von frühester Kindheit an ein Lauschen und schien das Erlauschte schöner, sicherer und zugleich entrückter zu sein als das, was Messer Michiel mit seinen Augen vernahm.

Mirandas Mutter, die schöne Madonna Cornelia, war in allem und jedem das Gegenteil ihres Gatten. Sie stammte aus dem Geschlechte der Loredan, dem bekanntermaßen die Gabe der Rede und des Dichtertums zueigen war. Die blonde Cornelia hatte sich schon als junges Mädchen durch ihre formvollendeten Sonette einen Namen gemacht, in welchen sie das Wesen der olympischen Gottheiten in eine volltönende Sprache zu setzen wußte, der sogar die Eigenart nicht mangelte. Doch es wäre gänzlich falsch, in ihr einen Blaustrumpf zu sehen, der nach dem Zeitgeschmack mythologische Verse drechselte. Ungestümen, ja stürmischen Wesens, dem leidenschaftlichen Augenblick hingegeben, immer von Tätigkeitsdrang oder mindestens von einer Laune besessen, war Madonna Cornelia, wo sie stand und ging, der sonnenhafte Mittelpunkt, um den sich ein System von Verehrern und Verehrerinnen jeder Farbe drehte: Kavaliere, Künstler, Musiker, Nichtstuer, Spioninnen und Schmarotzer. Es war dies auch eine unermüdliche Hofhaltung der Empfindlichkeiten, der Eifersüchte, der Begeisterungen und Enttäuschungen. Cornelia stellte die belebende Macht der Villa Renier dar. Ihre Liebe für das Altertum und ihre Vorliebe für das Ungewöhnliche bestimmten sie, oft schon am hellichten Tage im langschleppigen Griechengewand einherzugehn. Einer Pallas oder Artemis ähnlich, zog sie dann an der Spitze ihrer Gäste durch die Säle und Galerien des Hauses, an steinernen Minerven und Dianen vorüber, die, im barocken Faltenwurf gebannt, ihrer freieren Schwester nachstaunten. Ihr goldenes Lachen, ihre bestrikkende Stimme erfüllte die kalten hallenden Gemächer mit menschlicher Wärme und weiblicher Strahlung. Verließ sie Monselice, um während des Karnevals oder andrer Festzeiten in Venedig zu residieren, – man kann sich wohl denken, daß dies nicht selten geschah – so fiel das leuchtende Wesen des Hauses zusammen, die Wärme wich und alles nahm die blasse, verhaltene, grübelnde Art Messer Michiels an, ihm selbst zum Leid. Er war der besonnte und nicht der besonnende Teil in dieser Ehe, und darum ließ er seiner Lichtquelle so viel Raum und Freiheit, was bei gewissen gewöhnlichen Naturen Hohn und verleumderische Gerüchte züchtete. Derartige Nachrede blieb aber gleichgültig, da die Übereinstimmung so entgegengesetzter Naturen wie Michiel und Cornelia vollständig war, da sie seit ihrem Hochzeitstage nicht ein einzigesmal ernsthaft gestritten hatten und die Liebe zu dem einzigen Kinde, das schön heranwuchs, sie innig verband. Madonna Cornelia war nicht eine gleichgültige Mutter wie andere Frauen, die schön, umworben, begabt, reich, ausstrahlend, gleich ihr, dem unermüdlichen Genusse ihres magnetischen Ichs verfallen sind. Sie war auch als Mutter, was sie in allem war, stürmisch und ungestüm. Bei dem kleinsten Unwohlsein Mirandas geriet sie außer sich. Weilte sie, herrschend und lachend, in großer Gesellschaft in Venedig, so konnte sie plötzlich von einer rasenden Angst und Bangigkeit gepackt werden. Dann fertigte sie mitten in der Nacht einen Boten nach Monselice ab oder verließ den Ballsaal und kehrte selbst in einem ihrer unvermittelten Entschlüsse plötzlich nach Hause zurück.

Miranda nahm, so klein sie war, diese Überfälle der Mutterliebe mit wilder Dankbarkeit und zugleich mit einem demütigen Schreck entgegen. Sie empfand in Cornelia eine Schönheit und eine Kraft, über menschliches Maß hinaus, mit der sie sich auch im entferntesten nie würde messen können. Als sie alt genug war, sich vergleichen zu können, quälte sie der Gedanke, von dem Glanz der Mutter sei nichts auf sie übergegangen. Und wirklich, Miranda hatte von Donna Cornelia nur die herrliche Stimme, das goldene Lachen und das plötzliche Leuchten des Auges geerbt. Aber davon wußte sie nichts.

Es ist göttlicher Wille und mithin kosmisches Gesetz, daß nichts sich wiederhole. Die ewige Schöpfer- und Erfinderkraft läßt sich nicht lumpen. Wäre im Kreise der Erscheinungen nur ein einziges Hälmchen oder Tierchen einem andern vollkommen gleich, jenes Gesetz wäre aufgehoben und die Welt in ihrem Sein bedroht. (Daher kommt es, daß in der höheren Ordnung allem Zwillingshaften das Anstößige eines beinahe unerlaubten Grenzfalles innewohnt.) Aus den beiden Urgründen, dem männlichen und weiblichen, wird die naturnotwendige Folge geboren. Aber die zuchtgläubigen Vernünftler irren, wenn sie in diesen Grundelementen eine Gleichung sehn, aus der sich die Unbekannte, das Kind, gültig errechnen läßt. Ob es sich um die Geburt eines Regenwurms oder eines Genius handelt, jedesmal wird die natürliche Notwendigkeit durch die übernatürliche Freiheit durchstrahlt. An jeder Wiege steht der Engel des Wunders. Im Sinne der ursprünglichen, einmaligen, unwiederholbaren Neuheit ist jeglicher Schmetterling, der aus der Puppe kriecht, ein Wunder, das Vater und Mutter verleugnet. Der Schöpfer will am jüngsten Tage des Gedenkens nicht von einer gestaltlos grauen Masse umgeben sein, sondern von Individuen. Persönliche Liebe kann nichts Unbestimmtes lieben, sondern immer nur die Person. Die persönlichste aller Lieben, die Liebe Gottes, bedarf einer Unendlichkeit unwiederholbarer Persönlichkeit für ihr Herz. So mag es denn die göttliche Liebe in Person sein, die nicht duldet, daß ein Wesen dem andern gleiche. Sie verteilt mit unfaßlicher Phantasie die Punkte auf den Flügeln jedes Kohlweißlings immer anders, damit sie auch diese nichtigen Geschöpfe dereinst wiedererkenne mit ihrem heiligen allerbarmenden Gedächtnis. In Gott gibt es kein Kind, das andre Eltern hätte als Ihn. Auch Miranda war nur in ein paar Äußerlichkeiten das Kind ihres Vaters und ihrer Mutter. Augen, Haare, Hände, Stimme und Gebärde, Blickleuchten und Lachen, dies und einiges mehr mochte sie geerbt haben, obgleich das auch nur mit Vorbehalt gesagt werden kann. Je tiefer vom Äußeren fort man ihrem Wesen nachspürt, um so weniger glich sie ihren Eltern. Schon in einer wichtigen Eigenschaft entfernte sie sich weit von ihnen. Messer Michiel sowohl wie auch Madonna Cornelia waren Menschen, vom Augenblick getragen, die ihrem versonnenen oder leidenschaftlichen Tun nicht lange treu blieben, um von neuen Strömungen immer wieder abgeschwemmt zu werden. Miranda war voll geheimer Beständigkeit. Ihre Seele besaß den Trieb, einen Weg folgerichtig zu Ende zu gehen. Als sie größer wurde, wirkte sie wegen dieser Eigenschaft auf manche kühl und überlegen. Doch jetzt ist sie noch nicht einmal halbwüchsig. Sie nähert sich eben erst dem elften Jahr.

Aufzeichnungen über eine Legende

Nachdem ich gestern die Ein- und Überleitungsglossen zu der amerikanischen Ausgabe meiner Novellen unter dem Titel
›Aus der Dämmerung einer Welt‹
spät nachts vollendet hatte, legte ich mich mit dem unbehaglichen Gefühl nieder, ohne Einfall, ohne wirkliche Vision für ein neues Werk zu sein und eine Epoche qualvoller Müßigkeit vor

mir zu haben. Ich dachte an die Legenden, die ich im vorigen tragischen Sommer nach Mutzis Tod mir zu schreiben vorgenommen und schon begonnen hatte. Die erste dieser Legenden ›Die Fürbitterin der Tiere‹, von der schon zwei Kapitel existieren, flog ich unaufmerksam durch. So schrecklich das Bekenntnis für mich ist, die Geschehnisse der Legende, wie ich sie abfassen wollte, waren aus meiner Erinnerung beinahe verschwunden. Der Einfall keimte nicht mehr. Es war schon im Vorjahr etwas Krankhaftes an der Absicht gewesen, den Verlust und die geliebte Gestalt Mutzis sofort zu »verewigen«. Daran ist diese Legende gescheitert. – Die zweite, die ich damals vorhatte, beschäftigt mich noch immer, und vor allem gestern habe ich in meiner Werkleere an ihr herumspekuliert. Sie würde den Titel tragen ›Die Fürbitterin der Toten‹ und sich an die ›Heiligenlegenden, herausgegeben und gesammelt von zwei Katholiken, Regensburg, bei Manz 1842‹ inhaltlich halten, und zwar an die wundersame Biographie der Heiligen und wunderbaren Jungfrau Christina von Truiden, die zwischen 1150 bis 1224 in den Niederlanden nahe von Maastricht gelebt hat. Das Geistige und Stoffliche an dem Leben dieser Heiligen ist unendlich reizvoll. Sie stirbt als junges Mädchen, wird in der Kirche aufgebahrt, wie aber der Priester mit dem Requiem beginnen will, erwacht sie zum Entsetzen der trauernden Gemeinde vom Tode:

»Ihr Körper«, heißt es in der Vita, die der Prediger-Mönch Thomas von Cantimpre verfaßt hat, »ihr Körper erhob sich plötzlich von der Bahre und stieg wie ein Vogel bis auf das Gebälk der Kirche empor.« Nachdem sie vom Tode heim- oder besser zurückgekehrt ist, schaudert »der Feinheit ihres Geistes« vor dem Geruch der Menschen. Deshalb flieht sie in der Folge jede menschliche Gegenwart und hält sich zumeist an »hohen Orten«, wie auf »Bäumen, Türmen und Bergen« auf. Von ihren Schwestern nach ihren Erlebnissen im Todesreich gefragt, willfährt sie ihren Bitten und erzählt:

»Sobald ich gestorben war, nahmen meine Seele die Diener des Lichtes, die Engel Gottes, und führten mich an einen Ort, der dunkel, schrecklich und mit Menschenseelen angefüllt war. Die Qualen, die ich an diesem Orte sah, waren so groß und grausam, daß keine Zunge sie aussprechen kann. Auch sah ich daselbst viele Tote, die ich bereits hier im Leben gekannt hatte. Ich fühlte mit jenen armen Seelen inniges Mitleid und fragte meine Führer, was das für ein Ort sei, denn ich dachte, es müsse die Hölle sein. Mein Führer aber antwortete mir: ›Das ist der Ort der Reinigung, das Fegfeuer, wo die reuigen Sünder die Strafen für ihre im Leben begangenen Sünden büßen.‹ Dann führten sie mich zu den Qualen der Hölle und auch hier sah ich einige, die ich im Leben gekannt hatte.

Von da wurde ich ins Paradies gebracht zum Throne der göttlichen Majestät. Als ich hier den Herrn sah, der sich freute und mir Glück wünschte, wurde ich über alle Maßen froh, denn ich dachte, ich würde von nun an ewig bei dem Herrn verbleiben. Und der Herr entsprach auch sofort meinem Verlangen, indem Er sagte: ›Wahrlich, süßeste Seele, du wirst hier bei Mir sein. Nun aber stelle ich dir folgende Wahl frei: Willst du schon jetzt bei Mir bleiben, oder willst du in deinen irdischen Körper zurückkehren und dort büßen und dadurch alle jene Seelen, die du an dem Orte der Reinigung bedauert hast, durch dein Leiden befreien; die noch im Leben weilenden Menschen jedoch durch das Beispiel deines Leidens und Lebens zu Mir bekehren und vom Laster entfernen, und dann, nachdem du dieses alles vollbracht, endlich mit dem Lohne so vieler preiswürdigen Taten beladen zu Mir zurückkehren?‹ Ohne mich zu bedenken, antwortete ich: ›Unter dieser Bedingung will ich später zu Dir zurückkehren.‹

Der Herr wünschte mir Glück zu meiner Antwort und befahl, meine Seele zu ihrem Leib zurückzubringen. Und sehet, wie schnell die Engel sind, den Befehl des Herrn zu vollziehen. Denn in derselbigen Stunde, als in der für mich gelesenen Messe zum erstenmal gesagt wurde: ›O du Lamm Gottes, welches du nun wegnimmst die Sünden der Welt‹, stand meine Seele noch vor dem Throne der göttlichen Majestät; als aber das Lamm Gottes zum dritten Mal gesagt wurde, da war meine Seele von den schnellen Engeln schon in ihren Körper zurückgebracht. Nun möge Euch also dies nicht verwirren, was Ihr an mir erleben werdet.« ...

Die Jenseits-Schau, die uns Christina in diesem Berichte bietet, ist durchaus nicht originell und niederzwingend. Sie bildet aber einen schlagenden Beweis für die gesetzmäßige Durchdrungenheit eines Zeitalters von bestimmten geistigen Leitmotiven. Christina hat sogar den Wert der Vorläuferschaft für sich zu beanspruchen, da Dantes epische Wanderung durch die gleichen Gebiete des Inferno, Purgatorio, Paradiso erst nach 1300 entstanden ist. In dem Bericht ist die naive Nüchternheit des Dialogs zwischen der göttlichen Majestät und der Seele wunderschön. Es ist ein merkwürdiges Symbol, daß der Nicht-Heilige, der Dichter und Denker, der intellektuelle Geist zu dieser reinen Anschauung und Anhörung nicht vordringen darf und angesichts des dreieinigen letzten Lichts erblindet.

Die Legende erzählt nun, wie die wunderbare Jungfrau Christina wegen ihrer Eigenschaft, »auf den Bäumen nach Art der Vögel zu leben«, von den Menschen für eine von bösen Geistern Besessene angesehen, verfolgt, mit schwerer Mühe »gefangen und in eiserne Bande« gelegt wurde. Sie befreit sich aber durch Gottes Unterstützung von den Fesseln und flieht tiefer in die Einsamkeit. Dort wird sie von heftigem Hunger geplagt, denn ihr Körper ist trotz äußerster Verfeinerung nicht ein geistiger Leib und braucht Erdennahrung.

»Sie flehte also zu Gott. Und ihr Gebet wurde erhört. Denn als sie sich anblickte, sah sie gegen den Lauf der Natur ihre jungfräulichen, vorher trockenen Brüste mit süßer Milch angefüllt. Ein Wunder, das seit der unvergleichlichen jungfräulichen Mutter Christi zu allen Zeiten unerhört war. Christina genoß die herabträufelnde Milch und nährte sich neun Wochen von ihren eigenen Brüsten.«

Hier, in dieser Geschichte mit der neunwöchigen Milchnahrung an den eigenen Brüsten, klingt ein mythisches Motiv der Urzeit an.

Christina wirkt keine Wunder an anderen, sondern immer nur

an sich selbst, an ihrer Körperlichkeit, die ja den Tod hinter sich hatte, somit eine wiederauferstandene Körperlichkeit ist, und daher grundverschieden von allen andern Körpern. Einmal wird sie von zwei Priestern, die sie stellen möchten, bis an den Fluß Maas verfolgt. Die Erzählung sagt: »Schon freuten sich die Priester, sie am Ufer des ihrer Flucht hemmenden Stroms ergreifen zu können. Aber wie staunten sie, als Christina wie mit einem luftigen Körper unter das tiefe Wasser tauchte, und am andern Ufer unversehrt emporstieg.«

Man beachte: Das Gegenteil der Hexenprobe! Denn Hexen gehn bekanntlich im Wasser nicht unter.

Die Legende scheint aus zwei Schichten zu bestehen, von denen eine gewiß heidnisch-prähistorisch ist. Das bildet übrigens ihren besonderen Reiz. Von Christina werden so viele exaltierte leibliche Wunder berichtet, daß die Verwechslung der Heiligen mit einer Hexe, Nixe oder Fee nicht ferne gelegen haben mag.

»Nun aber begann Christina das zu üben, weshalb sie von dem Herrn war zurückgeschickt worden. Sie begab sich in einen zum Brotbacken geheizten Ofen und wurde darin wie einer von uns von der Glut gemartert, denn sie schrie schrecklich vor Angst. Als sie aber aus dem Ofen kam, sah man an ihrem Körper von außen auch nicht die geringste Verbrennung. Wenn sie keinen Backofen vorfand, so stürzte sie sich in das Feuer in menschlichen Wohnungen (? Sie muß sich kleingemacht haben. Wieder Salamandernatur des elbischen Wesens.) Bald legte sie auch die Hände und Füße in die Flammen und ließ sie so lange darin, daß sie während dieser Zeit ohne göttliches Wunder zur Asche hätte verbrennen müssen. Zuweilen stellte sie sich in Töpfe, die mit siedendem Wasser angefüllt waren, bis an die Brust oder bis an die Lenden, je nach der Höhe der Töpfe und begoß ihre Glieder mit siedendem Wasser. Dabei schrie sie wie eine Gebärende.«

Das Wort ›Gebärende‹ an dieser Stelle und von einer heiligen Jungfrau gesagt, macht auf mich einen starken Eindruck.

»Im Winter verweilte sie oft und längere Zeit unter dem Wasser der Maas, ja einigemal sechs Tage und darüber.« (Wiederum die Wassernixe.) »Da aber kam ein Priester herbei, der für sie besorgt war, stellte sich an das Ufer und beschwor sie im Namen Christi, worauf sie gezwungen aus dem Wasser ging.«

Die zwei Worte ›beschwor‹ und ›gezwungen‹ beweisen an dieser Stelle höchst schlagkräftig die Amalgamierung einer uralten Dämonenmythe mit der gotisch-christlichen Legende. Es handelt sich hier um einen ausgesprochenen Exorzismus, der nicht einmal geschickt umgebogen, sondern stehengelassen worden ist.

Aber gerade diese gegenseitige Durchdringung von Dämonennatur und christlicher Exaltation ist so wundersam ergreifend.

»Ja auch auf die Räder, an welchen die Seeräuber zuweilen gemartert wurden, flocht sie nach Art der Folterer ihre Arme und Beine; aber nie zeigte sich, wenn sie hinabstieg, irgend eine Verletzung ihrer Glieder. Sie ging auch zu den Galgen, henkte sich selbst zwischen aufgeknüpfte Mörder an einem Strick und blieb daselbst hängen, ein oder auch zwei Tage. Sogar in die Gräber legte sie sich zu den Toten und beklagte da die Sünden der Menschen.«

Hier gemahnt etwas an die russische Seele, an die Sünden-Identifikation der Dostojewski-Menschen, deren Wurzel ja wahrscheinlich in byzantinischen Heiligenlegenden liegen wird. Büßende Heidinnen, die um Christi willen die scheußlichen Aussätzigen berühren.

Und wieder ein Bild, das auf die ursprüngliche Dämonennatur der Heiligen hinweist:

»Zuweilen stand Christina in der Nacht auf, brachte alle Hunde in Truiden zum Bellen, indem sie wie ein flüchtiges Wild vor ihnen herlief. Die Hunde verfolgten sie durch Wälder und Gesträuch. Man sah sie zuweilen durch Dornen und Stacheln ganz mit Blut bedeckt, wobei diejenigen, die dies öfter sahen, sich darüber wunderten, woher in einem einzigen Frauenkörper so viel Blut sich finde. Denn außer diesen Blutvergießungen blutete sie auch sonst noch sehr oft und viel aus den Adern.«

Das Blutmotiv weist auf das Milchmotiv hin. Ein andres Mal wird sogar erzählt, daß sich in ihren Brüsten Öl bildete, mit dem sie ihre in Fäulnis übergegangenen Fessel-Wunden heilte. Unaufhörlich aber wiederholen sich die Bilder der Levitation.

»Ihr Körper war so leicht und fein, daß sie über steile Orte und hohe Gegenstände ging und wie ein Sperling auf ganz dünnen Baumästen stand. – Wenn sie aber betete und die hohe Gnade der Meditation sich auf sie herabsenkte, da ballten alle ihre Glieder wie Wachs sich zu einem Knäuel zusammen und man konnte die Heilige nur in Gestalt eines kugelförmigen Körpers wahrnehmen. Wenn dann die durch geistige Sättigung ausgedehnten Sinne wieder die ihnen zukommenden Organe und Glieder einnahmen, so erhielt der nach Art eines Igels zusammengerollte Leib wieder seine alte Gestalt und die Glieder, die eben noch eine krampfartige Kugel gebildet hatten, streckten sich wieder.«

Keinem der vielen Bilder, die der Biograph von ihrem Wesen und Tun entwarf, fehlt das überraschende, vorzeitliche, elbische Element. Und dieser Biograph war doch der Prior des Dominikaner-Klosters zu Truden.

Je weiter die Geschichte fortschreitet, um so mehr zivilisiert sich gewissermaßen die Heilige. Sie scheint von einem gewissen Augenblick opfernder Weise auf ihre Wunderkräfte zu verzichten, so fleht sie, als Feindin aller Lobeserhebungen und Ehrenbezeigungen zu Gott, daß er ihr Grab keiner übernatürlichen Erscheinungen würdigen möge.

Das Schönste an der Jungfrau Christina ist das ununterbrochene Bewußtsein vom Schicksal der Seelen nach dem Tode, dessen mögliche und wahrscheinliche Furchtbarkeit sie ja mit eigenem Geistesauge erkannt hat. Sie empfindet kein Mitleid mit den Lebendigen, sondern aus übernatürlichem Wissen her ein Mitleid mit den Toten. Sie ahnt vorzüglich das eschatologische Fatum jedes einzelnen Menschen, den sie sieht.

»Es traf sich eines Tages, daß sie durch göttliche Fügung von unerträglichem Durste geplagt, zu dem Tisch eines sehr lasterhaften, eben bei reichem Mahle schmausenden Mannes eilte und von ihm einen Trunk begehrte. Der herzkalte Schlemmer wurde durch ungewöhnliches liebevolles Betteln erweicht und reichte ihr etwas Wein zu trinken. Deshalb sagte Christina gegen die Meinung aller, die diesen Mann kannten, er werde bei seinem Tode durch Reue und Zerknirschung Verzeihung seiner Sünden erhalten.« Das Heiligmäßige an dieser Handlung Christinas ist, daß sie ihr eigenes Durstgefühl, das ihr Betteln echt und intensiv gestaltet, dazu benützt, um das überzeitliche, nicht das zeitliche Los einer Seele helfend zu beeinflussen. Es heißt darum von ihr: »Deshalb war Christina gezwungen, vor den Türen der Sünder um Almosen zu bitten.«

Und sie selbst behauptete, Gott würde durch nichts mehr zum Mitleid gegen die Sünder bewogen, als wenn die Sünder selbst Mitleid gegen ihre Nächsten empfänden.

Und der Biograph führt einen Ausspruch der ›Weisheit‹ an: Nie könnte Erbarmen, nie könnte die Liebe es zulassen, daß der letzte Lebenstag eines Menschen anders als gut schließe.

Die Jungfrau Christina verstieg sich in ihrer Angst um die noch lebendigen, doch zukünftigen armen Seelen dazu, den Gottlosen mit Gewalt zu rauben, was sie ihr abschlugen.

»Wenn du es auch jetzt nicht willst«, rief sie, »so wird das dich künftig gewiß nicht schmerzen, daß ich dir das Abgeschlagene mit Gewalt nahm. Denn einst wird dir nützen, was dir jetzt nicht nützt.«

Es ist selbstverständlich, daß diese heilige Fürbitterin der Toten mit aller Bereitwilligkeit ihren Platz an den Betten der Sterbenden nahm. Und dies tat sie, so heißt es, in ihrem innigen Mitleid nicht nur bei den sterbenden Christen, sondern auch bei Juden. Als sie älter wurde und ihr ein großer Ruf voranging, kam sie auch mit den Großen ihres Landes in Berührung. Sie bewies bei vielen Gelegenheiten ihren prophetischen Geist. Als die blutige Schlacht bei Steppes zwischen Heinrich von Brabant und den Lüttichern geschlagen wurde, fühlte sie das traurige Geschehen in großer Entfernung und schrie: »Wehe, wehe, ich sehe die Luft voll Blut.«

Doch das Wundersame an ihr, das im elbischen Fundament der Legende eingebaut ist, brach immer wieder an ihr hervor, auch in ihren gesetzten und gesitteten Zeiten, da sie ihre Verwandten und die übrigen Dorfbewohner längst nicht mehr für eine Besessene oder Behexte hielten.

»Als unsere Heilige«, berichtet der Mönch Thomas von Cantimpre, »einst bei den Klosterfrauen der heiligen Katharina außerhalb der Stadt Truiden, mit denen sie sehr vertraut war, zusammensaß und mit ihnen über Christus sprach, da wurde sie plötzlich und unvermutet von dem Geist ergriffen. Ihr Körper drehte sich wie der Kreisel spielender Knaben im Wirbel, und zwar so schnell, daß man die Gestalt ihrer Glieder nicht unterscheiden konnte. Da sie sich längere Zeit so im Rade gedreht, da ruhte sie auf einmal mit allen Gliedern, gleich als habe sie keine Kraft mehr, und nun ertönte ihr zwischen Kehle und Brust eine wunderbare Harmonie, die kein Mensch erfassen, kein Künstler nachahmen konnte. Nur Töne und Biegsamkeit der Musik hatte jener Gesang, die Worte des Gesanges aber, wenn ich hier von Worten reden darf, waren unbegreiflich. Indessen drang aus ihrem Munde und ihrer Nase kein Atem, keine Stimme, sondern jene nicht von ihr hervorgebrachte regelmäßige Harmonie ertönte nur zwischen Brust und Kehle.«

Die himmlische Gabe der aus ihr ohne eigenes Zutun strömenden himmlischen Harmonie war ihr von allen Geschenken Gottes das liebste. Noch halb in der Ekstase, als Schlafwandelnde und Trunkene, ruft sie den Klosterfrauen zu, den Konvent zu versammeln:

»Alsbald eilte der Konvent zusammen, denn Christinas Trost erfreute alle gar sehr. Nun begann sie das Tedeum und sang den Hymnus zu Ende. Als Christina dann ganz zu sich gekommen war und aus der Erzählung der anderen ersah, was sie getan hatte, da errötete sie vor Scham und eilte davon und härmte sich, gleich als würde sie durch irgend eine Gewalt niedergehalten. Sie nannte sich eine Törichte und Lästerische.«

Der letzte Absatz, der aus dem Lateinischen in ein abstruses Deutsch übersetzt ist, scheint die Depression zu schildern, die auf die Ekstase folgte. Zugleich aber auch die Scham über die eitle Bloßstellung der himmlischen Gabe vor dem Konvent. Übrigens wird auch von ihrem natürlichen Gesange berichtet, daß er dermaßen angenehm war, daß er mehr der eines Engels als eines Menschen zu sein schien:

»Er war so wunderbar anzuhören, daß er alle musikalischen Instrumente und menschlichen Stimmen weit übertraf. An Lieblichkeit aber stand er doch jener Harmonie nach, die ihr, wenn sie verzückten Geistes war, zwischen Kehle und Brust ertönte. Der Gesang war übrigens lateinisch und ausgeschmückt mit wunderbaren Schlußtönen.«

Nun ist Christina längst schon eine Lateinerin und vielleicht eine Gelehrte. Ihr wirbelndes Wesen mildert sich immer mehr. Nur wenn sie allein ist, bricht der Überschwang ungebrochen aus ihr hervor.

»Der ehrwürdige Thomas, damals noch nicht Abt, sondern Stadtpriester, erzählt: Als er einst eines Morgens von der Mette mit seinen Gehilfen nach Hause ging, kam Christina in großer Hast und eilte in die Kirche. Die Genannten folgten ihr heimlich und versteckten sich hinter einer Säule, um zu erforschen, was jene beginne. Christina, die einen mit alten Knochen angefüllten Sack mit sich trug, warf sich vor dem Altar nieder. Dann seufzte sie, schlug sich heftig mit Fäusten die Brust und rief:

›Oh armer, elender Körper, wie lange wirst du mich Elende noch quälen? Wozu suchst du so lange meine Seele zurückzuhalten. Wie lange noch entreißest du mich der Anschauung Christi. Wann endlich willst du mich verlassen, daß meine Seele frei zu ihrem Schöpfer zurückkehren kann? Wehe dir, Elender, und wehe mir, daß ich mit dir verbunden bin!‹ Mit diesen Worten schlug sie den Körper wild. Darauf aber übernahm sie seine Rolle, die Rolle des Körpers, und sprach in seinem Namen zu ihrer Seele:

›Oh arme Seele, warum quälst du mich so? Was hält dich in mir zurück und was ergötzt dich an mir? Was gestattest du mir nicht zur Erde zurückzukehren, von der ich genommen bin? Warum gestattest du mir nicht, in ihr zu ruhen, bis ich am jüngsten Tage dir wiedergegeben werde?

Warum gehst du nicht ein, Seele, zu deiner Ruhe, damit du dort in Ewigkeit höhere Freuden genießest?‹

Bei diesen Worten seufzte, klagte und weinte sie. Dann schwieg sie einige Augenblicke, entglühte in heiliger Betrachtung zu Gott, brach nun in ein frohes Lachen aus, hob mit beiden Händen ihre Füße empor, küßte mit Innigkeit ihre Sohlen und sagte: ›Oh teuerster und liebster Körper! Warum habe ich dich geschlagen? Warum habe ich dich geschimpft? Hast du mir nicht bei jedem guten Werke gehorcht, das ich mit Gottes Beistand unternommen habe? Alle Mühen und Qualen, die mein Geist dir auferlegte, hast du mit Güte und Geduld ertragen.‹

Dann küßte sie ihn wieder und wieder:

›Harre aus in Geduld‹, rief sie, ›oh mein bester und teuerster Körper. Das Ende deiner Mühen ist nahe. Bald wirst du in Staub zerfallen, eine kurze Weile schlummern, dann beim Schall der Gerichtsposaune die Sterblichkeit abtun, auferstehen, und dich deiner Seele, der Gefährtin deiner irdischen Traurigkeit, zu ewiger Freude gesellen.‹

Mit solchen Worten besänftigte sie ihren Körper, bedeckte ihn mit Küssen und ließ nach einer Stunde jene Jubel-Harmonie wieder ertönen. Sie war von innerer Freude so sehr erfüllt, daß ihr Körper äußerlich fast zu bersten schien.«

Wir haben hier in diesem ergreifenden Dialog, den der Priester Thomas erlauscht hat, eines der frühesten mittelalterlichen Mysteriendramen vor uns. Eines dazu, das sich dadurch auszeichnet, daß statt einer trockenen Allegorie ein wundersamer einmaliger Mensch im Gegenspiel von Körper und Seele agiert. Dieser Mensch, als Körper sowohl wie als Seele, ist unbändig in seiner Kraft. Welche holde, ursprüngliche Gebärde, wenn Christina ihre eigenen Fußsohlen küßt! Etwas Keckeres, Landstreicherhafteres kann man sich gar nicht vorstellen, als diesen Dankkuß an die treuen Füße, die unbeirrt durch das Jammertal gehn. Dabei hat dieser Dialog über die letzten Dinge eine ganz persönliche süße Schalkhaftigkeit, die aus der untergründigen Feen-Natur der Heiligen hervorströmt.

Trotz der ›Jubel-Harmonie‹ verschwindet aber die Erinnerung an das jenseitige Reich und die Entscheidung der Liebe für die Toten niemals aus dem Herzen der alternden Christina.

Von ihrem Ende wird folgendes erzählt:
Nachdem die Heilige die letzte Ölung empfangen hat, wirft sich die Klosterfrau Beatrix, die sie pflegt, auf die Knie und bittet die Sterbende, ihr einige Rätsel noch zu enthüllen, bevor sie aus dem Leben scheide. Da Christina schweigt, glaubt Beatrix, sie sei von heiligen Betrachtungen erfüllt, verschiebt ihr Anliegen und verläßt das Zimmer, um etwas zu besorgen. Als dann Beatrix nach einer Weile mit einer andern Klosterfrau ins Zimmer zurückkehrt, finden sie die Heilige entseelt. Beatrix wirft sich über die Leiche, schreit und klagt fassungslos. Sie richtet an die Abgeschiedene immer wieder die Frage, warum sie ohne Erlaubnis, ohne Empfehlungen der Ihrigen sich heimlich zum Herrn davongestohlen habe. Endlich sieht sie mit starkem und festem Blick die Tote an und ruft:

»Oh Christina, du warst mir im Leben immer gehorsam. So beschwör ich dich also auch jetzt bei dem geliebten Herrn Jesus Christus, gehorche mir auch jetzt! Denn du bist sehr mächtig und kannst alles, was du nur willst, durch den, mit dem du verbunden bist. Ich beschwöre dich, kehre ins Leben zurück und enthülle mir dasjenige, worüber ich mit so großem Verlangen deine Belehrung begehrt habe.«

Kaum hatte Beatrix diese Beschwörung in die toten Ohren gerufen, als Christina schon in ihren Körper zurückkehrt, tief aufseufzt und mit einigem Unwillen zu der Störerin spricht:

»Oh Beatrix. Warum hast du mich beunruhigt? Warum hast du mich zurückgerufen? Schon wurde ich hingeführt zu der Anschauung Christi. Nun aber frage schnell, meine Schwester, und laß mich bitte zurückkehren.«

Beatrix frägt und erhält die Belehrung.

»Indessen versammelten sich die Klosterschwestern«, berichtet der Chronist, »Christina machte ein Kreuz über sie, versuchte dann zum drittenmal den Tod, starb und ging zur ewigen Unsterblichkeit ein.«

Dies ist eng zusammengedrängt das wundervolle Material dieser Legende, dem noch jede Gestaltung fehlt. Ich bin vorläufig aus folgenden Gründen davon abgekommen, mich an dem Stoff zu versuchen:

1.) Widerstrebt es mir, die Geschichte einer Heiligen, die wirklich noch verehrt wird (24. Juli), zum Gegenstand nicht authentischer Erfindungen eigener Epik zu machen.

2.) Mich würde es reizen, Einzelheiten, Züge, Teile der Legende mit andern Namen und andern Menschen in eine andre Landschaft u. Zeit zu versetzen.

Aber darf man das?

3.) Das, was mich am stärksten trifft, ist der Beginn der Legende. Die Wiederkehr aus dem Jenseits und der Bericht. Ich könnte mir das Ganze in unsern Tagen denken. Eine Hirtin im Tessin, ein Dienstmädchen irgendwo in Flandern stirbt und wacht im Sarge auf u. s. w.

Diese Idee gebe ich nicht ganz auf.

Beim Anblick eines Toten

Ich habe das Antlitz eines Toten gesehen. Wenige Tage ist das her. Der Tote war mein Freund, ein noch junger Mann. Ihn hat ein Baum erschlagen. Das war mitten in Paris geschehen, auf den Champs Elysées, an einem windig goldenen Maiabend, als der Verkehr sehr dicht war. Eine mächtige, innen vermorschte Kastanie hatte ein mächtiger Windstoß plötzlich geknickt. In die Fallrichtung des niederkrachenden Baumes geriet mein Freund. Niemand sonst wurde verletzt. Ihm zerschmetterte der Stamm den Schädel.

Es war aus mancherlei Gründen ein ungewöhnlicher Tod. In diesen Tagen gerade riefen die Zeitungsträger durch die Straßen der Städte: »Fliegerangriff auf Granerolle, Bombardierung Cantons. Hunderte von Toten.« Meinen Freund aber hatte keine Bombe, sondern ein alter Kastanienbaum erschlagen. Er war ein hochbegabter Dichter, der in seinen letzten Werken den Teufel scharf anzugehn begann. Er kannte ihn gut, denn er kam aus einer Generation, die sich mit dem Teufel eingelassen hatte und ihm diente.

Es war in der Totenhalle der Klinik. Ein schlimmer Keller. Eine abscheuliche Garage der letzten Fahrt. Die vielen Blumen wurden des herzwürgenden Raumes nicht Herr. Erschöpft von der brütenden Hitze des Sommertages drängten sich die Trauergäste in der nackten Enge dieses Kellers. Es waren zumeist Schriftsteller, Flüchtlinge, Verbannte, Ausgebürgerte, Hoffnungslose in der Fremde, zu denen der Tote sich geschlagen hatte. Auf ihren graugrünen und gelben Gesichtern allen lag so viel Elend, so viel Zerrüttung und Zerfahrenheit, daß jeder vor dem andern zu erschrecken schien. Auf jedem dieser Gesichter lastete ein Atmosphärendruck des Leides, den in besseren Zeiten nicht ein armes einzelnes Leben, sondern vielleicht ein ganzes Geschlecht zu tragen gehabt hätte. Doch nicht um den jungen

Menschen litten sie, der nicht mehr lebte. Dieser und jener behauptete, ihn zu beneiden. Wenn es nicht schrecklich klänge, man könnte sagen, unter all diesen gelben und graugrünen Gesichtern, die sich zur Totenfeier versammelt hatten, sah er am gesündesten, besten aus.

Er lag in einer Nische aufgebahrt in einem hellgelben Sarg. Man sah nichts von der Schädelwunde, denn das Haar war ihm tief in die Stirne gekämmt. Sein breites Jungengesicht war gleichgültig und aufmerksam zugleich, als stelle er sich nichtswissend, beobachte aber heimlich das erstickt-feierliche Gehaben um ihn her. Dieses Stadium des Todes war halt mit einer pathetischen Schamentblößung verbunden, die man über sich ergehen lassen mußte. Auf seiner Brust leuchtete ein edelsteinbesetztes Kreuz wie ein Geheimnis, das er das erstemal preisgab. Der Mund war noch voll und hatte ein wenig Farbe, als sei eine seiner vielen vertrackten Geschichten soeben vom Schlaf überrascht worden. Neben dem Dichter, der allzu plötzlich hingerafft, noch ein verschüchtertes Leben zu bewahren, noch nicht ganz Wachspuppe zu sein schien, weilten seine erstarrten Eltern. Der Mutter hatte man einen Stuhl hingeschoben. Hinter ihrem dichten Schleier hockte sie da, als etwas Ungenaues, beinahe Verwischtes. Nur manchmal tastete ihre erstaunlich nackte Hand mit ratloser Zärtlichkeit nach dem Sohn hinüber, glitt aber immer wieder ungeschickt vom Sargrand ab. Der Vater stand offiziell, steif fast militärisch da, als alter kaiserlich königlicher Diplomat, der er war. Von Zeit zu Zeit aber hustete der Schmerz in ihm auf. Dann verzerrte sich sein Gesicht einen Augenblick lang zu einer seltsamen Fratze. Sofort jedoch brachte er sich wieder in Ordnung, nahm Haltung und blickte merkwürdig verwundert vor sich hin, während ihm die Tränen über die Wange liefen. Wahrscheinlich faßte er immer nur ruckweise, was geschehen war. Er muß unmenschlich gelitten haben in dieser Stunde der Schaustellung. Die Minuten dieser Stunde eines brütenden Sommertages schienen selbst Stunden zu sein. Die Zeit war zur reinen Dauer geworden in dieser unwürdigen Garage. Wir alle litten über die Maßen, nicht so sehr am Tode des Freundes wie am eigenen Leben.

Die Franzosen sind ein festefeierndes Volk. Wenn andre Völker nur essen und trinken, so bereiten sie ihre Mahlzeiten weise vor und kosten sie gründlich aus. Auch ihre Toten begraben sie ebenso festefeiernd und gründlich. Ein französisches Begräbnis dauert seine guten drei Stunden. Auch mein Freund mußte drei Stunden Begräbnis über sich ergehen lassen, ehe ihn die harte, trockene Erde des Friedhofs von Troyes aufnahm. Ich kenne viele schauerliche Friedhöfe der europäischen Großstädte. Der von Troyes ist gewiß der schauerlichste. Ein baumloser Anger, auf dem hunderttausend Grabsteine und Kreuze zusammengepreßt sind wie eine verzweifelte Menschenmasse. Oh Wohnungselend der Toten! Oh Kulturschande bis in die Verwesung hinein! Man begegnet immer wieder hohen Trümmerhaufen abgetragener und verwitterter Grabsteine, die neuen Platz machen mußten. Auf den Bruchstücken liest man Namen und noch nahe Jahreszahlen und manch ein »Unvergeßlich« und »Ewiges Angedenken«. Hier werden die Wohnungen der Ewigkeit sehr oft nur auf drei Jahre vermietet. Das ist aber der billigste Zins. Dann erfolgt die Kündigung. Die Engel der Auferstehung werden es schwer haben, sich auf diesem Friedhof auszukennen.

Unser Freund hat es in einer gewissen Hinsicht gut dort. Nicht weit von ihm wölbt sich ein hoher Bahnviadukt, der über den Friedhof gespannt ist. Tag und Nacht donnern die gewaltigen Züge des Lebens und spotten herrisch der Bezeichnung ›Friedhof‹. Paris – Cannes, Paris – London, Paris – Le Havre, zu den großen Schiffen. Lange schlanke Waggons sausen vorbei und hoch beladene Ungetüme und die schönen modernen Lokomotiven, die Torpedos gleichen. Wild werden Fahnen und Signallaternen geschwungen, schrille Pfiffe ertönen ununterbrochen und hohles Notgeheul, als herrsche in der Ordnung dort oben eine dauernde Verwirrung und eine beständige Katastrophe.

Mag's auch ein dummer Einfall sein, dieser wüste Bahnlärm und ein verspieltes Knabenherz passen nicht schlecht zueinander.

Porta Inferni

Bevor wir auf den Friedhof von Troyes hinausfuhren, saßen wir um die Bahre des Freundes versammelt, beim Requiem in einer kleinen Kirche. Die Orgel spielte nicht und auch kein Chor war vorhanden. Anstatt dessen saß an einem mageren Harmonium ein höchst unfeierlicher Zivilist und neben ihm ein ebensolches Individuum, das wie ein Sträfling aussah, der am Sonntag dem Gottesdienst im Zuchthaus zugezogen wird. Der Spieler und der Sänger waren es. Und diese beiden führten das Requiem so eindrucksmächtig aus, wie ich es noch nie gehört hatte.

Es ist wahr. Wir alle in diesem trüben Kirchlein der Großstadt waren unsagbar Trostes bedürftig und daher bereit, Trost zu empfangen, wo und wie er auch geboten wurde. Unter Vorantritt eines gendarmenhaften Sakristans, der mit seinem Stab mahnend den Boden bepochte, erschien der Priester, von zwei Diakonen begleitet, die durch Alter und die Hitze dieses Tages gebeugt waren. Der Klerus bestieg den Altar, und der liturgische Gesang begann, der die abgeschiedene Seele schützend dahinbegleiten soll, wohin sie sich zu wenden nunmehr gezwungen ist.

>»Requiem aeternam
Dona eis domine
et lux perpetua
luceat eis...«

Ich weiß nicht, woher diese herrlichen Worte stammen, die in der Totensegnung immer wiederkehren wie ein süßes Handauflegen. Ich weiß nicht, ob die Schreckensbilder des ›Dies irae‹ überall und immer dem Requiem eingefügt werden. Ich weiß nur, daß wir alle in dieser brütenden Trauerstunde sonderbar benommen all diesen lateinischen Worten lauschten und den zwei ewig gleichbleibenden, müden, wie ausgebluteten Akkorden des Harmoniums, auf denen sich diese Worte im gregorianischen Gesange fortbewegten. Die Stimme des Sängers mit dem Galgenvogelgesicht hinter unserm Rücken formte die Wendungen mit solch zarter, unheimlicher Intimität und Eindringlichkeit, daß man sich wünschte, dieses Requiem, fast unerträglich lang, möge dennoch nicht aufhören. Besonders der Refrain, »luceat eis«, den er in italienischer Weise mit einem weichen c aussprach, brachte Trost. In diesem ein wenig kolorierten ›luceat‹ schien wirklich immer wieder ein mattes Ampellicht aufzugehn. Meine Aufmerksamkeit wurde aber plötzlich durch eine Floskel gebannt, die sich zwei oder dreimal wiederholte: »Porta inferni«. Ich konnte im leisen Gleichschritt des Gesanges nicht den Zusammenhang ausnehmen, in dem innerhalb des Requiems die Pforten der Unterwelt, der Eingang der Hölle erwähnt wird. Wahrscheinlich wird der christlichen Seele angesichts des Gerichtes und der ewigen Strafe Mut zugesprochen. Die Pforte der Unterwelt steigt vor ihr auf. Sie möge im festen Glauben an die Erlösung jetzt nicht verzagen.

Ich blickte mich um. Aus der grellen Gluthitze dort draußen – das Kirchenportal glich der Flammentür eines Heizkessels, – tauchten ein paar neue Gestalten in die dunkle Kirche, Nachzügler unsrer Trauerfeier. Gelbe und graugrüne Gesichter verzerrt in Schweiß gebadet. Flüchtlinge, Ausgebürgerte, Hoffnungslose, wie die andern, Schriftsteller, Schauspieler, Redner, denen man die Sprache genommen hatte und die jetzt im fremden Lande ihr Brot nicht mehr fanden. Erschöpft sanken sie ins Gestühl, Schatten zu andern Schatten.

›Ad Portas Inferni‹ ertönte es wieder mit der jenseitigen Stimme des konfiszierten Kirchensängers. Mich aber beschlich ein Gedanke, den gewiß schon tausend andre gedacht haben, ein Gedanke, der durch die Vorstellung der ›Porta Inferni‹ erzeugt wurde.

Während der Priester im Verlauf der Trauerhandlung den Sarg des Freundes umschritt und mit heiligen Besprengungen einsegnete, lockte mich jener Einfall immer weiter hinaus in den freien Raum denkerischer Träumerei.

Ist die Erde ein Strafort?

Wo sind sie, die Pforten der Hölle, zu denen dich nun, Freund, der gregorianische Sang einschläfernd hingeleitet? So dachte ich träumend, so träumte ich denkend. Sind sie irgendwo unter der Erdoberfläche, wie es sich die antiken Völker vorstellten und wie es die Kinder oder die Primitiven heute noch glauben? Obgleich wir die äußerste Schale des Erdplaneten, die Lithosphäre, noch nicht einmal so tief durchdrungen haben, wie hoch wir in die Lufthülle, die Stratosphäre emporgestiegen sind, so haben wir diesen harten Ball doch genau genug erforscht, um unterhalb seiner Kruste keiner mythologischen Vorstellung im Sinne der alten Welt mehr Raum geben zu können. Wo sind sie also, die Pforten der Hölle? Müssen die abgeschiedenen Seelen ihren Weg in den freien Allraum nehmen, um jene Orte zu finden, die mit hinfälligen Worten als Purgatorium und als Infernum bezeichnet werden? Nein! So schön uns auch Dantes architektonisch geordneter Kosmos anmutet mit seinen überaus materiellen Jenseits-Räumen, er spielt für uns, wenn wir von der dichterischen Tat absehen, nur noch die Rolle einer gotischen Landkarte, auf der die Gestalt der Kontinente und Meere keiner Wirklichkeit entspricht. Wo also sind die Pforten der Hölle für einen modernen Menschen, der doch zugleich ein gläubiger Mensch ist und sich dagegen wehrt, in den letzten Dingen der Religion mythologische Atavismen geringzuschätzen? Er wird sich ungefähr mit folgenden Sätzen behelfen: »Da ich fest daran glaube, daß unsere Seele von unsterblicher Art ist, so bin ich logisch dazu verhalten, an ihrem vorgeburtlichen Los und an ihrem Schicksal jenseits des Todes nicht zu zweifeln. Wie sich freilich dieses Schicksal abspielt, welcher Natur jene Aufenthaltsorte der unsterblichen Seele sind, die man Himmel, Fegfeuer, Hölle gemeiniglich nennt, darüber kann ich mir, durch meine beschränkte raumzeitliche Denkfähigkeit gehemmt, keine entsprechenden Vorstellungen machen, handelt es sich doch um ein metaphysisches, ein überweltliches Geschehn, das einzusehen mir die notwendigste Voraussetzung fehlt, nämlich selbst außerhalb und überhalb der Welt zu stehn. Ahnungshaft ist eine blasse Kunde dieses Geschehens in mein Inneres gesenkt und gleichnisweise sind mir die Symbole der ausgebildeten Religion gegeben, unter deren Anhauch jene Ahnung meines Gemüts erschauernd mitzuschwingen und mitzuklingen beginnt.«

So etwa müßte ein gläubig gebundener Mensch unserer Zeit sprechen. In mir aber sprach ein andrer Gedanke, der gewiß nicht neu war, den ich selbst schon einigemale gedacht hatte, nicht aber so klar und mahnend, wie im Dunkel dieser kleinen Kirche, während des Requiems eines jungen Menschen, den ein Baum erschlagen hatte, inmitten einer Versammlung von Unglücklichen, die sich selbst betrauerten.

Porta Inferni!? Hölle!? Was noch alles, du Armer dort, wir Armen hier!? Und diese Erde? Genügt diese Erde hier nicht? Kommt etwas Schlimmeres nach, so könnte es nur der Sadismus einer geheimen Staatspolizei jenseits der Welt erdacht haben, nicht aber der Gott, an den wir glauben. Du Toter dort, wir Lebendigen hier, gibt es einen besseren Beweis als uns, daß diese Erde ein Strafort ist?

Der Mensch sieht sich immer nur als Wesen der Mitte. Unendlich über seinen Zustand erhebt er die Seligkeit, unendlich unter seinen Zustand versenkt er die Verdammnis. Dort, wo er steht, ist immer nur die Gewöhnung und der Alltag, die beiden Mächte, aus denen gebraut ist, was er Wirklichkeit nennt. Wie aber, wenn diese Wirklichkeit unser irdisches Leben, ein ganz und gar extremer Zustand wäre, der durch die Macht der Gewöhnung, d. h. zugleich durch die Macht der Vergleichlosigkeit als selbstverständlich, unabänderlich und einzig möglich hingenommen wird?! Die eschatologische Frage lautet: Gibt es eine Verdammnis ohne Bewußtsein von ihr selbst? Ist die Hölle noch Hölle, wenn ihre Bewohner nicht wissen, daß sie darin sind? Wenn wir im Hinblick auf Verdammnis, Hölle, ewigen Strafort diese Frage nicht unbedingt mit Ja beantworten können, so ist es schon etwas andres, sobald wir uns einen zeitbedingten Strafort, ein Purgatorium, eine Läuterungsstätte vorstellen. Man kann sich sehr gut Wesen denken, die ein großes

Stück Elend zu schleppen und zu überwinden haben und sich trotzdem dessen nicht bewußt sind, daß sie diese Last, die sie Wirklichkeit nennen, aus einem bestimmten Grunde und zu einem gewissen Zwecke schleppen. Es fehlt ihnen nur der Vergleich, ohne den es kein Innewerden eines extremen Zustandes gibt.

In der Stunde des Requiems philosophierte ich nicht. Es war nur in mir schärfer als jemals vorher, die Ahnung des extremen Zustandes aufgewacht, der unser menschliches Leben ist. Mein Ohr lauschte hingegeben den beiden ausgebluteten Akkorden des Harmoniums, über denen der Gesang der Totensegnung schwebte, während mein Geist träumerisch nach Beweisen suchte, seine Ahnung zu erhärten. Ich wandte mich um. Das Kirchenportal flammte. Wogende Weißglut in einer Hochofentür. Die fauchende Nachmittagssonne drängte herein...

Aus solchen Sonnen besteht das, was Kosmos genannt wird. Aus millionenmal größeren und millionenmal kleineren. Diese brennenden Ungeheuer sind die Form, in welcher die Materie in der ungeheuren Leere auftritt, die wir als All bezeichnen. Obgleich die physikalische Astronomie das Gewicht dieser Sterne feststellt und die Hitzegrade ihrer Feuerkörper mißt, so lehrt sie uns doch auch, daß ihre Materie kaum etwas mehr mit dem zu tun hat, was wir auf Erden für materiell halten. Während hier die kleinsten Teilchen zu Klumpen geballt, feste Formen annehmen, so können im ungeheuren Druck der Sternbälle die Atome nicht bestehn, sie zerbrechen in ihre (hypothetischen) Grundkräfte, Protonen und Elektronen, die als Strahlen und Wellen ins All hinauswirken. Was sind demnach die Sterne, in denen das Leben des Universums lebt? Unfaßbar dünne Verdichtungen gewisser Urstoffe in Kugelform, rasende Wirbel geplatzter Atome, in rätselhaft eruptiver Lebenstätigkeit begriffen. Diese Definition, die eine Naturerscheinung mit physikalischen Begriffen beschreibt, ist im tieferen Sinne nichtssagend, nicht anders als etwa eine Formel wäre, die den Menschen als einen ›symmetrischen Körper mit Blutkreislauf und Stoffwechsel‹ erschöpfend darzustellen wähnte. In jener Definition ist die wichtigste Frage gar nicht gestellt: Sind die Sterne belebte Körper? Sind die Sterne Persönlichkeiten? Andre Zeiten, deren Geistesverfassung freilich der unsrigen nicht glich, haben diese Fragen positiv beantwortet. Die alten Mythologien sahen in den Himmelskörpern die sichtbare Erscheinungsform der Götter. Selbst die ziemlich späte Gnostik huldigte noch der Anschauung, die Sterne seien die himmlischen Heerscharen in leiblicher Person und ihre brennende Lebenstätigkeit nichts anderes, als der große Lobgesang, das Sanctus –, Sanctus – Sanctus, mit dem die Engel den Schöpfer unaufhörlich feiern.

Dem modernen Menschen ist die Kraft mythologischen Denkens und Vorstellens verloren gegangen. Er neigt eher dazu, in den Sternen tote Stoffanhäufungen zu sehn, denen Leben, Geist, Persönlichkeit mangelt. Er erkennt in ihnen gigantische Gasbälle ohne deutbaren Sinn und Zweck, die allgemeinen physikalischen Gesetzen gehorchend, sich ohne deutbaren Sinn und Zweck bewegen und entwickeln. Doch auch diese Ansicht ist nicht gültiger als jede andere Glaubenssache oder Unglaubenssache. Der moderne Mensch hat ebensowenig den Beweis dafür, daß die Sterne keine geistigen Persönlichkeiten sind, als der Gnostiker hätte beweisen können, sie seien die Erscheinungsform der Engel.

Wenn aber die Naturwissenschaft auch vor den wichtigsten Fragen verstummen muß, so gibt sie mir doch einen Fingerzeig in der Frage, die mich so sehr bedrängt. Die neue astronomische Physik lehrt, daß es in der unausdenkbaren Leere des Alls nur sehr wenig Materie gibt, daß aber diese Materie fast durchweg in Gestalt der Sterne, das heißt, jener unfaßbar dünnen Verdichtungen geplatzter Atome in glühender Kugelform vorhanden ist. Jede andere Form der Materie, mithin vor allem die planetenartige, erdengleiche, gehört zu ihren höchst seltenen Ausnahmefällen. Planeten und Planetenfamilien entstehen nach der geltenden Theorie dadurch, daß zwei Gestirne, zwei Sonnen, in ihrer Bahn sich übermäßig einander annähern, so daß die Gravitation des einen auf das andere derart mächtig wirkt, daß große Stücke seiner Materie ihm aus dem Leibe gerissen werden, die es dann als Planeten zu umkreisen beginnen. Diese Annäherung von Gestirnbahnen und die dadurch verursachte Abschnürung von Planetensystemen, gehört aber, der Wissenschaft zu Folge, zu den ungewöhnlichsten Katastrophen im Kosmos. Planeten sind demnach eine katastrophale Anomalie. Unter diesen Planeten aber ist ein Planet mit den Lebensbedingungen der Erde die abnormalste Anomalie.

Wenn ich also der Physik trauen darf, so belehrt sie mich, daß die Materie, die wir um uns finden und an uns haben, durchaus nicht der Zustand der Materie ist, wie sie zum überwältigenden Großteil das All erfüllt. Man könnte im Gegensatz zum unfaßbar dünnen feurigen Sternstoff, den dichten Stoff der Erde »ausgestoßene Materie« nennen oder »Materie im Exil«. Durch den Gesetzesbruch, den Sündenfall zweier Gestirne, ist unser Planet entstanden. Fortgebannt vom Sonnenleben, dessen geistige Natur wir nicht erkennen dürfen, führt er nun sein eignes blindes Leben, immer dichter, immer kühler werdend. Die Menschen sind die jüngsten Kinder dieser Blindheit, dieser Kühle, dieser Dichte. Ist das nicht ein Fingerzeig für das, was ich den »extremen Zustand« unseres Lebens genannt habe?

Porta Inferni! Purgatorium, Bußort, Läuterungsort! Vermutlich muß etwas gebüßt werden, was wir nicht begreifen. Vermutlich muß die abgesprengte ausgestoßene Materie diesen Weg ins Dichte und Kalte gehn. Wir aber gehen diesen Weg mit als leidende Teile und Zeugen zugleich. Sonderbar genug, daß einem sogar die Physik zuzuflüstern vermag, diese Erde sei vielleicht nichts anderes als eine Strafkolonie im Kosmos.

Par l'amour

Bertrand, ein Junggeselle, fuhr jeden Morgen zwischen zehn und elf von der verträumten Station Le Vésinet mit dem Vorortszug zum Bahnhof Saint-Lazare. Er fuhr in ›sein‹ Ministerium, wo er wie so mancher seiner literarischen Kollegen eine Sinekure innehatte; ein erstaunliches Fremdwort übrigens, dieses Ohnesorg, das aus dem Sprachschatz des glücklichen Frankreich noch immer nicht geschwunden ist. Bertrand pflegte sich während der täglichen Fahrzeiten gewöhnlich in seine Zeitung zu vertiefen, wobei ›vertiefen‹ einen übertriebenen Ausdruck für oberflächlich schläfriges Zeilenschlucken und Sogleich-Vergessen bedeutet. Der Junggeselle nämlich gehörte zu jenen Auserwählten und Unverwundbaren, denen die Zeit und die Zeitung nicht wehe tun konnten, es sei denn durch abfällig unfreundliche Anmerkungen über eines seiner Geistesprodukte.

Auch heute, an einem blendenden Maitag, oberflächlich in die Zeitung vertieft, nahm Bertrand seine Umgebung ebensowenig zur Kenntnis wie sonst. So geschah es, daß er lange Zeit die herzbewegende Erscheinung gar nicht bemerkte, die auf einer der flüchtigen Haltestellen eingestiegen war und ihm gegenüber Platz genommen hatte. Als seine Augen dann plötzlich diese Erscheinung umfaßten, tat ihnen sogleich das Blick-Versäumnis der wenigen Minuten bitter leid. Es war eine Frau, nein, ein Mädchen, dem Anschein nach äußerst jung. Die überzarte Gestalt in eine Art Trauer oder Halbtrauer gekleidet, stach gegen die übrige leicht geschürzte Weiblichkeit ringsum ab, deren sommerlich nackte Arme und Waden das starke Tageslicht in dem Eisenbahnwagen durch ihr fröhliches Fleischeslicht zu vervielfältigen schienen. Bertrands Gegenüber saß ganz regungslos da, von seiner Umgebung nicht nur durch das bißchen Zwischenraum getrennt, sondern durch ganze Zeitläufte, als der holde Revenant, als das reizende Gespenst irgend eines vergangenen Jahrzehnts, von den schwarzen Lackschuhen unten bis zum punktierten Hutschleier oben. Das Ensemble erweckte jedoch den Eindruck eines besonderen modischen Raffinements. Dieses wundersame Mädchenbild hielt den Kopf gesenkt. Bertrand konnte nichts vom Gesicht sehen. Der punktierte Hutschleier, der die geahnte Helligkeit des Antlitzes umkränzte, zitterte in der Vibration der Fahrt. Hie und da verriet er eine Locke braunen Haares. Die Schöne hielt den Kopf deshalb tief gesenkt, weil sie las und vermutlich ein wenig kurzsichtig war. Was sie las, schien in merkwürdiger Weise ihrem Kleid und Wesen angepaßt zu sein. Es war ein Romanheft, Großquart, doppelspaltig gedruckt. Bertrand wunderte sich darüber, daß dergleichen vergilbtes Lesefutter mit blaß bewegten Illustrationen mitten im Text noch immer verkauft werde, nicht anders wie in seiner Jugendzeit. Er bemühte sich, den Titel der Geschichte zu entziffern, die das Mädchen gegenüber so völlig gefangen hielt, daß es wie in einer Wolke von seliger Abwesenheit anwesend war. Doch es gelang ihm erst, als die Lesende, die letzten Zeilen der Spalte genießend, mit ihren matt leuchtenden Fingern im schwarzen Netzhandschuh das Blatt zögernd umwandte, als könne sie sich wie von dem gelesenen Leben nicht trennen. ›Par l'amour‹ hieß der Roman.

Wie ein lichter Widerschein spiegelten sich die emsigen Zeilen des wahrscheinlich recht trüben ›Par l'amour‹ auf dem unsichtbaren Gesicht des Mädchens. Bertrand fühlte diesen Widerschein. Es war, als ob die verschiedenen Schatten-Grade eines bilderraschen Films über eine verborgene Leinwand liefen und man gewahre nichts andres als das Heller- und Dunklerwerden zwischen Reflektor und Bild: Vereinigungen und Abschiede, Küsse und Schüsse, Fluchten und Rettungen, und all das durch den gierigen Zeitraffer des lesenden Auges wunderbar beschleunigt. Ohne es zu sehen, sah Bertrand dieses ungeduldige Auge, wie es atemlos die Zeilen entlangwanderte, so innig, ja so inbrünstig, daß der ausgelesene, der abgeerntete Teil der Seite hinterher grau wurde und zu erlöschen schien. Mehr als die zeitfremde Schönheit, als die unbewußte Anmut der Erscheinung entzückte ihn dieses ganz und gar verlorene Lesen, diese bedingungslos saugende Kraft der Hingabe an ein Phantasiewerk in antiquiertem Format, von dem er selbst gewiß nicht zwanzig Zeilen würde herabwürgen können. Doch, was auch immer ›Par l'amour‹ erzählen mochte, erst heute, erst angesichts des Mädchens mit dem Romanheft, hatte Bertrand das leibhaftige Wunder des Lesens kennen gelernt.

Der Junggeselle war vor wenigen Tagen vierundvierzig Jahre alt geworden. Mehr denn je den Abenteuern des Auges verfallen und nicht nur denen des Auges, hatte sich in letzter Zeit eine neue schwermütige Ungeduld in sein Herz geschlichen. Wie lange noch wird der kleine Tod, der Tod im Tode auf sich warten lassen? Dieser ›kleine Tod‹ – ein halbwüchsiger aber echtbürtiger Verwandter des großen Todes – das war für Bertrand der gefürchtete Augenblick, in welchem das Gegen-Lächeln der Frau aufhören und ihr Auge ihn keiner Antwort mehr würdig finden würde. Beim Anblick der leidenschaftlich Lesenden bedrängte ihn aber nicht diese neue Unsicherheit des Endes, sondern die alte Unsicherheit des Anfangs, die fiebrische Scheu des Knaben, die er doch schon in undenklicher Vergangenheit verloren zu haben glaubte. Unterm Anhauch dieses errötenden Gefühls kannte er sich selbst nicht mehr. Verlegen drückte er seinen Körper, der ihm plötzlich unbequem war, in die Ecke, um der unberührten Erscheinung nicht zu nah zu kommen. Sein ängstlich stockender Blick streichelte den punktierten Hutschleier, die geahnte Helligkeit des Gesichts, den langen untadligen Hals, dessen gelbliches Elfenbein in den gleichfarbigen Spitzenkragen verfloß, die kindhafte Wölbung der Brüste unter dem glänzenden Seidenschwarz; er tastete sich weiter bis zu den matt leuchtenden Händen in Netzhandschuhen, die den Roman ›Par l'amour‹ festhielten, und er gab seine Pilgerfahrt nicht auf, bevor er die feinen Füße in Trauerstrümpfen aus halbgeschlossenen Lidern geliebkost hatte, blinzelnd, als tue er etwas Unerlaubtes.

Bertrand besaß keine Einbildungskraft, die sonst leicht in Gang zu bringen war. An seinen Büchern arbeitete er sehr schwer. Man wußte, daß er weit eher ein skrupelhafter Meister der Konstruktion war als ein gesegneter Jünger der Eingebung und Phantasie. Ein bohrender Trieb zur Rechenschaft stellte sich ihm wieder in den Weg. Jetzt aber, während der Zug über die boots- und wimpelbunte Seine rauschte und das leise Parfüm seines Gegenübers ihn wie ein verstohlener, aber unabweisbarer Bote anrührte, verließ, anrührte, – jetzt überfiel Träumerei ohne Rechenschaft diesen kritischen Geist. Konnte das Mädchen da, das er noch vor fünf Minuten nicht gesehen hatte, diese zeitfremde Lieblichkeit inmitten offen dargebotenen Weiberfleisches, diese in einen altertümlichen Roman Verlorene und Eingepuppte, konnte sie nicht die große Wunder-Chance sein, vom Schicksal im letzten Augenblick ihm zugesprochen, im Frühling vierundvierzig seines sich neigenden Lebens?

Überflüssige Frage. Sie ist diese Chance. Seit gestern sind sie verheiratet und nun auf der Reise in ihre ersten Ferien. Er wundert sich nicht besonders, daß zwischen Jetzt und Jetzt das Jahr seiner Werbung liegt, so inständig, so heiß, wie er sichs selbst nie zugetraut hätte. Sie liest leidenschaftlich wie sie damals gelesen hatte, als sie einander im Zuge nach Saint-Lazare das erste Mal begegneten. Liest sie vielleicht jetzt eines seiner Bücher? Nein, nein! Sie soll durch keinen seiner gebosselten Sätze verwirrt werden. Hingegen hat er einen ganzen Nachmittag damit verbracht, auf dem rechten Seine-Ufer einen großen Stoß von mumifizierten Romanheften aufzutreiben, die den Vorzug haben ›Par l'amour‹ zu gleichen. Und nun ist sie wieder verloren und verpuppt, – zum Glück nicht in seine mühselig um die Wahrheit kämpfenden Stilkünste, sondern in diese spannend sentimentale Liebesgeschichte, die ihr unsichtbares Antlitz noch immer wie mit einer fernen Glut anhaucht. Bertrand erwägt ernsthaft, ob er das in sich überwinden könnte, was man »literarisches Niveau« nennt, dieses sonderbare Geflecht aus Hochmut, Ehrfurcht, Snobismus, Wahrheitsdrang, Wirklichkeitsscheu und Resignation. Freilich, zu solcher kühnen Hoffnung versteigt er sich nicht, für seine Frau jemals ein ›Par l'amour‹ schreiben zu können. Doch vielleicht werden sie einander auf halbem Wege entgegenkommen dürfen, er, als Schreibender und sie, als Lesende.

Bertrand rührt sich nicht, schließt die Augen. Er ist entschlossen, sein junges Weib nicht zu stören, und sollte es bis zum Ziel der Fahrt vom Hefte nicht aufschauen. Ist es nicht mehr als genug, dem späten Wunder so nahe zu sein, dieser unglaubhaften Erfüllung eines zerfahrenen und vergeudeten Junggesellenlebens? Er wird nicht mehr den jugendlichen Fehler begehen, die Frau nach seinem Bilde zu formen. Er wird diesmal das eigenlebendige Bild der Frau vor sich selbst verteidigen, vor seiner männlichen Rücksichtslosigkeit, Gier, Sättigung und Fluchtbereitschaft. Demütig wird er mit geschlossenen Augen und mit geschlossenem Egoismus das Gottesgeschenk ihrer Existenz genießen, das mit ihm verbunden ist in seltsam luftiger Weise und doch ganz und gar. Deshalb hat er sie ja in edelster Selbstüberwindung bis zu dieser Stunde noch nicht berührt, nicht einmal mit dem Ferngefühl der Spitze seines Mittelfingers. Deshalb winkt er unausgesetzt begütigend seinen aufgeputschten Sinnen ab, die hinter den Gitterstäben seiner selbst meutern. Die Lesende soll nicht vorzeitig seine Geliebte sein, nicht einmal in der Vergewaltigung durch den Gedanken. Im Frühjahr vierundvierzig hat man es endlich, es war auch höchste Zeit, zur Meisterschaft der Liebes-Geduld gebracht. Man hat sich ohne einen Schatten von Ironie oder Kritik dem Sippengesetz einer Familie unterworfen, deren labyrinthische Strengbürgerlichkeit in unserm Zeitalter stehn geblieben ist wie das kühle, ein wenig schon verschollene Haus, in dem sie wohnt. Statt des verstorbenen Vaters nimmt dessen vergrößerte Photographie den leeren Ehrenplatz an der Familientafel ein. Die Argusaugen von zwanzig Onkeln und Tanten haben Bertrand aufs Korn genommen und allerlei Hausgeistern hat er Prüfungsfragen aus dem vorigen Jahrhundert beantworten müssen, ehe man die Braut mit ihm ziehen ließ. Zuletzt wurde noch ein Hundertjähriger hereingeschoben, der älteste des Geschlechtes, der das Ehrenbändchen an seinem Krankenhemde trug. Er gab unter vielen Vorbehalten seinen miselsüchtigen Segen, der eher wie eine Verstoßungsformel klang.

Bertrand denkt sich dies alles nicht aus. Die Kraft seiner durch die dichte Nähe der Lesenden aufgewirbelten Träumerei ist so neuartig, so tief, daß keine richtigen Bilder seinen Geist durchziehen – das wäre nichts Besonderes –, vielmehr die beinahe schon bildlose Erinnerung an Bilder, an durchlebte Szenen, überwundene Schwierigkeiten, an lange Spaziergänge, Gespräche, Bekenntnisse – der füllige, duftende Nachklang dessen, was sich niemals begeben hat, nicht einmal im Traum des Träumers. Es ist ungefähr ähnlich als wenn einen alten Bergsteiger bei bloßer Nennung eines Gipfelnamens die atemlose Erschöpfung des vollendeten Aufstiegs befiele.

Wahrhaftig, Bertrand spürte Herzklopfen. Der rebellierende Liebeswunsch in ihm hatte sich der Lesenden schon so tief eingelassen, daß er erschrak. Es wäre geradezu schmachvoll gewesen, so zu tun, als habe sich nichts ereignet. Schon bestand eine heimliche Pflicht, die ihn mit der ahnungslos Geliebten verband. Die große letzte Chance: War nicht die überraschende Heftigkeit seines Gefühls der Ruf des Schicksals selbst? Er durfte sich beim Aussteigen nicht einfach wegstehlen wie ein banaler Liebesschwindler und die große letzte Chance seines Lebens verpassen.

Bertrand begann zu erwägen, wie er am feinsten und natürlichsten sich dem Mädchen nähern könnte. Ein Schweißtropfen trat auf seine Stirn. Trotz seines abenteuerreichen Lebens kostete es ihm schwere Selbstüberwindung, eine Frau anzusprechen. Er drehte den Kopf von der noch immer inbrünstig Lesenden zum Fenster ab. An einer trostlosen Mauer lief in großen schwarzen Lettern die Aufschrift: »7 km bis zum Bahnhof Saint-Lazare.« Noch zehn Minuten, wußte Bertrand aus täglicher Erfahrung. Am feinsten und natürlichsten geschah es wohl noch während der Fahrt, in diesen zehn Minuten. Ein Wort vielleicht über ›Par l'amour‹, ein lächelndes Wort über dieses Zauberwerk, welches so herrlich zu bannen versteht, daß man nichts hört und sieht und fühlt, auch nicht die Blicke der Bewunderung. Das mit den ›Blicken der Bewunderung‹ unterbleibt besser, beschloß das literarische Niveau in Bertrand, das sich nicht geschlagen gab. Seltsam gequält starrte er auf die verrauchten Feuermauern der Häuser, auf die häßliche Hinterseite von Paris. Plötzlich fiel ihm ein: Ich habe ihr Gesicht noch gar nicht gesehen. Und er wunderte sich sehr darüber, daß er dieses Gesicht, das er noch nicht gesehen hatte, schon so lange in sich trug und hegte und liebte.

Langsam wandte Bertrand seinen Blick. Die Lesende hatte zu lesen aufgehört. Das Heft mit ›Par l'amour‹ lag verbraucht, ausgesogen, erschlafft in ihrem Schoß. Das Gesicht, das er noch nicht gesehen hatte, sah ihn an, sehr aufmerksam, sehr offen. Es war ein junges Gesicht, wenn auch nicht achtzehnjährig, wie er geträumt hatte, so doch auch nicht mehr als fünfundzwanzig Jahre alt. Es war ein schönes Gesicht, wenn auch nicht die Schönheit, die Bertrand in seinem Gemüt gehegt hatte, ohne an ihr zu zweifeln. Und doch, seine Hände waren kalt von schwer beschreiblicher Ernüchterung. Wäre dieses Gesicht durch ein Feuermal entstellt gewesen, oder häßlich, oder auch nur mittelmäßig hübsch, der Junggeselle hätte die süße Liebesphantasie dieses Maitages zwischen Le Vesinet und Saint Lazare sofort vergessen und sich wieder oberflächlich in die Zeitung vertieft. Wäre dieses Gesicht dirnenhaft gewesen, der Junggeselle hätte, durch den nicht gerade originellen Widerspruch zwischen Lastermund und Trauerkleidung aufgereizt, ein praktisches Abenteuer in die Wege geleitet. Dieses Gesicht war aber weder mittelmäßig hübsch, noch auch lasterhaft. Es wurde von sehr dunklen, leuchtenden Augen beherrscht. Die Augen in diesem jungen Gesicht aber, so sehr sie auch leuchteten, waren böse und alt. Und sie waren (warum?) strafend auf Bertrand gerichtet. Er hielt ihren Blick aus, obgleich furchtsames Unbehagen ihn erfüllte. Schnellten die Augen dieser Frau das endgültige Urteil gegen ihn ab? War er anstatt der späten Chance seines Lebens dem ›kleinen Tode‹ in dieser tückisch Lesenden unversehens begegnet, ja, wirklich unversehens? Nein, eine andre Feindschaft traf ihn aus diesen dunklen Augen, die ätzten und stachen. In seiner Träumerei hatte er eines hellsüchtig herausgefühlt: den Widerwillen der Sippe, die sich in dem Mädchen verkörperte, gegen seinesgleichen. Bourgeoise Wespennatur, dachte er, voll berechnender Gewöhnlichkeit und gekränkter Selbstverkapselung. Selbst die ätherische Gestalt, vor zwei Sekunden herzbewegend, nahm plötzlich eine andre Bedeutung an. Sie war durchsichtig und feingliedrig, doch so wie Insekten es sind. Und diese Blicke waren wahrhaftig Insektenstiche mit Widerhaken. Das ganze Gift, das sie aus der sentimentalen Süßigkeit von ›Par l'amour‹ gesogen hatte, spritzten sie nun gegen ihn, den Gegner erkennend. Sie verteidigten ›Par l'amour‹ gegen seinen Hochmut. Zwischen ihm und ›Par l'amour‹ war beim besten Willen kein Bund zu flechten. Der unbegreifliche Haß einer trauerbekleideten Abgeschlossenheit ballte sich in diesen unnachgiebigen Blicken zusammen, ein Haß, an dem die vielen Toten des Clans beteiligt waren, für die man jahraus, jahrein in Schwarz ging. Die strafenden Augen wandten sich von Bertrand nicht ab. Er hätte sich geschämt, ihnen zu weichen, und so hielt er mit einem mageren und hilflosen Lächeln stand. Es war eine vollkommene Niederlage. Ohne Zweifel hatte sich Bertrands zarte Liebes- und Ehephantasie in der Seele der Lesenden abgespielt und ihren höhnischen Widerstand hervorgerufen. Denn nicht nur in, sondern auch zwischen den Menschen geht zehntausendmal mehr vor als sie erahnen dürfen. Die großen dunklen Augen schonten den Durchschauten noch immer nicht. Sie erhoben die Anklage als alte Bekannte, vor denen kein dunkler Winkel sicher ist. Sie nahmen nicht nur Rache an Bertrands eigensüchtiger Träumerei, sie gaben ihm plötzlich die ganze Zweifelhaftigkeit seiner Natur schmerzlich zu spüren...

Als einige Minuten später die liebliche Gestalt in gemilderter Trauer mitten im Gedränge des Bahnhofs Saint-Lazare verschwunden war, dachte Bertrand: Ich habe mich verliebt, habe geheiratet, habe eine Ehe geführt und schließlich einen langwierigen Scheidungsprozeß verloren. Und während er die Treppe zum Métro hinabstieg, nahm es ihn wunder, daß er sich ausgesprochen erleichtert fühlte.

Die arge Legende vom gerissenen Galgenstrick

I

Daß es den Gerechten übel ergeht auf Erden und daß die Missetäter meist noch zu Lebzeiten ihren »feinen Lohn« dahinhaben, diese unerfreuliche Wahrheit wird von der Bibel nicht verschwiegen. Eine harte Nuß bedeutet sie freilich für die Gläubigen oder Glaubensbereiten, beweist sie doch, daß die Gerechtigkeit der höheren Mächte noch unzuverlässiger, langsamer, verwickelter, ja gleichgültiger zu sein scheint als das irdische Recht und daß unsere eifernden Vorstellungen von einer sittlichen Weltordnung keineswegs jener übermenschlichen, aber auch unmenschlichen Ordnung entsprechen, die dem Universum eingeschaffen ist.

Manchmal aber kann dieser Sachverhalt selbst für den patentesten Gottlosen zu bunt werden. Es geschehen ja Zeichen und Wunder, deutliche Zeichen und ausgesprochene Wunder, um die Missetäter zu retten und die Bösen durch raffinierte Parteinahme des Himmels ihrer Strafe zu entziehen. Eine gewisse Logik kann hierbei der Weltordnung insofern zuerkannt werden, als die Begünstigung der kleinen Verbrecher mit ihrer gönnerhaften Praktik in bezug auf die großen durchaus nicht im Widerspruch steht. Jüngst erzählte einer von solch einem exemplarischen Wunder des Himmels zugunsten des Teufels. Der Mann war seit einigen Wochen aus dem Bürgerkrieg in Spanien in unser neugieriges Städtchen zurückgekehrt.

II

Die letzten Kolonnen der hartbedrängten Milizen verließen gegen Mittag die Stadt Malaga. Die Vorhut der Generalstruppen rückte am andern Morgen ein. Zwischen Abzug und Einmarsch lag nicht einmal ein ganzer Tag. Wie es ein Niemandsland, einen

Niemandsraum zwischen den Fronten gibt, so entsteht auch eine Niemandszeit zwischen feindlichen Armeen, die in Bewegung kommen. All jene Städte und Ortschaften, welche jemals das Unglück traf, in ein Kriegsgebiet zu geraten, kennen diese Niemandszeit, die freilich nirgends so beklemmend in Erscheinung tritt wie im Bereiche eines Bürgerkriegs.

Es ist, als sei der Gang der Natur ins Stocken gekommen. Die Vögel haben wie bei einer Sonnenfinsternis plötzlich das Singen eingestellt, und ihr bekümmertes Stummsein ist geradezu hörbar ringsum. Eine gespenstisch tückische Windstille breitet sich aus, und der spärliche Hausrauch steigt trotzdem nicht in die Höhe, sondern bleibt feig und kriecherisch an den Dächern kleben. Die Hähne krähen nicht. Hie und da winselt ein Köter. Nicht nur die Menschen haben sich verkrochen, sondern selbst die malachitgrünen Eidechsen zucken nur mehr besorgt aus den Ritzen der Gartenmauern hervor, die ein vieldeutig lauerndes Baumdunkel abgrenzen. Eine Pause ist da, der Inbegriff einer zugefrorenen und dennoch vor Spannung berstenden Pause zwischen zwei Schreckensschreien.

Jedermann in der Stadt wußte schon seit Tagen, daß es so und nicht anders werde kommen müssen. Das Kommando der loyalen Besatzung hatte die Bevölkerung keineswegs im unklaren über ihr Schicksal gelassen. Die Gefährdeten besaßen Zeit in Hülle und Fülle, sich in Sicherheit zu bringen. Viele nahmen auch diese Zeit wahr. Eine beträchtliche Anzahl bis dahin Schwankender schloß sich noch im letzten Augenblick mit Weib und Kind und Sack und Pack dem Rückzug der Milizen an. Auf andere wiederum redete man vergeblich ein. Sie widerstrebten dem guten Rat und lehnten es ab, die Stadt zu verlassen, in der sie mit ihrem ganzen Leben wurzelten. Es muß nicht eigens betont werden, daß es sich hierbei fast durchwegs um sogenannte Idealisten handelte. Ein paar Ärzte waren darunter, einige Staatsbeamte und Advokaten, der Herausgeber der städtischen Tageszeitung samt seinen Redakteuren, zwei im Lande wohlbekannte Schriftsteller, ein sogar über die Grenzen hinaus namhafter Maler, mehrere Professoren, Lehrer, Ingenieure und eine große Menge einfacher und dennoch vom Siegerhaß bedrohter Leute. Der Grund ihres Verbleibens war durchaus kein unfruchtbares Heldentum, sondern Sorglosigkeit, Leichtsinn, in den meisten Fällen Bequemlichkeit und jener bedauerliche Mangel an Einbildungskraft für das Böse, der wertvolle Menschen oft in Gefahr bringt. Immer wieder konnte man von ihnen und ihresgleichen die gewissen verderblichen Sätze hören, die von der Unbelehrbarkeit der Menschheit Zeugnis ablegen:

»Es kann ja nicht lange dauern.« – »So arg wird es gar nicht werden.« – »Mir persönlich kann nichts geschehen.« – »Mich trifft bestimmt kein Vorwurf. Ich habe mich niemals politisch betätigt und niemandem etwas zuleide getan.« –

Es dauerte lang, und es dauert noch immer. Es wurde ärger, als die ängstliche Phantasie sichs träumen ließ. Wem nichts geschehen konnte, eben diesem geschah's. Gerade ihn traf der Vorwurf, und es wurde ihm zuleide getan, was er niemandem zuleide getan hatte.

Die neue Strafanstalt lag am Rande der Stadt. Sie bestand aus mehreren vernünftig eingerichteten Gebäuden und baumbelebten Höfen, auf welche, als auf einen rechten Beweis fortgeschrittener Gesinnung, alle Anhänger der Humanität sehr stolz waren. In diesen Tagen wurde die traurige und doch in ihrer Art schätzenswerte Anstalt zu einem Mittelpunkt der Ereignisse. Sogleich in den ersten Stunden nach Einmarsch der Diktaturtruppen kehrte man von allen Seiten jene oben erwähnten harmlosen Idealisten zusammen und lud sie im Gefängnis ab. Mit unfaßbarer Geschwindigkeit hatten sich die Bürger der schönen Stadt aus unbedingten Mitläufern der Regierung in fanatische Parteimänner der Generalsrebellion verwandelt. Es war wahrhaftig nicht nur ein künstliches Aufgebot der Begeisterung, das die Straßen durchflutete. Von der Gattung freilich hatte man vorher wenig gesehen. Vom Bürgerkrieg gezeugt, von der Niemandszeit ausgebrütet, trat sie erst am Ende der Pause ans Licht. Trotzdem wunderten sich nicht nur die Opfer darüber, wie viele altbekannte und vordem freundwillige Gesichter sich als Verräter, Spitzel, Vertraute, Denunzianten, als racheschnaubende Vorkämpfer und Schrittmacher des Siegers entpuppten und sich allenthalben laut damit brüsteten, aus vorbildlicher Gesinnung schon längst im Judassolde gestanden zu haben.

Vor den hohen Gittertoren der neuen Strafanstalt drängte sich ein dichtes Gelichter und forderte in Sprechchören die Befreiung der politischen Gefangenen, welche die Regierung zurückgelassen hatte. Noch ehe das Mittagsgeläut erdröhnte, wurden sie im Triumph hinausgeführt. Zu ihrem Ersatz wanderte die zehnfache Anzahl von Gefangenen in die soeben freigewordenen Zellen. Schon am ersten Tage waren es mehr als tausend, allen voran die harmlosen Idealisten und eine große Masse von Nachzüglern und Marodeuren, die man beim Vormarsch in Weinbergen, Feldern, Gehöften und Scheunen aufgegriffen hatte. Der Raum reichte bei weitem nicht aus. In Zellen, die für drei Häftlinge bestimmt waren, wurden zwölf und fünfzehn zusammengepfercht. Einzelhaft gab es nur für einige wenige unter den ganz großen Beutestücken. Die Grenze zwischen der politischen und kriminellen Abteilung war aufgehoben. Doch diese Wohnungsnot sollte sich nur gar zu bald mindern. Gegen elf Uhr nachts fuhren mehrere Kamions auf dem äußeren Gefängnisplatz vor. Sie boten zunächst Platz für ungefähr neunzig Männer.

Das Grauen begann ...

III

Unter den kriminellen Insassen der musterhaften Strafanstalt – es gab von diesen zur Zeit kaum zwei Dutzend – befand sich ein sicherer Estaban Ahimundo y Abreojos. Der aus Spanien heimgekehrte Gewährsmann verbürgt sich dafür, daß dieser Name so oder ähnlich, aber keinesfalls geringfügiger lautete.

Man stellt sich unter seinem Träger gewiß einen finster glanzvollen Hidalgo vor, einen ehrentollen Granden wie aus einem Mantel- und Degenstück Lope de Vegas. Estaban Ahimundo y Abreojos aber war ein Mörder, kein gewöhnlicher freilich, sondern ein Mörder, wie er im Buche, ja wie er im Bilderbuche steht. In seinem Gesicht hatte sich die Natur wahrhaftig keiner Falschmeldung befleißigt, sie hatte die Rolle des Unholds mit dem richtigen Darsteller besetzt, dessen Maske beinah übertrieben gewählt war. Überhängende Augenbrauen auf dicken Wülsten. Die Augen darunter mausgrau, winzig, versteckt, mit dem hin- und herwandernden Blick des immer Ruhelosen, des immer nach einem Ausfallspunkt Spähenden. Eine niedrige, fliehende Stirn unter verfilztem Kraushaar. Ein Nußknackermund mit einem herausfordernden Eckenkinn. Die vierschrötige Gestalt leicht gebeugt, stiernackig, bucklig gleichsam vor Erniedrigung, Tücke und Unbehagen. Der Brustkasten wie eine eiserne Kassa. Eines Gorillas pendelnd haarige Würgepratzen. Der ganze Mann ein vollendetes Modell fürs gerichtspathologische Museum, der klassische Fall eines Verbrechertyps, zur Vorführung im Seminar glänzend geeignet. Da war nichts Versöhnendes, kein kindlicher Rest, keine mitleiderregende Blöße oder Schwäche, wie man sie fast an jedem Übeltäter bemerken kann. Nein, Estaban Ahimundo y Abreojos war der fleischgewordene Angsttraum einsam wohnender Witwen, die in der Nacht aus dem Schlafe schrecken.

Die Verbrechen, die er büßen sollte, ließen sich kaum an den Fingern herzählen. Zwei Lust- und drei Raubmorde bildeten das Chef-d'œvre. Um den Prozeß nicht in die Länge ziehen zu müssen, hatte man sich aber nur auf die ausgewählten Werke des Abreojos beschränkt und Bagatellen wie simple Einbrüche und Diebstähle gar nicht in den Kreis der Untersuchung gezogen. Der Prozeß gegen Abreojos – ein standrechtliches Verfahren, dem aber eine langwierige Untersuchung vorausgegangen war – hatte an den beiden letzten Tagen der Belagerung stattgefunden. In den Anfängen des Bürgerkriegs legten nämlich die rechtmäßigen Behörden den größten Wert darauf, die öffentlichen Geschäfte, so weit es nur anging, in normaler Weise fortzuführen. Die Theater, die Varietés, die Kinos spielten, und die Gerichte tagten. Das kriegsmäßige Standrecht von Malaga verurteilte den mehrfachen Mörder zum Tode durch die Garotta, der

Würgestuhl, wie es sich denken läßt. Doch sogleich machte sich jener seltsame Eingriff höherer Mächte zugunsten eines Missetäters in verwunderlicher Weise geltend. Das Todesurteil konnte nicht mehr vollstreckt werden, da Niemandszeit anbrach, die legale Macht verschwand und die triumphierenden Generale samt ihren gutgedrillten Horden diese an sich rissen.

Der neue Stadtkommandant hatte das Geschäft der Rache höchst persönlich übernommen, zu welchem Zweck er einige Stunden des Tages in der Kanzlei des Gefängnisses amtierte, um die wichtigeren Schlachtopfer selbst zu verhören und sich an ihrer Ohnmacht zu weiden. Es war ein jüngerer, gleichsam durch seinen Haß ausgemergelter Oberst, das Einglas nach preußischem Muster ins Gesicht gefroren und sonst nach italienischem Muster blitzend gestiefelt und gespornt. Wenn diese Menschenart eine Zeitlang, statt andere zu züchtigen, selbst in Zucht gehalten wird, wie es durch die spanische Regierung geschehen war, ist sie mit Zorn- und Verderbnisströmen geladen über alle Maßen. Man sah es den ausgebrannten Zügen des Obersten an, daß er darunter litt, nichts Schlimmeres verbreiten zu dürfen als den Tod.

Dem Kommandanten wurde pflichtgemäß auch der Akt Estaban Ahimundo y Abreojos vorgelegt. Er saß in seiner Kanzlei, beide Beine weit von sich gestreckt, deren prächtige gelblederne Reitstiefel von je einem Stiefelputzer mit Crème, Lappen und Bürsten aufs eifrigste bearbeitet wurden. Mitten unter den gehäuften Amtspapieren auf dem Schreibtisch, von denen jedes über Tod und Leben eines Menschen befand, stand ein Glas mit einem giftgrünen Apéritif. Der Colonello sog aus einem Strohhalm nachdenklich an dem kühlen Trank, während er das Urteil über den Raub- und Lustmörder durchlas. Mit einem halblaut hingeworfenen Murmelwort befahl er den Offizieren und Zivilbeamten, die ihn lauschenden Ohrs umgaben, die Vorführung dieses durch die Niemandszeit vom Todesurteil befreiten Missetäters. Der Anblick des exemplarischen Unholds, der die billigsten Vorstellungen von Verbrechergestalten weit hinter sich ließ, schien den Kommandanten mit Befriedigung zu erfüllen. Ein glänzender Einfall zuckte durch seinen Kopf. Dieser Einfall verwandelte sich sogleich in einen gleichgültig in die Schreibmaschine diktierten Befehl, der an den technischen Leiter des Rachewerkes erlassen wurde. Da der Tod durch Pulver und Blei nach Ansicht des Obersten eine sehr gelinde Strafe für Freiheitskämpfer, Pazifisten, Demokraten, Sozialisten, Kommunisten und anderes humanitätsduselnde Gesindel war, so sollte dieser Tod für den ersten Schub dieser schlappen idealistischen Hunde wenigstens dadurch versüßt werden, daß sie ihn in der ehrenvollen Gemeinschaft eines fünffachen Raub- und Lustmörders erleiden durften.

Knapp nach Mitternacht wurden die Kamions auf dem Gefängnishof mit ihrer Fracht beladen. Unter den Notabeln der Generalsrache, fast durchwegs feinen Köpfen und würdigen Gestalten, saß der haarige Unmensch und blinzelte mit seinem unsteten Meuchlerblick um sich. Die anderen, ältere Männer zumeist, schauten drein wie aus dem Schlaf gerissen, ein wenig entsetzt und dennoch dessen, so schien's, nicht im geringsten bewußt, was ihrer wartete. Die Motoren wurden angelassen, durchheulten die geduckte Stille und lügnerische Ausgestorbenheit dieser Nacht. Die sausende Fahrt ging zum städtischen Zentralfriedhof. Im Verlaufe des Bürgerkriegs hatte sich auf der Generalsseite eine praktische Form herausgebildet, die Sache an Ort und Stelle zu erledigen, dort nämlich, wo sie am wenigsten Scherereien und keine hygienischen Gefahren verursachte. Die Lastautos brausten herrisch durch das hohe Kirchhofstor, bogen in die Hauptallee ein, nahmen nicht die geringste Rücksicht auf das Ruhebedürfnis ziviler und hochangesehener Toten, die in den Prunkgrüften und Mausoleen einer glücklichen Feudalzeit hier wohnten, und hielten endlich auf dem entferntesten und noch ungepflügten Teil des Gottesackers. Dort warteten schon andere Kamions sowie eine Equipage militärischer Scheinwerfer. Das fürchterliche Licht der riesigen Trommel-Reflektoren zerzischte und zerfeilte die Finsternis und ließ einen breiten Fleck würgender Grellheit frei, an deren Rändern sich die dichte Nacht wieder hoch aufbäumte. In diesem ausgesparten Raum unnatürlichen und doch so bedeutungsschweren Lichtes standen Gewehr bei Fuß in lässiger Ordnung drei Abteilungen von Soldaten, und zwar ein Zug Reguläres, ein Haufen schwarzbrauner Moros und ein paar Leute von den Phalangen, an der violetten Kappentroddel erkenntlich. Etwas weiter entfernt hörte man rauhe Stimmen aus der Erdtiefe heraufschallen, und schwere Schaufellasten dunkler Schollen kollerten einen breiten Aufwurf herab, der wie eine Böschung das flüchtig ausgehobene Massengrab den Blicken entzog. Es war etwa zwölf Schritt lang, acht Schritt breit und drei Meter tief.

Das Gemetzel vollzog sich ohne Hast, doch auch ohne jede Spur von Zeremonie. Es wurde mit unübertrefflicher Sachlichkeit abgetan, nicht wie in alter Zeit unter dumpfen Trommelwirbeln, makabren Kommandorufen und Signalen, sondern wie ohne vorbestimmte Ordnung, virtuos, aus dem Handgelenk gewissermaßen. Man hätte meinen können, es handle sich hier nicht um die grauenhafte Tötung unschuldiger Menschen, sondern um irgendeine gleichgültig technische Präzisionsarbeit im Scheinwerferlicht. Nichts Menschliches war verspürbar, ja nicht einmal etwas Teuflisches, nicht einmal der infernale Genuß der Rache, nicht einmal die perverse Lust am Blutvergießen. Der neuartige Typus, der hier am Werke war, hatte für seine Lieblingstätigkeit das richtige Wort gefunden: »Umlegen.« Männer wurden umgelegt wie Stangen.

Ein Offizier rief die Namen der ersten Zehn auf. Die Namen der besten, die dem Feinde in die Hand gefallen waren. Man riß sie vom Wagen herunter: Zwei Ärzte, die nichts mit Politik zu tun hatten, der Zeitungsherausgeber mit seinen drei Mitarbeitern. Der Schriftsteller und der berühmte Maler und drei unbedeutende Beamte des gestürzten Regimes. Die Gesichter waren nicht totenbleich, weil sie grellweiß waren vom Scheinwerferstrahl. Die Gestalten bewegten sich darin wie bei einer Filmaufnahme. Die Zehn, sie waren nicht einmal gefesselt, wurden zur aufgeworfenen Böschung getreten. Keiner wehrte sich, keiner sagte etwas. Chargen traten dicht heran, befahlen: »Röcke ausziehen!« Die Opfer gehorchten.

Erst jetzt, da sie einander in übertrieben weißen Hemdärmeln sahen, schienen sie der ganzen rettungslosen Wahrheit innezuwerden, erhoben hohe enge Stimmen, mit denen sie, durcheinander schreiend, ihren vollkommen indolenten Henkern irgendwelche rasche und entscheidende Aufklärungen zu geben versuchten. Die Bewaffneten aber hatten unterdessen gemächlich und noch immer ohne Kommandolaut die grelle Stelle abgeriegelt. Die Zehn an der Böschung besaßen keine andere Möglichkeit der Flucht mehr als die in das große Massengrab. Keiner von ihnen jedoch dachte an diese letzte Möglichkeit. Sie redeten immer rascher, immer heftiger durcheinander. Da knatterte es los. Ein Maschinengewehr, in nächster Nähe aufgestellt, man hatte es bisher gar nicht bemerkt. Einen Patronengurt, nicht mehr. Einmal hin und her die Reihe abgestreut. Nur wenige Sekunden dauerte das trockene Geratter. Die würdigen Grauköpfe platzten wie Eier. Man hörte ins Geknatter hinein den Laut der zersprengten Schädel. Im Reflektorenlicht, das keine Farben duldet, flossen schwarz die Blutbäche, die einander züngelnd suchten und sich zu einem Strom vereinten.

Regulares und Moros traten an die Gestürzten heran und jagten ihnen aus ihren Mausergewehren noch ein paar Kugeln in den Leib, völlig gleichgültig, ganz nebenbei, wie man mit dem Fuß widerspenstig glimmende Zigarettenreste ausscharrt. Dann packten sie die Körper an Schultern und Füßen und schleuderten sie mit Schwung in die Grube. Die erste Schicht der besiegten Freiheitskämpfer lag, wie sie lag. Ein paar Schaufeln Erde und gelöschten Kalkes wurden auf sie geworfen.

Als sich dieser Vorgang zum achten Male wiederholte, stand der edle Estaban Ahimundo y Abreojos als elfter und letzter Mann am linken Flügel der Todesreihe. Die anderen zehn, die siebenmal Zeugen ihres eigenen Schicksals gewesen waren, schienen kaum mehr zu leben. Man hörte jetzt kein Durcheinanderreden hoher Männerstimmen mehr, nur hie und da den gepreßten Röchellaut eines Menschen, der sich erbrechen möchte. Als einziger schien Abreojos bei Besinnung zu sein. Er stand ruhig aufrecht und schwankte nicht, ein Held. Seine Augen wanderten aufmerksam hin und her wie immer. Von Zeit zu Zeit hob er die schwere Pratze hoch und rief »¡Arriba España!« den Losungsruf des nationalistischen Spaniens. Tat er das, um sich beim Tode einzuschmeicheln, der offensichtlich ganz und gar nationalistisch gesinnt war?

Im Augenblick, da das Maschinengewehr aufknatterte, stürzte Estaban Abreojos zu Boden. Insofern war es sein und nicht das Verdienst einer eingreifenden Macht, wenn ihn die Kugel verschonte. Er hatte nämlich mit klarem Verstand die Bedienungsmannschaft der automatischen Waffe beobachtet. Das Weitere freilich stand wahrhaftig nicht mehr bei ihm. Denn wer wollte es für selbstverständlich halten, daß zwei Mann der Phalanx (jenes halb zivilistischen, halb militärischen Häufleins, das bisher nur das Amt der Zuschauerschaft innegehabt hatte) plötzlich auch das unüberwindliche Bedürfnis empfanden, an diesem gemütlichen Umlegen teilzunehmen? Da aber alle Umzulegenden bereits lagen, traten die beiden an den einzigen Schuldigen weit und breit heran, der mit dem Gesicht nach unten seine ausgestreckten Glieder in den Dreck krampfte, ohne Zweifel mausetot. Phalangisten wurden kriegerisch nicht für voll genommen. Sie waren auch daher nicht mit Mauser-, sondern mit uralten Remington-Gewehren ausgerüstet. Diese wahrscheinlich schon in zwanzig Kolonialfeldzügen ausgeleierten Feuerbüchsen hatten während des spanischen Bürgerkrieges keinen einzigen Schuß noch abgegeben bis zu dieser Stunde.

Beide Läufe näherten sich nun ganz dicht dem pathologisch geformten Hinterkopf des Mörders, um in diesem Kriege ihre erste Arbeit zu leisten. Die Ladehemmung im Inneren des einen Remington-Gewehres kann man gewiß noch kein Wunder nennen. Daß aber die andere Flinte ebenfalls versagte, durfte das noch immer dem nackten Zufall angerechnet werden? Die beiden Jünglinge sahen ratlos ihre Gewehre an und dann einander. Sie waren noch nicht zwanzig Jahre alt, stammten aus reichen Familien und hatten die weißen Hände wohlgehüteter Kinder. Wahrscheinlich hob sich ihnen angesichts der Blutlachen und des verspritzten Hirns der Magen und ihr Mut sank jämmerlich.

Sie schämten sich plötzlich, daß sie sich in dieses grausige Werk eingemengt hatten und erfolglos noch dazu. Die anderen waren hoffentlich leidenschaftlich genug ins Abschlachten vertieft, daß sie das Versagen der ausgeleierten Gewehre und verhätschelten Seelen nicht bemerkt hatten. Abreojos lag regungslos. Rechts und links von ihm klatschten die letzten Schüsse der Moros und Tertios in das zuckende Fleisch der Opfer. Der riesige Körper des Mörders schien seine eigene Blutlache zuzudecken. Niemand sah die hochroten Gesichter der beiden feinen Bürschchen. Sie gesellten sich zu den Regulares, als hätten sie ihre Aufgabe erfüllt und alles wäre nun in bester Ordnung. Hochauf zischten die Scheinwerfer wie scharfe Wasserstrahlen und erloschen jäh. Wüstes Schimpfen und Fluchen. Ein paar Fackeln wurden rasch improvisiert. Die Moros packten die Leichname, schwangen sie rhythmisch hin und her und schleuderten sie in das große Erdloch. Auch Estaban Ahimundo y Abreojos schwangen und schleuderten sie ins Massengrab, und zwar als letzten Mann, da er ja am äußersten Flügel lag. Er fiel weich. Er brach sich keinen Knochen. Er war gerettet.

IV

Bereits am nächsten Morgen um sechs Uhr wurde Estaban Ahimundo y Abreojos wieder ins Gefängnis eingeliefert. Sein Glück schien einzig und allein darauf versessen zu sein, ihn vor dem blutigen Tode zu bewahren, ansonsten aber lachte es dem Blutvergießer keineswegs. Die Wache hatte ihn in der Nähe des großen Friedhofs aufgegriffen, als er gerade in einer Kaschemme ein paar goldene Eheringe zu Gelde machen wollte. Von dieser Ware trug er sechs oder sieben an den spatenförmigen Fingern seiner Mörderhände. In den Taschen aber fanden sich noch mehr, nebst einigen goldenen Brillenfassungen, Zigarettendosen und Manschettenknöpfen. Im übrigen bot er einen noch weit abscheulicheren Anblick als sonst. Hemd und Hose waren blutübersudelt und von Kalk zerfressen. Die Hände zeigten große aufgeschürfte Flecken. In den mausgrauen, aufmerksam hin und her wandernden Augen aber stand nichts von Todesangst, Seelenpein und den gehäuften Schrecknissen der vergangenen Nacht zu lesen. Der Oberst-Stadtkommandant, dem Abreojos später vorgeführt wurde, sah über ihn hinweg. Das zwischen Nase und Braue festgefrorene Einglas des Offiziers schien vor mühsamem Nachdenken anzulaufen. Der Señor versuchte wahrscheinlich, einem rätselhaften Zusammenhang auf den Grund zu kommen. Endlich aber verscheuchte er die lästigen Gedanken von seiner Stirn, lüpfte mit einer unnachahmlich eleganten Gebärde sein Handgelenk und warf einen gelangweilten Blick auf die winzige Armbanduhr. Das Glas mit dem giftgrünen Apéritif funkelte halb geleert in der Sonne. Ein flüchtiger Ekel zuckte ihm um den Mund.

»Zu schade für Patronen«, murmelte er vor sich hin und ließ den Befehl ausfertigen, dessen Vollzug ihm noch vor nächstem Tagesanbruch gemeldet werden soll. Er konnte nicht gemeldet werden, denn sofort begannen sich wieder jene höheren Mächte zugunsten des Mörders ins Spiel zu mischen.

Wie in Frankreich die Guillotine, in Deutschland das Richtbeil, in Amerika der elektrische Stuhl und in anderen Ländern der Galgen, so ist in Spanien das landesübliche Werkzeug der Hinrichtung die sogenannte Garotta. Sie besteht aus einem hochbeinigen und hochlehnigen Holzsessel mit einer eisernen Klammer- und Schraubenvorrichtung auf der Rückseite, durch deren Anziehung der Delinquent erwürgt wird. Es gibt ein furchtbares Blatt von Francisco de Goya aus dem spanischen Bürgerkrieg vor über hundert Jahren, das einen Garottierten auf dem Würgestuhl darstellt. Wer jemals dieses Blatt zu sehen bekam, wird es nie vergessen. Der Hingerichtete darauf hat das Gesicht Jesu Christi, der das Kreuz mit der Garotta vertauscht zu haben scheint.

Für Estaban Ahimundo y Abreojos aber war keine Garotta gezimmert. Man suchte nach ihr in der Requisitenkammer des Gefängnisses, ohne sie zu finden. Sie war in den letzten Jahren vor dem Generalsaufstand außer Gebrauch gekommen. Es gab demnach kein gesetzmäßiges Mittel, um den Übeltäter vom Leben zum Tode zu befördern. Seit dem Einzug der Sieger herrschte jedoch kein anderes Gesetz und keine andere Vorschrift als die jeweilige Laune der neuen Gewalthaber. Die Zivilverwaltung des Gefängnisses hatte die Geschäfte sogleich dem Militär übergeben und hielt sich ängstlich im Hintergrund. Der Colonel mußte also neuerdings mit dem Fall Abreojos belästigt werden. »Henkt ihn auf im Gefängnishof, auf einem der Bäume dort«, zischte er und zeigte dabei seine makellos weißen Zähne.

Die Vollstreckung des Befehls übernahm ein alter Sergeant der Fremdenlegionäre, von denen zwei Züge dem Gefangenenhaus zugeteilt worden waren. Dieser Sergeant, ein Riesenmensch der Länge, Breite, Schwere nach, überragte den mächtigen Abreojos noch um einen halben Kopf. Er war ein Skipetare aus der Gegend von Skutari und wurde Mehmed gerufen, Mehmed, auch außer Dienst bis an die Zähne bewaffnet, schritt die inneren Höfe der Strafanstalt ab, nach einem günstigen Aufknüpfungspunkt spähend.

Im Hof der Politischen wuchsen gnädigerweise zwei alte Platanen, die ihre laubarmen Äste weit ausstreckten. Jene Gefangenen der Generalität, die zur Stunde die Vergünstigung des Spazierengehens in frischer Luft genießen durften, blieben plötzlich mit starren Augen stehen. Sie sahen nämlich, wie der Sergeant Mehmed, dem ein lachender Fremdenlegionär die Leiter hielt, sorgfältig die Schlinge eines ansehnlichen Stricks an einen der muskulösen Platanenäste befestigte. Entsetzen trat in die Augen dieser Todesgewärtigen. Mehmed klammerte sich mit beiden Händen an den Strick, stieß die Leiter fort und blieb einige Sekunden lang drei Fuß hoch über der Erde schweben, um die billige Brauchbarkeit von Ast und Strick zu prüfen; Mehmed war nämlich ein gewissenhafter Meister seines Handwerks.

Der Ast bestand die Prüfung nicht. Seine äußere Gesundheit verbarg innere Fäulnis und Dürre. Er knackte unter der Last des Riesen und zerbrach mit einem Krach. Mehmed fiel in die Knie. Die Gefangenen hatten sich abgewandt.

Der Ast war zerbrochen, dem Henker dadurch anratend, daß

er einen festeren wähle. Der Strick war heil geblieben. In diesen beiden Tatsachen steckte, wie man noch sehen wird, eine neuerliche Hinterlist jener dem gemeinen Mörder so wohlgesinnten Gewalten. Nachher behaupteten unverbesserliche Zweifler, irgend jemand habe den Galgenstrick heimlich mit dem Messer bearbeitet, der lachende Fremdenlegionär zum Beispiel, der ihn seinem Sergeanten nachtrug. Sinnigen Spaßes halber habe er's getan, damit sich der kugelfeste Delinquent auch als strickfest erweise. Das ist möglich, bildet aber durchaus keinen Beweis gegen einen wundermäßigen Eingriff, der mit Ast und Strick nichts anders spielt als mit dem dumpfen Witz eines Soldatenhirns. Nur eine Art von Wundern, die heilig überlieferte, hebt die Natur auf. Die andere, bei weitem häufigere, die wir selbst bei schärferer Aufmerksamkeit dann und wann erfassen könnten, läuft glatt auf den Schienen des Natürlichen und Alltäglichen. Sie geht wie herabgewehter Flugsamen in den Furchen der Kausalität auf.

V

Estaban Ahimundo y Abreojos schien selbst zu ahnen, daß er irgendwelche geheimnisvolle Protektion genoß. Er war so gleichgültig und schlief so fest, daß man ihn zu seiner Hinrichtung kaum erwecken konnte. Selbst seine mausgrauen Augen hatten das gehetzte Hin- und Herwandern vergessen. Der Mond war untergegangen, und einige Karbidlampen brannten stinkend und herzbeklemmend, als ihn die Wache der Tertios zu der Platane führte, die sein Galgen werden sollte. An den Gitterstäben der Zellen ringsum erschienen übergroße Augen, die wie Tierlichter funkelten. Diesmal hatte es den Anschein, als wolle alles nach Strich und Schnur vor sich gehen. Selbst der vorschriftsmäßige Geistliche war vorhanden, der diesem fühllosen Koloß von einem armen Sünder überflüssigerweise Mut zusprach. Abreojos rauchte trotz seiner Handschellen routiniert eine Zigarette nach der andern, die er von Mehmed, seinem gemütlichen Henker, in den Mund gesteckt bekam. (Zur selben Zeit wurden auf dem Friedhof von Malaga siebzig Unschuldige von den Maschinengewehren »umgelegt«, ohne Urteil und ohne Zuspruch, wie tolle Hunde.) Estaban Ahimundo y Abreojos, der schon auf der Leiter stand, spuckte in weitem Bogen seinen letzten Zigarettenstummel aus, als ihm der Sergeant Mehmed die gut eingeölte Schlinge um den Hals legte. Der Verbrecher – er konnte die Hände nicht mehr heben, weil man sie ihm endlich auf den Rücken gebunden hatte – rief mit seiner knolligen Stimme laut und voll Begeisterung wie gestern: »¡Arriba España!« Dies war unzweifelhaft eine Zauber- und Beschwörungsformel, denn fünf Sekunden später lag er auf der Erde. Der Ast hatte standgehalten. Der Strick war gerissen. Der Gewürgte hatte das Bewußtsein verloren. Vielleicht auch stellte er sich nur bewußtlos.

Der Sergeant und seine Leute waren mehr als ratlos. Einen »Roten« hätten sie nach diesem Mißerfolg mit Revolver und Dolchmesser unverzüglich erledigt. Hier aber lag kein einfacher Gesinnungsgegner, sondern ein rechtmäßiger Delinquent, ein ärarisch eingeordneter Wert mithin, für den man Rechenschaft abzulegen hatte. Man holte den Gefängnisarzt, der, lächerlich genug, eifrige Wiederbelebungsversuche an demjenigen anstellte, welcher jedem Tötungsversuch bisher solch hartnäckigen Widerstand geleistet hatte. Abreojos jedenfalls hütete sich davor, seine Besinnung allzuschnell wiederzubekommen. Steinerweichend röchelte er aus seinem eisernen Brutkasten. Dieses Röcheln und Stöhnen buhlte verschlagen um Zeit und Mitleid. Der unzulänglich Hingerichtete schlug erst die Augen auf, als die Herren Offiziere erschienen. Mehmed hatte nämlich eine Ordonnanz ins Grand Hotel gesandt, wo der Oberst-Platzkommandant wohnte. Dieser war noch wach und trank mit einigen jüngeren Herren, unter denen sich auch zwei steifschneidige deutsche Flieger befanden, in der Bar des Hotels. Er trank diesmal nicht Giftgrünes oder Rubinrotes aus einem Strohhalm, sondern, um sich den Bedürfnissen seiner Bundesgenossen anzupassen, Whisky ohne Soda. Die Meldung, daß der Henkerstod an Estaban Ahimundo y Abreojos wiederum zu Schanden geworden war, erregte Staunen, Bewunderung und zynische Heiterkeit. Die ganze Gesellschaft, ein Dutzend Herren etwa, folgte dem Oberst mit mehr oder minder festem Schritt ins Gefängnis. Abreojos lag sanft an die Platane gelehnt, die ihn mütterlich zu beschirmen schien. Das Karbidlicht zischte und stank. Im Dunkel lagen die nackten Mauern mit den viereckigen vergitterten Fensterchen. Die Mörderaugen begannen sofort wieder zwischen den Offizieren beobachtend hin und her zu wandern. Das bewährte »Spanien erwache« seufzte ihm schwer von den Lippen, als wolle es ihn trotz allem ermahnen, im Patriotismus nicht nachzulassen.

Der Oberst trat näher und fixierte Abreojos mit ausgemergelter Aufmerksamkeit:

»Du gottverdammter Affe«, sagte er ziemlich leise und monologisch, »warum machst du mir solche Schwierigkeiten? Warum willst du uns nicht sterben?«

Estaban Ahimundo y Abreojos aber hob die bereits entfesselten Hände zu den Herren Offizieren empor. Seine Stimme klang noch immer erstickt. Sie krächzte erstaunt, als müßte sie sich aus weiter Ferne herbemühen:

»Sterben sehr gern... Aber sterben für die Señores... Arriba España...«

Es läßt sich nicht leugnen, daß daraufhin eine gewisse Bewegung durch die Suite ging. Warum sollte dieser Mann sterben, der schon zwei Abenteuer mit dem Tode durch ein ausgesprochenes Wunder siegreich bestanden hatte, der sogar mit heilen Gliedern aus dem Massengrab aufgestanden war? Es wäre eigentlich schade, den Tod noch ein drittes Mal herauszufordern und die beiden kostbaren Siege damit in Frage zu stellen. Krieg ist Krieg. Sterben soll der Feind, der rote Hund, der Volksverderber, der das Eigentum abschaffen und die besseren Leute, die Herren, vernichten will. Einzig und allein auf diesen weichmütigen schlappen Feind, diesen winselnden Gleichmacher, der nichts vom gefährlichen Leben versteht, einzig auf ihn hat sich aller Haß zu konzentrieren. Der Mann ist ein Mörder. Schön!

Wer von uns, wie wir hier stehen, ist kein Mörder? Ohne Mord ist die alte Ordnung nicht wiederherzustellen. Bis zu diesem Grade gefährlicher Aufrichtigkeit verstiegen sich die Meinungen der angeheiterten und aufgelockerten Offiziere. Der Oberst starrte vor sich hin, rauchte seine Zigarette und sagte nichts. Seine Züge waren spöttisch undurchdringlich.

Da trat ein Hauptmann aus der Gruppe, dessen Brust bis an die Grenze des Möglichen mit Orden und Medaillen dekoriert waren. Er trug über dem linken Auge eine Binde und den rechten Arm in der Schlinge. Dieses imponierende Urbild kriegerischer Furchtbarkeit warf jetzt nachdrücklich die Zigarette fort, nahm mit gelassener Eleganz Stellung vor dem Kommandanten und ließ einen knarrenden Baß hören:

»Mein Oberst! Überlassen Sie mir gütigst diesen Mann!«

Überrascht schaute der Kommandant den Kapitän Sanrubio an. Dieser Sanrubio von den Tertios war eine sehr große Nummer der nationalistischen Armee, ein tollköpfiger Held, in vielen Heeresberichten eigens erwähnt, ein besinnungsloser Mauernbrecher, den die Generale bei jeder Offensive und wichtigen Aktion einzusetzen pflegten. Die Sturmabteilung dieses wüsten Rufers im Streite bildete den Schrecken für Freund und Feind. Im Gegensatz zu diesem Mordskerl war der junge schnittige Oberst mehr eine strategische und diplomatische Begabung. In den vordersten Gräben oder gar im Getümmel eines Nahkampfes fühlte er sich durchaus nicht beheimatet. Dergleichen Bluthandwerk gehörte ja schließlich auch nicht zu seinen Pflichten. Trotzdem erfüllte ihn dem Helden gegenüber eine leichte Unsicherheit. Er selbst empfand sie als die gutmütige Schwäche eines überlegenen Lehrers für einen nicht besonders intelligenten, aber dafür halsbrecherisch amüsanten Schüler. Kein Vorgesetzter wahrlich konnte diesem Helden eine Bitte abschlagen. Der Oberst lächelte fragend:

»Was wollen Sie mit diesem gefährlichen Höhlenmenschen anfangen, lieber Sanrubio?«

Der Kapitän schien über diese unverständige Frage des Kommandanten ziemlich erstaunt zu sein:

»Aber, mein Colonello«, brummte er nachsichtig, »das sind ja gerade die Typen, von denen ich nicht genug bekommen kann...«

Ein Rest von staatsrechtlichem Formalismus zwang den Oberst zu einigen raschen Überlegungen. Zwei Lustmorde, drei Raubmorde, ein Todesurteil! Dieses Urteil aber hat das Standgericht einer bestrittenen, abgesetzten und daher unrechtmäßigen Regierung gefällt. Es ist demnach ganz und gar ungültig. Der Prozeß Estaban Abreojos müßte neu anberaumt werden. Wir haben besseres zu tun, als uns mit saftigen Kriminalprozessen zu vergnügen. Wenn man es aber recht besieht, so spielt dieser Menschenaffe dort, ehe er nicht von unserem eigenen Gerichte schuldig gesprochen ist, bestenfalls die Rolle eines Beschuldigten (sofern die Anklage noch einmal erhoben wird), jedoch keineswegs die eines Schuldigen. Als Platzkommandant steht es mir zu, den Fall gewissermaßen in Verwahrung zu nehmen und später nach Abschluß der militärischen Operationen über seine weitere Behandlung oder Unterdrückung zu befinden. Dies der subtile Gedankengang eines Mannes, der allnächtlich ohne irgendwelche Gedankengänge dieser Art seiner Haßreligion Hekatomben von Männern opferte, deren ganze Schuld in einer anderen Gesinnung bestand. Ehe aber der Oberst noch seine Entscheidung fällen konnte, geschah es, daß sich der dem Leben wiedergeschenkte Unhold unter der Platane erhob. Es war mit ihm eine sonderbare Verwandlung vorgegangen, als hätte der defaitistische Tod in Verbindung mit Hauptmann Sanrubios Verlangen, dem vom Galgen Gestürzten seine Ehre und Menschenwürde zurückerstattet. Die mausgrauen Augen unter den beiden tierhaften Stirnwülsten blieben stehen. Ein düsterer Stolz erfüllte sie. Der geduckte Buckel, in den der Stiernacken überging, war verschwunden. Die ganze Gestalt schien schmaler und aufrechter zu werden. Estaban Ahimundo y Abreojos war auf einmal der echte Träger dieses hidalgohaften Namens. Durch die Macht einer unglaublichen Wiedervergegenwärtigung längst vergeudeter Qualitäten wurde aus diesem Berufsverbrecher der schlimmsten Sorte von einem Augenblick zum andern ein finsterer Caballero. Er drückte seine abscheuliche Pranke – deren spatenförmige Finger merkwürdigerweise noch immer drei bis vier Eheringe trugen – gegen seinen gewaltigen Thorax und vollführte in die Richtung des Kommandanten eine tadellose Verbeugung, ein selbstbewußter Andalusier jeder Zoll. Er, von dem man bisher selbst während des Prozesses kaum ein Wort, sondern meist nur ein gleichgültig verächtliches Grunzen gehört hatte, bewies, daß er den Gorilla nur seines Äußeren wegen zu spielen pflegte, wenn es aber sein mußte, eine wohlgesetzte kleine Rede jedoch mit gutem Anstand zu halten fähig war:

»Señor Colonello«, sagte er, weder frech noch demütig, »erfüllen Sie bitte den Wunsch dieses hochgeborenen Herrn. Die siegreiche Armee wird es nicht zu bereuen haben. Man hat mich einiger dummer Zufälle wegen aufgegriffen, da ich gerade das Geld zu sammeln im Begriffe war, um über die Linien der roten Mörder hinauszukommen und mich bei den tapferen Truppen der hohen Generalidad zu melden. Das ist der ganze Grund der ungerechten Behandlung, die mir zuteil geworden ist. Gott selbst hat es nicht gewollt, daß ich dieser Ungerechtigkeit zum Opfer falle, die edlen Señores mögen das bedenken. Ich stamme aus einer alten verehrungswürdigen Familie, die durch ein hartes Los heruntergekommen ist. Lassen Sie mich lieber für Spanien sterben als für nichts und wieder nichts!«

Es wurde totenstill nach dieser Ansprache, deren aus solchem ungefügen Munde sich niemand versehen hatte. Kein Mensch lachte. Der Oberst aber sah den Abreojos nicht an. Sein linker Mundwinkel verzog sich etwas nach oben, eine Miene verhätschelten Hochmuts und arroganter Unsicherheit:

»Gut also, Sanrubio«, wandte er sich an den von Edelmetall klappernden Kapitän, »aber nehmen Sie gefälligst zur Kenntnis, daß man Sie für jedes neue Verbrechen dieses bewundernswerten Abkömmlings einer verehrungswürdigen Familie zur Verantwortung ziehen wird...«

Estaban Abreojos trat aber nach dieser Warnung schon freien Schrittes näher an die Herren Offiziere heran, klappte die Hakken zusammen und hob zwei Finger der rechten Pranke zum Eid:

»Fürchten Sie nichts, Señores!... Sie werden sich nicht zu beklagen haben... Ich schwör es beim Blute unseres Erlösers...«

Dieser tiefernste Schwur des mehrfach entkommenen Galgenvogels entbehrte der aufreizenden Komik nicht. Jetzt lachten die Offiziere. Auch die Legionäre lachten. Hier und dort lachte es hohl hinter den unsichtbaren Gitterstäben. Estaban Ahimundo y Abreojos aber war vor dem Henkertod gerettet. Es ist anzunehmen, daß er den Schlachtentod nicht minder würde zu besiegen verstehen. Der Kapitän Sanrubio übergab ihn dem Sergeanten Mehmed zur Betreuung und militärischen Ausbildung. Henker und Hingerichteter zechten den Rest der Nacht miteinander. Den gerissenen Galgenstrick verkauften sie in den nächsten Tagen dezimeterweise für teures Geld. Ein kleines Stück davon behielt aber jeder der beiden zurück.

VI

Dem Sergeanten Mehmed brachte sein Endchen des gerissenen Galgenstricks kein Glück. Er fiel in der Schlacht bei Talavera. Estaban Ahimundo y Abreojos, inzwischen zum Korporal aufgerückt, wurde sein Nachfolger. Man muß wahrheitsgemäß bekennen, daß der ehemalige Delinquent seinen Schwur hielt. Hauptmann Sanrubio hatte nicht den geringsten Anstand seinetwegen. Obwohl von seinen Taten kein Heldenlied geht und die meisten Kameraden fest behaupteten, Abreojos sei ein feiger und heimtückischer Hund, so unterschied er sich von den übrigen Prachtgestalten der spanischen Soldateska nicht sonderlich. Er trug einen kleinwinzigen Schnurrbart auf der Oberlippe, jene wie angeflogene Niedlichkeit, die auch einem kriminalpathologischen Gesicht ein sonntäglich flottes Wesen verleiht. Der sinistre Hinterkopf unterm Käppi oder gar unter dem Stahlhelm verlor seine angsteinflößende Furchtbarkeit. Auch rasierte sich Abreojos dort, wo über der flachen Nasenwurzel die dicken

Augenbrauen zusammenwuchsen, jetzt einen beruhigenden Zwischenraum aus. Er war mithin ein Soldat wie jeder andere, durch welche Feststellung aber den Tugenden des Soldatentums nicht nahegetreten werden soll. Sein »Akt« moderte vergessen in irgendeiner Kanzlei. Kapitän Sanrubio schwieg über die Vorgeschichte dieses Mannes und empfand seine Besserung als sonnenklaren Beweis für den wohltätigen Einfluß der Wehrhaftigkeit auf den moralischen Zustand der Völker. Wahrlich, alles an Estaban hatte sich verbessert, nur seine Hände, die sich nicht umlügen ließen, blieben seine Hände.

Nach dem Tode des Skipetaren Mehmed avancierte Abreojos zum Sergeanten, Profosen und unentbehrlichen Exekutionsleiter. Der Aufstieg eines mindestens zweimal Hingerichteten zum Henker ist immerhin eine wundermäßige Karriere. Trotz ihrer Wundermäßigkeit wars aber eine höchst entsprechende und natürliche Karriere. Der Blutvergießer hatte um seiner Besserung willen keine Entbehrungen zu leiden, ganz im Gegenteil. Er war so grausam überlastet, daß man ihn aus der Feuerlinie ziehen mußte. Der Gewalttäter auf eigene Faust hatte sich zum disziplinierten Gewalttäter prächtig entwickelt. So vernichten im Naturreich Schlangen und andere Reptilien alles mögliche Getier, das die Menschen für schädlich erklären. Die Bluttaten, die das Herz des Mörders mit üppiger Befriedigung erfüllten, standen nun im Dienste der sogenannten Volksgemeinschaft und bildeten gute Werke.

Eine dokumentarische Legende, wie die vorliegende, soll weit weniger als eine frei erfundene Geschichte in Übertreibungen verfallen. Die Zahl der von diesem Hingerichteten Hingerichteten (mittels Gewehr, Maschinengewehr, Revolver, aber auch durch Bajonett und Kolbenhieb) war sehr groß. Jedoch von zehntausend und mehr zu sprechen, das ist verantwortungslos tendenziöser Unsinn. Sergeant Estaban Ahimundo y Abreojos gedieh in diesem harten Beruf erstaunlich. Er gewann an Selbstbewußtsein und düsterer Grandezza von Tag zu Tag. Seine mausgrauen Augen wanderten nicht mehr von einem zum andern, sondern blieben klein und starr auf ihre Opfer gerichtet.

Der hereditäre Hidalgo auf dem Grund seines Wesens kam immer gravitätischer zur Geltung. Das Äffische verlor sich völlig aus seinen Gesichts- und Körperformen. Seine Vorgesetzten waren einig, daß man in ihm eine der stärksten Persönlichkeiten in der Truppe anzuerkennen habe. Abreojos konnte somit dem Ruhme nicht entgehen. Der Tod hatte vernünftig gehandelt, als er seine Entgegennahme refüsierte. Er bewies ihm weiter sein Wohlwollen. Einmal, während eines Vormarsches, stürzte ein ganzes Bauernhaus über ihm zusammen. Unter neun Toten und Verwundeten blieb er der einzige Unverletzte. Er war für den bequemsten Strohtod geboren, für jenes glückliche Ende, das nach den Worten der Bibel die Auserwählten ereilt wenn sie satt vom Leben sind.

Am Tage des Triumphes war Estaban Ahimundo y Abreojos seiner martialischen Erscheinung wegen mit Recht unter denjenigen, welche in Madrid vor dem Caudillo defilieren durften. Es ist ohne jede Schönfärberei anzunehmen, daß die gewissen Prozeßakten längst vernichtet sind und daß den verdienstvollen und vielfach ausgezeichneten Sergeanten aus der allgemeinen Beute ein wohlbemessenes Stück erwartet, zumindest ein gutbezahlter Ruheposten im Justizwesen.

»Warum ergeht es den Gerechten übel auf Erden und die Missetäter haben ihren feinen Lohn dahin?« So schreien die redlichen Seelen auf, gläubige und ungläubige, wenn sie dergleichen hören, ohne es wirklich glauben zu können. Seid doch still! Warum schreit ihr und störet die Vorstellung, ehe noch der Zwischenaktsvorhang gefallen ist. Nicht beklaget euch über den furchtbaren Widerspruch! Er ist es nicht, der das Spiel sinnlos macht. Beklagt euch lieber darüber, daß ihr zu spät ins Theater gekommen seid und es zu früh verlassen müsset. Nur einen winzigen Fetzen des Stücks erlebet ihr und wollt schon Kritik üben über die Logik und Ethik des Werkes. Wer von der letzten Szene auf das ganze Drama zurückblicken dürfte, würde vielleicht zugeben, daß selbst Estaban Ahimundo y Abreojos ein monotoner, aber unerläßlicher Chargenspieler gewesen ist und daß seine Auftraggeber siegen mußten – wenn sich auch unser Herz dagegen aufbäumt –, damit die Szenen aufeinander richtig folgen in der Zeit, der wir einen Augenblick lang angehören, ohne daß sie uns angehört. Dies lehr uns ein anderer Spanier, Calderón de la Barca. Würdiger freilich als unter den Zuschauern zu sitzen ists, trotz Blut und Feuer, auf der Bühne zu stehen.

Anläßlich eines Mauseblicks

Die Maus hat mich eine schlaflose Nacht gekostet. Gott weiß, wie sie in den ersten Stock und in mein Zimmer kam. Durch die Tür, aus der Heizung, aus dem Wasserrohr. Mit ihrem scharfen Geraschel und eiligem Gehusche war sie unabwendbar da, sobald ich das Licht gelöscht hatte. Dann und wann hörte ich sie von einem erhöhten Standpunkt auf den Steinboden niederplumpsen. Ein unangenehmer Laut. Ich war müde und verzweifelt. Die Maus aber ließ sich nicht beschwören. Sie unterbrach ihre Arbeit nicht. Ich schaltete das Licht ein und schaltete es aus, wohl dreißigmal in diesen Stunden, um dem Tier den Aufenthalt in meinem Zimmer zu vergällen; ich öffnete ihm die Tür zur Flucht. Das alles half nicht. Die fleißige Maus dachte nicht daran, sich schrecken zu lassen und nachzugeben. Hatte ich Licht gemacht, trat sofort eine harmlos tückische Stille ein. Wurde es wieder finster, begann unvermittelt wieder das rege Geraschel, als hätte jemand einen Papierkorb umgestürzt und wühle darin mit leichten und flüchtigen Spionenfingern. Erst gegen zwei Uhr fiel mir ein, daß auf dem kleinen Tisch, unweit des Bettes, ein paar Mentholbonbons lagen, wie ich sie gegen die Rauchsucht verwende. Ich stand auf und besah den Tisch. Einige von den Pastillen fehlten ohne Zweifel. Die Maus hatte sie verschleppt, um ihre Brut damit zu nähren. Ein Mausvater also, ein Hausvater! Ich versteckte listig das Zuckerzeug in der Schublade, hoffend, das störende Nagetier werde in Ermangelung dieser Nährmittel seinen Kampf ums Dasein in die Nachbarschaft verlegen. Die Hoffnung täuschte. Das Geraschel im Dunkel wurde nur noch reger, noch rascher und vor plötzlicher Ratlosigkeit noch schärfer. Es drang auf meine übermüdeten Sinne von allen Seiten ein. Jetzt war's dicht neben mir, jetzt am anderen Ende auf dem Bücherbrett, immer wieder aber kehrte es zu dem kleinen Tisch zurück, wild beinahe vor Enttäuschung. Nichts hatte ich jemals vernommen, was sich mit der unnachgiebigen Zähigkeit dieses sorgenden Hin und Her könnte vergleichen lassen. Es klingt wahrscheinlich dumm, aber ich fühlte überdeutlich die einmalige Persönlichkeit dieser Maus.

Da beschloß ich, die Maus zu stellen, sie auf der Tat zu ertappen, sie zu sehn. Lautlos langsam näherte ich meine Hand dem Lichtschalter und drehte jäh auf. Der Überfall gelang. Das übertölpelte Tier stand aufrecht am Tischbein, das es gerade hatte zum hundertsten Male erklettern wollen. Es sank zurück, kauerte sich erschrocken zusammen, floh nicht. Wahrscheinlich verließen es in dieser Sekunde nach so vielen Stunden der Anstrengung die erschöpften Kräfte. Ich näherte langsam meinen Kopf. Die gebannte Maus rührte sich nicht. Sie sah mich an mit ihren ernsten, aufmerksamen Mausaugen.

Wenn man sie ausspricht, erscheinen solche Worte ganz leicht übertrieben. Aber es war wirklich so. Aus dem erschreckend intelligenten Mauseblick starrten mich an die Einheit alles Lebens und die unfaßbare Armut aller irdischen Kreatur. Menschenblicke haben das nie, diese Tiefe und Todesbereitschaft. Hundeblicke sind trotz aller abgründigen Trauer immer nur Hundeblicke. Sie haben die Trauer, aber sie simulieren sie zugleich, mittels ihrer um das Wohlwollen des Menschen werbend. Meine Maus war aber nur bedingtermaßen ein Haustier, sie war eher ein Hausierertier, das nur in zudringlichen Geschäften von unten her nächtlicherweile ins Haus drang. Sie machte mir und sich nichts vor. Sie kannte die ganze Grausamkeit der Erde ohne die Lüge der Schonung. Sie erwartete von mir nichts anderes, als was sie von einer Katze in mehrfacher Vergrößerung zu erwarten gehabt hätte: das Ende! Die Einheit des Lebens und die Armut der Kreatur starrte mich aus diesen winzigen Äuglein voll gefaßter Klugheit an, die klar zu mir sprachen. Ich verstand sie, wenn es auch schwer ist, die Aussage des Mauseblicks in menschliche Worte zu übersetzen.

»Sie sehen doch, daß ich verloren bin, daß ich meine Bein nicht rühren kann. Worauf warten Sie noch? Es ist Ihnen gelun gen, durch Lautlosigkeit, plötzliches Licht und langsame Annäherung den schwachen Punkt im Nervensystem der Mäuse zu treffen und meine sonst so flinke Entschlußkraft zu lähmen. Ihr Zimmer war für mich eine prächtige Arbeitsstätte. So viel nagbares Papier, wenn auch der Nährwert dieses Materials nicht groß ist. Aber dann diese betäubenden Süßigkeiten! Sie haben mich um meine Vernunft gebracht und zu schwerer Unvorsichtigkeit verleitet. Da hab ich's nun! Glücklicherweise konnte ich noch ein wenig für die Unsrigen zur Seite bringen. Jetzt ist es Herbst und alles rückt wieder vom freien, ernährenden Land in die Hausbezirke ein. Auch die Mausheit. Der Regen fällt Tag und Nacht. Das Kanalsystem, in dem wir uns aufhalten, hat Hochwasser. Der Lebensraum ist uns genommen. Die alljährliche Hungersnot bricht an. Nur der unerschrockenen Tüchtigkeit gelingt es da, durch unmögliche Ritzen und Löcher in ein freundliches Zimmer zu gelangen, wie es das Ihre ist. Da ist alles Nötige plötzlich vorhanden, und man findet wieder Arbeit. Warum so etwas wie ich lebt, weiß ich nicht. Sie dürften es wissen, weil Sie großmächtig sind. Ich weiß nur, daß dieses Leben Arbeit heißt. Was könnte härtere Arbeit sein, als Fraß finden oder gar Fraß schaffen. Das Leben ist nichts andres, als für sich und die Seinen Fraß zu finden oder Fraß zu schaffen, demnach also Arbeit, Arbeit, Arbeit bis zum letzten Augenblick! Ich glaube, mir hat die Arbeit diese Nacht den Garaus gemacht. Der Fund war zu überwältigend. Nach langer Entbehrung diese Süßigkeit! Wann werden Sie zuschlagen? Sehen Sie nicht, daß ich mich völlig aufgegeben habe?«

Nein! Diese Übersetzung des Mauseblicks ins Menschenwort ist ganz und gar unzulänglich. Doch nicht nur diese, jede andere wäre es ebenso. Die Einheit des Lebens und die Armut der Kreatur läßt sich nicht in Sprache übersetzen. Genug! Die Maus und ich sahen uns eine Weile lang in die so verschiedenen und so ähnlichen Augen, und unsre ähnlichen und so verschiedenen Seelen berührten einander auf wechselseitig schreckhaft erstaunte Art. Ich machte eine heftige Bewegung, um die Maus zu entlassen. Sie verschwand wie ein Blitz in irgendein Nichts. Sogleich aber, nachdem ich wieder ausgelöscht hatte, nahm sie mit unnachgiebiger Zähigkeit ihr sorgendes Hin und Her von neuem auf. Diesmal ergab ich mich und beschloß schon im Einschlafen, am nächsten Tage eine Mausefalle anzuschaffen.

Weißenstein, der Weltverbesserer

Europa 1911! Goldene Abendröte eines Zeitalters, dessen schwerste Sorgen uns heute paradiesisch erscheinen. Aus den Headlines der Zeitungen wehte kein Haß, sickerte kein Blut. Die Welt ereiferte sich über eine neue Oper, ein kühnes Buch, eine radikale Kunstanschauung. Die Sensationen rochen noch nicht nach Vernichtung und Entrechtung von Millionen. Jene düsteren Psychosen, die man heute ›politische Ideologien‹ nennt, erfüllten vorerst die zerrauften Charakterköpfe einzelner Träumer, Narren und dilettierender Apostel. Noch bewohnten die sozialen und nationalen Heilande, im ungestörten Vollbesitz ihrer Defekte nicht die Reichskanzleien, sondern die Nachtasyle. Man begegnete ihnen in den muffigen Stammlokalen politisierender Kleinbürger oder bestenfalls in den Literatur-Cafés. Diese Cafés in Paris, Wien, Berlin – sie trugen den Spottnamen Café Größenwahn – waren nicht nur die Pflanzstätten der wechselnden künstlerischen Moden, sondern mehr als das, sie gehörten zu den geistigen Hexenküchen eines zukünftigen Grauens, das nun Gegenwart geworden ist.

Unsere Geschichte beginnt in einem dieser Cafés. Es lag an einer Straßenecke des geheimnisvollen Prag, dieser Stadt der grauen Türme, der schweren Schatten und ausgesuchten Sonderlinge. In meiner Jugend habe ich dieses Café sehr geliebt. Einen magnetischen Zauber übten auf mich die endlosen Diskussionen im Zigarettendunst aus, jene äußerst gefährliche Atmosphäre aus Kameradschaft und Gehässigkeit gemischt, aus rührender Hilfsbereitschaft und giftigstem kritischen Hochmut. Für jeden jungen Künstler war solch ein ›Café Größenwahn‹ die unerläßliche Feuerprobe, die er zu bestehen hatte. Sie entschied über seine Zulassung zu dem auserwählten Kreis derjenigen, die den ›Bourgeois‹ in sich überwunden hatten. In ganz seltenen Fällen wurde das Café zu einer amüsanten Vorhölle des Ruhmes, wobei freilich in den Augen der Insassen der Ruhm als ein unverzeihlicher Rückfall in das Bürgertum galt.

Damals, an einem nebligen Dezemberabend, saß ich mit meinen Freunden in diesem Café, obwohl ich Soldat war. Ich diente gerade als Korporal eines »Kaiserlich-Königlichen Artillerieregiments« mein Militärjahr ab. Vor wenigen Wochen war mein erstes Buch im Druck erschienen, ein Band Gedichte unter dem Titel ›Der Weltfreund‹. Das Büchlein hatte ein gewisses Aufsehen gemacht. (In meiner Vaterstadt Prag war's ein ausgesprochen unliebsames Aufsehen.) Immerhin besaß ich vor meinen gleichaltrigen Freunden den Vorsprung, ein ›gedruckter Autor‹ zu sein, von den Zeitungen teils wohlwollend abgeklopft, teils höhnisch gemaßregelt. Als einer, dem es bereits gelungen war, die bürgerliche Kritik herauszufordern, bildete ich den Mittelpunkt unserer jugendlichen Tafelrunde. Ich erinnere mich, daß wir an jenem Dezemberabend über Dostojewski sprachen. An welchem Abend, welcher Jahreszeit sprachen wir nicht über Dostojewski? Er war der Schutzheilige unserer Generation. Vielleicht war's gerade der ›Idiot‹, über den wir diskutierten, als sich unserm Tisch eine Gestalt näherte, die diesem Buche entsprungen zu sein schien. Ein sehr kleiner Mann war's, ein Gnom, ein Heinzelmännchen von welker Haltung, jedoch unzweifelhaft noch jung. Die Hände hielt er in sonderbarer Art über den Bauch gekreuzt. Sie hingen schlaff herab wie noch nicht ganz entwickelte Blätter. Den Kopf trug das Heinzelmännchen gegen die rechte Schulter geneigt. Es war ein Wasserkopf, so riesig, daß man ihn, um gerecht zu sein, schon mit dem klinischen Ausdruck als »Hydrocephalus« bezeichnen mußte. Auf dem Gipfel der ungeheuer vorgewölbten Stirn wuchs ein wenig krauses und zausiges Schwarzhaar. Unter ganz dünnen Brauen schauten uns schöne dunkle Augen erschrocken an. Ich habe nie wieder einen Blick gesehen, in dem Angst, Begehrlichkeit und Melancholie so durchdringend zu einer Einheit legiert waren, nicht einmal bei Tieren. Den Gegensatz zu dem Riesenschädel und den traurigen Augen bildete der Mund, man muß schon sagen das Mündchen, mit kirschroten, herzförmig modellierten Kinderlippen. Freilich, wenn das Mündchen sich öffnete, wurden mehr Zahnlücken als Zähne sichtbar. Der Gnom umkreiste zweimal unseren Tisch. Immer schiefer sank der Kopf gegen die rechte Schulter. Offenbar war er viel zu schwer für den allzu dünnen Hals. Mir fiel der ebenso feierliche wie abgeschabte Cutaway auf, in dem die kleine Gestalt steckte wie in einem formlosen Sack. Das Gewand schien aus dem Besitz eines Riesen in den des Zwerges übergegangen zu sein. Plötzlich fühlte ich, wie das Wesen dicht hinter mich trat. Eine Flüsterstimme traf mein Ohr, in dem sich das Vibrato des Entsetzens mit dem Singsang mischte, in welchem Kinder Gedichte aufzusagen pflegen:

»Retten Sie mich, Herr W.«, flehte das Männchen, »der Anarchist Wohrizek trachtet mir nach dem Leben. Er will sich rächen. Sehen Sie, dort...«

»Setzen Sie sich vorerst«, sagte ich und rückte zur Seite. Das Wesen sank neben mir auf den Sitz, am ganzen Leibe zitternd.

»Wer ist Herr Wohrizek, der Anarchist, und was für eine Affäre haben Sie mit ihm?« fragte einer von uns ohne sein Lachen unterdrücken zu können. Der Verfolgte starrte geduckt in den Raum: »Er hat eine Versammlung abgehalten heut im Redoutensaal«, tremolierte er. »Viele hundert Arbeiter waren dort, lauter arme brave Menschen. Er hat gesprochen über die Befreiung des Weibes. Aber er ist ein Lügner, ein Schwindler, ein Gewalttäter, ein Alkoholiker, der Anarchist Wohrizek. Da bin ich aufgestanden und hab mich zum Wort gemeldet und hab gesagt: ›Wenn Sie für die Befreiung des Weibes sind, Herr Wohrizek, warum prügeln Sie dann täglich Ihre eigene Frau?‹ Es war ein schrecklicher Skandal. Und er hat geschworen mich umzubringen. Sehen Sie nur, sehen Sie nur...« An einem der Nebentische hatte sich ein Mann erhoben. Es war in der Tat ein Anarchist wie er im Buche steht. Ein rabenschwarzer Lockenkopf mit einer flatternden Lavallière-Krawatte und einem Knotenstock in der Hand. In Neapel, auf der Via Partenope, sehen die Verkäufer unanständiger Photographien ähnlich aus. Der Mann stierte feindselig zu uns hinüber. Wenn ich auch keine besonders martialische Erscheinung war, so trug ich doch immerhin Uniform und war im Besitze eines breiten Kavalleriesäbels. Ich stand auf und erwiderte den feindseligen Blick. Der Anarchist Wohrizek spuckte aus, nahm seinen Schlapphut und verduftete. Der Gnom stöhnte vor Erleichterung auf.

»Sie haben mich gerettet. Darf ich Ihr Diener sein?« – »Wer sind Sie eigentlich?« – »Ich bin der Weißenstein.« – »Und was sind Sie außerdem noch?« –

Der Riesenkopf unseres Gastes sank beinahe auf die schmutzige Marmorplatte des Tisches: »Ich bin das dreizehnte Kind meiner Eltern«, sagte er. In jenem Singsang, der lyrisches Pathos, falsche Aussprache und eine Spur vertrackter Selbstironie zu einem sonderbaren Ganzen verband, begann Weißenstein nun die Geschichte seines bisherigen Lebens zu erzählen. So tragisch sie auch war, angesichts des grotesken Erzählers und der grotesken Situation brachen wir immer wieder in grausames Lachen aus. Weißenstein nahm unsere Heiterkeit durchaus nicht krumm. Sie befriedigte ihn als eine Art von Beifall. Wahrhaftig ein dreizehntes Kind war dies Heinzelmännchen wie aus einem Märchen. Seine Eltern besaßen eine Schnapsbrennerei und einen Ausschank irgendwo im südböhmischen Land. In einer Schenke aufgewachsen, wegen seiner Ungestalt viel verspottet von den Geschwistern, von betrunkenen Bauern, Händlern und Marktfahrern, hatte er sehr früh die teuflische Natur des Alkohols kennen gelernt. Er haßte den Schnaps, wie er seinen Vater haßte, den Schnapsbrenner. Eines Tages – es war gerade Wochenmarkt – sprang der Halbwüchsige auf den Schanktisch und hielt vor der versammelten Kundschaft eine Brandrede gegen das Feuerwasser, das seine Familie ernährte. In begreiflicher Wut über diese Geschäftsstörung prügelte ihn der Vater halbtot. Trotzdem wiederholte sich am nächsten Markttage dasselbe. Daraufhin packte der Alte die Sachen seines Dreizehnten in einen kleinen Rucksack, steckte ihm eine schmale Barschaft zu und schmiß ihn hinaus. Nie wieder dürfe er sich in seinem Vaterhause blicken lassen. Nach kurzer Wanderschaft fand Weißenstein in der benachbarten Kreisstadt eine Anstellung als Pikkolo, als Kellnerjunge. Das Gesetz seines Lebens aber wollte es, daß er aus dem Regen in die Traufe kam. Das Wirtshaus, in dem er wohnte, war zugleich das größte Versammlungslokal des Bezirks. Hier spielte der Alkohol eine weniger gefährliche Rolle als die Politik. Diese Politik aber war nichts andres als der geistige Fusel des Zeitalters. Sehr bald erkannte das wache Auge des wasserköpfigen Kellnerjungen, welcher Art all diese Politiker waren, die sich auf der Rednertribüne spreizten. Sie taten nicht, was sie sagten und sie sagten nicht, was sie taten. Die Sozialisten pokerten mit den Fabrikanten im Hinterstübchen. Der Agrarier bezahlte seine Rechnungen aus dem Wohltätigkeits-Fonds für Flur- und Feuerschaden. Und der Vorsitzende des klerikalen Tugendvereins vergewaltigte das hübsche Küchenmädchen auf der Toilette. Der Pikkolo war Augenzeuge all dieser Widersprüche. Er bezwang sich um seiner Armut willen längere Zeit und sah dieser Lügenhölle schweigend zu. Dann aber geschah in dem großen Versammlungssaal dasselbe, was in der väterlichen Schankstube geschehen war. Der Kellnerjunge, das Biertablett in der Hand, unterbrach einen der Prachtredner und erhob seine Stimme zur Anklage. Aus dem herzförmigen Kindermündchen drangen die Schlangen und Skorpione der Wahrheit. Er wurde verprügelt und flog hinaus. Er wurde noch hundertmal geprügelt und flog noch hundertmal hinaus. Aus den unglaublichsten Stellungen und Berufen. Durch das Herz des Dreizehnten floß nach dem schönen Dichterwort ›ein brennendes Recht‹. (Dieser Lava war freilich beizender Rauch beigemischt, der immer wieder zum Lachen zwang.) So klein und elend Weißenstein war, sein Mut, mit dem er der Lüge, dem Unrecht, der Menschenschinderei entgegentrat, schien unbändig zu sein. Er zeigte uns die Narben, die seinen Kopf und Körper bedeckten, Spuren eines erstaunlichen Krieges.

Von dieser Stunde schloß sich der Dreizehnte unserm Kreis an. Frühmorgens schon pflegte er in meiner Wohnung zu erscheinen, die Zeitung in seiner zitternden Hand. Er war die reinste Wünschelrute für alle Abscheulichkeiten, die sich begaben. Sein scharfes Auge pflückte aus dem kleingedruckten Lokalbericht die erstaunlichsten Teufeleien. »Man muß etwas tun für die unehelichen Mütter«, jammerte er z. B., oder: »Wissen Sie, Herr W., daß man in der städtischen Irrenanstalt die Patienten schlägt? Sie sollten darüber ein Gedicht machen...«

Wir versuchten, dem Dreizehnten eine regelmäßige Beschäftigung zu verschaffen. Er hatte das Goldschmied-Handwerk erlernt. »Gold ist Gold«, sagte er, »da gibt's keinen Schmutz.« Nach langem Zureden nahm ihn zum Gehilfen ein Goldschmied, der Goldschmied hieß. Weißenstein verschwand für mehrere Wochen. Als er wieder im Café auftauchte, wackelte sein schwarzer Kopf und seine Augen waren gerötet: »Die Menschen sind so schlecht«, jammerte er, »der Herr Goldschmied will mich auf Verleumdung klagen.« – »Was haben Sie da wieder angestellt, Sie Dreizehnter?!« – »Nichts! Ich hab nur gesagt, Herr Goldschmied, die Frau Goldschmied ist eine Madame Potiphar.« – »Oh, Sie sind ein unverbesserlicher Frechling, Weißenstein!« – »Aber es ist doch wahr, daß die Frau Goldschmied eine Madame Potiphar ist. Sie ist täglich, wenn der Alte nicht da war, im Negligé gekommen und hat mir Anträge gemacht. Ich hab sie streng abgewiesen. Da hat sie sich gerächt und mich aufs Blut gepeinigt. Und jetzt will mich der Chef verklagen. Helfen Sie mir! Ich muß diese böse Stadt verlassen. Ich will nach Wien...« Weißenstein war blaß vor Angst. Wir steuerten das Reisegeld zusammen. Wir schickten ihn nach Wien in der Hoffnung, die leichtlebige Hauptstadt werde dem Weltverbesserer ein Plätzchen bieten. Nach drei Monaten etwa stand er wieder vor uns. Er begrüßte uns mit sonderbaren Zischlauten. Als er den Mund öffnete, sahen wir, daß ihm die letzten Zähne waren ausgeschlagen worden. Er erwiderte wehmütig unsre fragenden Blicke: »Ja, es ist wieder schief gegangen, meine Herren. Ich hab Unglück gehabt, diesmal mit der Religion...« Nun folgte die Sache mit Huhn und Lamm. Sie spielte sich im Männerheim der Wurlitzergasse ab, einem Nachtasyl, das durch die Biographie des gegenwärtigen deutschen Reiseführers weltbekannt geworden ist. (Er hat sich zur selben Zeit dort aufgehalten wie der Dreizehnte.) Huhn war ein protestantischer Theologiestudent

Lamm ein Rabbinatskandidat. Diese beiden herabgekommenen Anwärter des Seelsorgerstandes hatten den Vorzug, die Bettnachbarn unsres Weltverbesserers zu sein. Es kam, wie es kommen mußte. Der Dreizehnte sagte dem Theologen auf den Kopf zu, er lüge bewußt und geflissentlich, wenn er zu glauben vorgebe, Gott der Herr habe in Gestalt des Heiligen Geistes ein irdisches Weib geschwängert. Den Rabbinatskandidaten Lamm hingegen betrat er auf frischer Tat beim Verzehren einer Schinkensemmel. Er entlarvte auch ihn als einen ungläubigen Leutebetrüger. Darauf schlossen die beiden Konfessionen einen Bund, überfielen nächtlicherweise den Dreizehnten und bearbeiteten ihn unter dem zustimmenden Halloh des halben Männerheims. Es kam zu einer allgemeinen Schlacht. Die Polizei mußte einschreiten. Weißenstein wurde als lästiger Zuzügler per Schub in seine Heimat gebracht.

Die Geschichten des Dreizehnten sind Legion. Ich lasse es genug sein. Selbst die Angelegenheit mit der Blinden will ich nur flüchtig erwähnen. Der Dreizehnte hatte ein blindes Mädchen kennen gelernt. Er wollte es heiraten. »Sie sieht nicht, daß ich ein häßliches Scheusal bin. Sie wird mich nicht betrügen. Oh, wie schön ist es, ein armes Geschöpf zärtlich durch die Welt zu führen, das ganz von einem abhängt...« Nach einiger Zeit aber stellt es sich heraus, daß die Blinde gelogen hatte, daß sie nicht besonders blind war, sondern mit einem Auge die auffälligen Umrisse ihres sonderbaren Bräutigams ganz gut erkennen konnte. Der Enttäuschte verließ sie sofort.

Ich habe in meinem Leben ein paar unvergeßliche Charaktere kennen gelernt. Unter ihnen ist Weißenstein, der Weltverbesserer, gewiß nicht der wertvollste. Ich betrachte ihn als eine Charge, eine Nebenrolle in Gottes großer Tragikomödie. Ich würde ihn nicht aus dem Totenreich beschwören, hätte das Leben selbst seiner Geschichte nicht eine Pointe geschenkt, brüsker und kühner als ein Autor sie erfinden kann.

Der August 1914 war da. Der große Krieg brach aus. Die Insassen des Cafés und unser Kreis zerstreuten sich in alle Winde. Ich verbrachte mehrere Jahre an der Ostfront der österreichischen Armee. Später wurde ich zum Kriegspressequartier nach Wien kommandiert. Inzwischen hatte der Krieg das Menschenreservoir bis auf die Neige geleert. Man mobilisierte den Bodensatz; alte Männer, Invalide, Kranke, halbe und ganze Krüppel. All das trottete nun in schmutzigen Uniformen durch die Straßen der hungernden Städte. Im letzten Kriegswinter wurde ich mit einem dienstlichen Auftrag nach Bodenbach gesandt, der Grenzstadt zwischen Deutschland und dem damaligen österreichischen Kaiserstaat. Zu früher Morgenstunde verließ ich mein armseliges Hotel, um über die Elbe-Brücke nach Teschen zu gehen. Diese schöne Eisenbrücke war noch beinahe leer. Nur ein schwanker Haufen bewegte sich vor mir. Voran schleppten sich zwei abgemagerte Ochsen. Hinter ihnen zottelten als Treiber drei greise Soldaten, weißhaarig und frierend, slowakische Bauern vermutlich. Zuletzt kam ein uniformiertes Etwas, dem eine lächerlich kleine Militärkappe auf dem Wasserkopf tanzte. Dieses Etwas schwang einen Knüppelstock und krähte: »Soldaten wollt ihr sein? Ungeziefer seid ihr! Die Prügelstrafe sollte man wieder einführen für euch...« Ich packte ihn von hinten bei den Schultern: »Weißenstein, Sie, der Menschheitskämpfer, sind unter die Menschenschinder gegangen?« – »Ich bin der Kommandant dieses Schlachtviehtransports«, erwiderte er stolz, »und die da, das sind keine Menschen, das sind ewige Sklaven. Die gehören unterdrückt!«

Ich blieb stehen. Mir war nicht nur zum Lachen. Noch verstand ich den Geist der Zeit nicht, der aus den sozialen Idealisten Tolstois und Dostojewskijs die neuen erbarmungslosen Herren des Kremls gemacht hatte. Ich blickte dem »Schlachtvieh-Transport« nach. Unter Vorantritt der beiden Ochsen, gefolgt von den drei ewigen Sklaven, stapfte Weißenstein, der Weltverbesserer, jeder Zoll ein Diktator.

Eine blaßblaue Frauenschrift

Erstes Kapitel
April im Oktober

Die Post lag auf dem Frühstückstisch. Ein beträchtlicher Stoß von Briefen, denn Leonidas hatte erst vor kurzem seinen fünfzigsten Geburtstag gefeiert und täglich trafen noch immer glückwünschende Nachzügler ein. Leonidas hieß wirklich Leonidas. Den eben so heroischen wie drückenden Vornamen verdankte er seinem Vater, der ihm als dürftiger Gymnasiallehrer außer diesem Erbteil nur noch die vollzähligen griechisch-römischen Klassiker und zehn Jahrgänge der ›Tübinger altphilologischen Studien‹ vermacht hatte. Glücklicherweise ließ sich der feierliche Leonidas leicht in einen schlicht-gebräuchlichen Leo umwandeln. Seine Freunde nannten ihn so und Amelie hatte ihn niemals anders gerufen als Leon. Sie tat es auch jetzt, indem sie mit ihrer dunklen Stimme der zweiten Silbe von León eine melodisch langgezogene und erhöhte Note gab.

»Du bist unerträglich beliebt, León«, sagte sie. »Wieder mindestens zwölf Gratulationen...«

Leonidas lächelte seiner Frau zu, als bedürfe es einer verlegenen Entschuldigung, daß es ihm gelungen sei, zugleich mit dem Gipfel einer glänzenden Karriere sein fünfzigstes Lebensjahr zu erreichen. Seit einigen Monaten war er Sektionschef im ›Ministerium für Kultus und Unterricht‹ und gehörte somit zu den vierzig bis fünfzig Beamten, die in Wirklichkeit den Staat regierten. Seine weiße ausgeruhte Hand spielte zerstreut mit dem Briefstapel.

Amelie löffelte langsam eine Grapefruit aus. Das war alles, was sie morgens zu sich nahm. Der Umhang war ihr von den Schultern geglitten. Sie trug ein schwarzes Badetrikot, in welchem sie ihre alltägliche Gymnastik zu erledigen pflegte. Die

Glastür auf die Terrasse stand halb offen. Es war ziemlich warm für die Jahreszeit. Von seinem Platz aus konnte Leonidas weit über das Gartenmeer der westlichen Vorstadt von Wien hinaussehen, bis zu den Bergen, an deren Hängen die Metropole verebbte. Er warf einen prüfenden Blick nach dem Wetter, das für sein Behagen und seine Arbeitskraft eine wesentliche Rolle spielte. Die Welt präsentierte sich heute als ein lauer Oktobertag, der in einer Art von launisch gezwungener Jugendlichkeit einem Apriltage glich. Über den Weinbergen der Bannmeile schob sich dickes hastiges Gewölk, schneeweiß und mit scharf gezeichneten Rändern. Wo der Himmel frei war, bot er ein nacktes, für diese Jahreszeit beinahe schamloses Frühlingsblau dar. Der Garten vor der Terrasse, der sich noch kaum verfärbt hatte, wahrte eine ledrig hartnäckige Sommerlichkeit. Kleine gassenbübische Winde sprangen mutwillig mit dem Laub um, das noch recht fest zu hängen schien.

Ziemlich schön, dachte Leonidas, ich werde zu Fuß ins Amt gehen. Und er lächelte wiederum. Es war dies aber ein merkwürdiges gemischtes Lächeln, begeistert und mokant zugleich. Immer, wenn Leonidas mit Bewußtsein zufrieden war, lächelte er mokant und begeistert. Wie so viele gesunde, wohlgestaltete, ja schöne Männer, die es im Leben zu einer hohen Stellung gebracht haben, neigte er dazu, sich in den ersten Morgenstunden ausnehmend zufrieden zu fühlen und dem gewundenen Laufe der Welt rückhaltlos zuzustimmen. Man trat gewissermaßen aus dem Nichts der Nacht über die Brücke eines leichten, alltäglich neugeborenen Erstaunens in das Vollbewußtsein des eigenen Lebenserfolges ein. Und dieser Lebenserfolg konnte sich wahrhaftig sehen lassen: Sohn eines armen Gymnasialprofessors achter Rangklasse. Ein Niemand, ohne Familie, ohne Namen, nein ärger, mit einem aufgeblasenen Vornamen behaftet. Welch eine triste, frostige Studienzeit! Man bringt sich mit Hilfe von Stipendien und als Hauslehrer bei reichen, dicklichen und unbegabten Knaben mühsam durch. Wie schwer ist es, das verlangende Hungerblinzeln in den eigenen Augen zu bemeistern wenn der träge Zögling zu Tisch gerufen wird! Aber ein Frack hängt dennoch im leeren Schrank. Ein neuer tadelloser Frack, an dem nur ein paar kleine Korrekturen vorgenommen werden mußten. Dieser Frack nämlich ist ein Erbstück. Ein Studienkollege und Budennachbar hat ihn Leonidas testamentarisch hinterlassen, nachdem er sich eines Abends im Nebenzimmer eine Kugel unangekündigt durch den Kopf gejagt hatte. Es geht fast wie im Märchen zu, denn dieses Staatsgewand wird entscheidend für den Lebensweg des Studenten. Der Eigentümer des Fracks war ein »intelligenter Israelit«. (So vorsichtig bezeichnet ihn auch in seinen Gedanken der feinbesaitete Leonidas, der den allzu offenen Ausdruck peinlicher Gegebenheiten verabscheut.) Diesen Leuten ging es übrigens in damaliger Zeit so erstaunlich gut, daß sie sich dergleichen luxuriöse Selbstmordmotive wie philosophischen Weltschmerz ohne weiteres leisten konnten.

Ein Frack! Wer ihn besitzt, darf Bälle und andere gesellschaftliche Veranstaltungen besuchen. Wer in seinem Frack gut aussieht und überdies ein besonderes Tänzertalent besitzt wie Leonidas, der erweckt rasch Sympathien, schließt Freundschaften, lernt strahlende junge Damen kennen, wird in »erste Häuser« eingeladen. So war es wenigstens damals in jener staunenswerten Zauberwelt, in der es eine soziale Rangordnung und darin das Unerreichbare gab, das des auserwählten Siegers harrte, damit er es erreiche. Mit einem blanken Zufall begann die Karriere des armen Hauslehrers; mit der Eintrittskarte zu einem der großen Ballfeste, die Leonidas geschenkt erhielt. Der Frack des Selbstmörders kam somit zu providentieller Geltung. Indem der verzweifelte Erblasser ihn mit seinem Leben hingegeben hatte, half er dem glücklicheren Erben über die Schwelle einer glänzenden Zukunft. Und dieser Leonidas erlag in den Thermopylen seiner engen Jugend keineswegs der Übermacht einer hochmütigen Gesellschaft. Nicht nur Amelie, auch andere Frauen behaupten, daß es einen Tänzer seinesgleichen nie gegeben habe, noch auch je wieder geben werde. Muß erst gesagt werden, daß Leóns Domäne der Walzer war, und zwar der nach links getanzte, schwebend, zärtlich, unentrinnbar fest und locker zugleich? Im beschwingten Zweischritt-Walzer jener sonderbaren

Epoche konnte sich noch ein Liebesmeister, ein Frauenführer beweisen, während (nach Leóns Überzeugung) die Tänze des modernen Massenmenschen in ihrem gleichgültigen Gedränge nur dem maschinellen Trott ziemlich unbeseelter Glieder einen knappen Raum gewähren.

Auch dann, wenn Leonidas sich seiner verrauschten Tänzertriumphe erinnert, umspielt das so charakteristisch gemischte Lächeln seinen hübschen Mund mit den blitzenden Zähnen und dem weichen Schnurrbärtchen, das noch immer blond ist. Er hält sich mehrmals am Tag für einen ausgemachten Götterliebling. Würde man ihn auf seine »Weltanschauung« prüfen, er müßte offen bekennen, daß er das Universum als eine Veranstaltung ansehe, deren einziger Sinn und Zweck darin besteht, Götterlieblinge seinesgleichen aus der Tiefe zur Höhe emporzuhätscheln und sie mit Macht, Ehre, Glanz und Luxus auszustatten. Ist nicht sein eigenes Leben der Vollbeweis für diesen freundlichen Sinn der Welt? Ein Schuß fällt in der Nachbarkammer seines schäbigen Studentenquartiers. Er erbt einen beinah noch funkelnagelneuen Frack. Und schon kommt's wie in einer Ballade. Er besucht im Fasching einige Bälle. Er tanzt glorreich, ohne es je gelernt zu haben. Es regnet Einladungen. Ein Jahr später gehört er bereits zu den jungen Leuten, um die man sich reißt. Wird sein allzu klassischer Vorname genannt, tritt lächelndes Wohlwollen auf alle Mienen. Sehr schwierig ist es, das Betriebskapital für ein derart beliebtes Doppelleben herbeizuschaffen. Seinem Fleiß, seiner Ausdauer, seiner Bedürfnislosigkei gelingt's. Vor der Zeit besteht er alle seine Prüfungen. Glänzende Empfehlungen öffnen ihm die Pforten des Staatsdienstes Er findet sogleich die prompte Zuneigung seiner Vorgesetzten die seine angenehm gewandte Bescheidenheit nicht hoch genug zu rühmen wissen. Schon nach wenigen Jahren erfolgt die viel beneidete Versetzung zur Zentralbehörde, die sonst nur der besten Namen und den ausgesuchtesten Protektionskinder vorbehalten ist. Und dann diese wilde Verliebtheit Amelie Paradinis, der Achtzehnjährigen, Bildschönen...

Das leichte Erstaunen allmorgendlich beim Erwachen ist wahrhaftig nicht ungerechtfertigt. Paradini!? Man irrt nicht, wenn man bei diesem Namen aufhorcht. Ja, es handelt sich in der Tat um das bekannte Welthaus Paradini, das in allen Weltstädten Zweigniederlassungen besitzt. (Seither ist freilich das Aktienkapital von den großen Banken aufgesaugt worden.) Vor zwanzig Jahren aber war Amelie die reichste Erbin der Stadt. Und keiner der glänzenden Namen aus Adel und Großindustrie, keiner von diesen himmelhoch überlegenen Bewerbern hatte die blutjunge Schönheit erobert, sondern er, der Sohn des hungerleidenden Lateinlehrers, ein Jüngling mit dem geschwollenen Namen Leonidas, der nichts besaß als einen gutsitzenden, aber makabren Frack. Dabei ist das Wort »erobert« schon eine Ungenauigkeit. Denn, recht besehen, war er auch in dieser Liebesgeschichte nicht der Werbende, sondern der Umworbene. Das junge Mädchen nämlich hatte mit unnachgiebiger Energie die Ehe durchgesetzt gegen den erbitterten Widerstand der ganzen millionenschweren Verwandtschaft.

Und hier sitzt sie ihm gegenüber, heut wie allmorgendlich, Amelie, sein großer, sein größter Lebenserfolg. Merkwürdig, das Grundverhältnis zwischen ihnen hat sich nicht verwandelt. Noch immer fühlt er sich als der Umworbene, als der Gewährende, als der Gebende, trotz ihres Reichtums, der ihn auf Schritt und Tritt mit Weite, Wärme und Behagen umgibt. Im übrigen betont Leonidas nicht ohne unbestechliche Strenge, daß er Amelies Besitztümer durchaus nicht für die seinen ansehe. Von allem Anfang an habe er zwischen diesem sehr ungleichen Mein und Dein eine feste Schranke aufgerichtet. Er betrachte sich in dieser reizenden, für zwei Menschen leider viel zu geräumigen Villa gleichsam nur als Mieter, als Pensionär, als zahlenden Nutznießer, widme er doch sein ganzes Gehalt als Staatsbeamter ohne Abzug der gemeinsamen Lebensführung. Schon vom ersten Tage dieser Ehe an habe er auf dieser Unterscheidung unerbittlich bestanden. Mochten die Auguren einander auch anlächeln, Amelie war entzückt über den männlichen Stolz des Geliebten, des Erwählten. Er hat jüngst die Höhe des Lebens erreicht und geht nun die Treppe langsam abwärts. Als Fünfzigjähriger besitzt er eine acht- oder neununddreißigjährige Frau, blendend noch immer. Sein Blick prüft sie.

In dem nüchtern entlarvenden Oktoberlicht schimmern Amelies nackte Schultern und Arme makellos weiß, ohne Flecken und Härchen. Dieses duftende Marmorweiß entstammt nicht nur der Wohlgeborenheit, sondern ist ebenso die Folge einer unablässigen kosmetischen Pflege, die sie ernst nimmt wie einen Gottesdienst. Amelie will für Leonidas jung bleiben und schön und schlank. Ja, schlank vor allem. Und das fordert beständige Härte gegen sich selbst. Vom steilen Weg dieser Tugend weicht sie keinen Schritt. Ihre kleinen Brüste zeichnen sich unterm schwarzen Trikot spitz und fest ab. Es sind die Brüste einer Achtzehnjährigen. Wir bezahlen diese jungfräulichen Brüste mit Kinderlosigkeit, denkt der Mann jetzt. Und er wundert sich selbst über diesen Einfall, denn als entschlossener Verteidiger seines eigenen ungeteilten Behagens hat er niemals den Wunsch nach Kindern gehegt. Eine Sekunde lang taucht er den Blick in Amelies Augen. Sie sind heute grünlich und sehr hell. Leonidas kennt genau diese wechselnde und gefährliche Färbung. An gewissen Tagen hat seine Frau meteorologisch veränderliche Augen. »April-Augen« hat er's selbst einmal genannt. In solchen Zeiten muß man vorsichtig sein. Szenen liegen in der Luft ohne die geringste Ursache. Die Augen sind übrigens das einzige, was zu Amelies Jungmädchenhaftigkeit in sonderbarem Widerspruch steht. Sie sind älter als sie selbst. Die nachgemalten Brauen machen sie starr. Schatten und bläuliche Müdigkeiten umgeben sie mit der ersten Ahnung des Verfalls. So sammelt sich in den saubersten Räumen an gewissen Stellen ein Niederschlag von Staub und Ruß. Etwas beinah schon Verwüstetes liegt in dem Frauenblick, der ihn festhält.

Leonidas wandte sich ab. Da sagte Amelie: »Willst du nicht endlich deine Post durchschauen?« – »Höchst langweilig«, murmelte er und sah erstaunt den Briefstoß an, auf dem seine Hand noch immer zögernd und abwehrend ruhte. Dann blätterte e wie ein Kartenspieler das schiere Dutzend vor sich auf und musterte es mit der Routine des Beamten, der die Bedeutung seines »Einlaufs« mit einem halben Blick feststellt. Es waren elf Briefe, zehn davon in Maschinenschrift. Um so mahnender leuchtete die blaßblaue Handschrift des elften aus der eintönigen Reihe hervor. Eine großzügige Frauenschrift, ein wenig streng und steil. Leonidas senkte unwillkürlich den Kopf, denn er spürte, daß er aschfahl geworden war. Er brauchte einige Sekunden, um sich zu sammeln. Seine Hände erfroren vor Erwartung, Amelie werde jetzt eine Frage nach dieser blaßblauen Handschrift stellen. Doch Amelie fragte nichts. Sie sah aufmerksam in die Zeitung, die neben ihrem Gedeck lag, wie jemand, der sich nicht ohne Selbstüberwindung verpflichtet fühlt, die bedrohlichen Zeitereignisse zu verfolgen. Leonidas sagte etwas, um etwas zu sagen. Er würgte an der Unechtheit seines Tons:

»Du hast recht... nichts als öde Gratulationen...«

Dann schob er – es war wieder der Griff eines gewiegten Kartenspielers – die Briefe zusammen und steckte sie mit vorbildlicher Lässigkeit in die Tasche. Seine Hand hatte sich weit echter benommen als seine Stimme. Amelie sah von der Zeitung nicht auf, während sie sprach:

»Wenn's dir recht ist, könnt ich all das fade Zeug für dich beantworten, León...«

Aber Leonidas hatte sich schon erhoben, völlig Herr seiner selbst. Er strich sein graues Sakko glatt, zupfte die Manschetten aus den Ärmeln, legte dann die Hände in die schlanke Taille und wiegte sich mehrere Male auf den Zehenspitzen, als könne er auf diese Weise die Geschmeidigkeit seines prächtigen wohlgewachsenen Körpers prüfen und genießen:

»Für eine Sekretärin bist du mir zu gut, lieber Schatz«, lächelte er begeistert und mokant. »Das erledigen meine jungen Leute im Handumdrehen. Hoffentlich hast du heute keinen leeren Tag. Und vergiß bitte nicht, daß wir abends in der Oper sind...«

Er beugte sich zu ihr hinab und küßte sie mit ausführlicher Innigkeit aufs Haar. Sie blickte ihn voll an mit ihrem Blick, der älter war als sie selbst. Sein schmales Gesicht war rosig, frisch und wundervoll rasiert. Es strahlte von Glätte, von jener unzerstörbaren Glätte, die sie beunruhigte und gebannt hielt seit jeher.

Zweites Kapitel
Die Wiederkehr des Gleichen

Nachdem Leonidas sich von Amelie verabschiedet hatte, verließ er das Haus nicht alsogleich. Allzusehr brannte in seiner Tasche der Brief mit der blaßblauen Frauenhandschrift. Auf der Straße pflegte er weder Briefe noch Zeitungen zu lesen. Das ziemte sich nicht für einen Mann seines Ranges und seiner Angesehenheit im wörtlichen Sinne. Andrerseits besaß er die unschuldige Geduld nicht, solange zu warten, bis er sich ungestört in seinem großen Arbeitszimmer im Ministerium befinden würde. So tat er das, was er öfters als Knabe getan hatte, wenn es eine Heimlichkeit zu verbergen, ein schlüpfriges Bild zu betrachten, ein verbotenes Buch zu lesen galt. Der Fünfzigjährige, dem niemand nachspionierte, blickte ängstlich nach allen Seiten und schloß sich dann, nicht anders als der Fünfzehnjährige einst, vorsichtig in den verschwiegensten Raum des Hauses ein.

Dort starrte er mit entsetzten Augen lange auf die strenge steile Frauenhandschrift und wog den leichten Brief unablässig in der Hand und wagte es nicht, ihn zu öffnen. Mit immer persönlicherer Ausdruckskraft blickten ihn die sparsamen Schriftzüge an und erfüllten nach und nach sein ganzes Wesen wie mit einem Herzgift, das den Pulsschlag lähmt. Daß er Veras Handschrift noch einmal werde begegnen müssen, das hätte er selbst in einem lastenden Angsttraum nicht mehr für möglich gehalten. Was war das für ein unbegreiflicher, was für ein unwürdiger Schreck vorhin, als ihn mitten unter seiner gleichgültigen Post plötzlich ihr Brief angestarrt hatte? Es war ein Schreck aus den Anfängen des Lebens ganz und gar. So darf ein Mann nicht erschrecken, der die Höhe erreicht und seine Bahn fast vollendet hat. Zum Glück hatte Amelie nichts davon bemerkt. Warum dieser Schreck, den er noch in allen Gliedern spürte? Es ist doch nichts als eine alte dumme Geschichte, eine platte Jugendeselei, wohl zwanzigfach verjährt. Er hat wahrhaftig mehr auf dem Gewissen als die Sache mit Vera. Als hoher Staatsbeamter ist er täglich gezwungen, Entscheidungen über Menschenschicksale zu treffen, hochnotpeinliche Entscheidungen nicht selten. In seiner Stellung ist man ja ein wenig wie Gott. Man verursacht Schicksale. Man legt sie ad acta. Sie wandern vom Schreibtisch des Lebens ins Archiv des Erledigtseins. Mit der Zeit löst sich Gott sei Dank alles klaglos in Nichts auf. Auch Vera schien sich doch schon klaglos in Nichts aufgelöst zu haben...

Es mußte fünfzehn Jahre her sein, mindestens, daß er zum letztenmal einen Brief Veras in der Hand gehalten hatte, so wie jetzt, in einer ähnlichen Situation übrigens und an einem nicht minder kläglichen Örtchen. Damals freilich kannte Amelies Eifersucht keine Grenzen, und ihr mißtrauisches Feingefühl witterte stets eine Fährte. Es blieb ihm nichts übrig, als den Brief zu vernichten. Damals! Daß er ihn ungelesen vernichtete, das allerdings war etwas anderes. Das heißt, es war eine lumpige Feigheit, eine Schweinerei ohnegleichen. Der Götterliebling Leonidas machte sich in diesem Augenblicke nichts vor. Den damaligen Brief habe ich ungelesen zerrissen – und auch den heutigen werde ich ungelesen zerreißen –, einfach, um nichts zu wissen. Wer nichts weiß, ist nicht in Anspruch genommen. Was ich vor fünfzehn Jahren nicht in mein Bewußtsein eingelassen habe, das brauche ich heute doch noch hundertmal weniger einzulassen. Es ist erledigt, ad acta gelegt, nicht mehr da. Ich halte es für ein unbedingtes Gewohnheitsrecht, daß es nicht mehr da ist. Unerhört von dieser Frau, daß sie mir noch einmal ihre Existenz so nah vor Augen führt. Wie mag sie jetzt sein, wie mag sie jetzt aussehen?

Leonidas hatte nicht die geringste Vorstellung davon, wie Vera jetzt aussehen mochte. Schlimmer, er wußte nicht, wie sie ausgesehen hatte, damals, zur Zeit seines einzigen echten Liebesrausches im Leben. Nicht den Blick ihrer Augen konnte er zurückrufen, nicht den Schimmer ihres Haares, nicht ihr Gesicht, ihre Gestalt. Je gesammelter er sich bemühte, ihr sonderbar verlorenes Bild in sich zu beschwören, um so hoffnungsloser wurde die Leere, die sie wie mit spöttischer Absicht in ihm zurückgelassen hatte. Vera war gleichsam die vertrackte Ausfallerscheinung seiner sonst gut gepflegten und kalligraphisch glatten Erinnerung. Zum Teufel, warum wollte sie auf einmal nicht bleiben, was sie fünfzehn Jahre schon war, ein gut eingeebnetes Grab, dessen Stelle man nicht mehr findet.

Mit unverkennbarer Tücke materialisierte die Frau, die ihr Bild dem treulosen Geliebten entzog, ihre Persönlichkeit in den wenigen Worten der Adresse. Sie waren voll schrecklicher Anwesenheit, diese feinen Federstriche. Der Sektionschef begann zu schwitzen. Er hielt den Brief in der Hand wie die Vorladung des Strafgerichts, nein, wie das ausgefertigte Urteil dieses Strafgerichtes selbst. Und plötzlich stand jener Julitag vor fünfzehn Jahren da, hell und blank, in seinen flüchtigsten Einzelheiten.

Ferien! Herrlichster Alpensommer in Sankt Gilgen. Leonidas und Amelie sind noch ziemlich jung verheiratet. Sie wohnen in dem entzückenden kleinen Hotel am Seeufer. Man hat sich heute mit Freunden zu einer gemächlichen Bergpartie verabredet. In wenigen Minuten wird an der Landungsstelle dicht vor dem Hotel das Dampferchen anlegen, das man besteigen muß, um zum Ausgangspunkt des geplanten Spaziergangs zu gelangen. Die Halle des Gasthofs ähnelt einer großen Bauernstube. Durch die gittrigen, von wildem Wein beschatteten Fenster dringt die Sonne nur mit spärlich dickflüssigen Honigtropfen. Der Raum selbst ist dunkel. Es ist aber ein vollgesogenes Dunkel, das die Augen seltsam blendet. Leonidas tritt zur Portiersloge, fordert seine Post. Drei Briefe sind's, darunter jener mit der steilen strengen Frauenschrift in blaßblauer Tinte. Da fühlt Leonidas, daß Amelie hinter ihm steht. Sie legt ihm zutraulich die Hand auf die Schulter. Sie fragt, ob für sie nichts angekommen sei. Wie es ihm gelingt, Veras Brief zu verbergen und in die Tasche zu praktizieren, weiß er selbst nicht. Das ambrafarbige Dunkel hilft ihm. Zum Glück erscheinen jetzt die Freunde, welche man erwartet. Nach der heiteren Begrüßung verschwindet Leonidas unauffällig. Er hat noch fünf Minuten Zeit, den Brief zu lesen. Er liest ihn nicht, sondern dreht ihn uneröffnet hin und her. Vera schreibt ihm nach drei Jahren tödlichen Schweigens. Sie schreibt ihm, nachdem er sich gemeiner, schrecklicher benommen hat als jemals ein Mann zu seiner Geliebten. Zuerst diese niederträchtigste aller feigen Lügen, denn er war doch vor drei Jahren schon verheiratet, ohne es ihr zu gestehn. Und dann der abgefeimte betrügerische Abschied am Waggonfenster: »Leb wohl, mein Leben! Zwei Wochen noch und du bist bei mir!« Mit diesen Worten ist er einfach verschwunden und hat die Existenz von Fräulein Vera Wormser nicht mehr zur Kenntnis genommen. Wenn sie ihm heute schreibt, sie, ein Wesen wie Vera, dann steckt dahinter die furchtbarste Selbstüberwindung. Dieser Brief kann demnach nichts anderes sein als ein Hilferuf in schwerer Bedrängnis. Und das Schlimmste? Vera hat den Brief hier geschrieben. Sie ist in Sankt Gilgen. Auf der Rückseite des Umschlags steht es schwarz auf weiß. Sie wohnt in einer Pension am jenseitigen Seeufer. Leonidas zieht schon ein Taschenmesser, um das Kuvert einfach aufzuschlitzen, eine ebenso lächerliche wie verräterische Pedanterie. Er öffnet aber das Taschenmesser nicht. Wenn er den Brief liest, wenn zur Gewißheit wird, was er nicht einmal zu ahnen wagen darf, dann gibt es kein Zurück mehr. Einige Sekunden lang überlegt er die Möglichkeit und Aussicht einer Beichte. Doch welcher Gott könnte von ihm fordern, daß er seiner blutjungen Frau, einer Amelie Paradini, die ihn fanatisch liebt, die ihn zum Erstaunen aller Welt geheiratet hat, daß er diesem bevorzugten Sondergeschöpf ohne weiteres aus heiterem Himmel gestehe, er habe sie schon nach einem Jahr ihrer Ehe in umsichtigster Weise betrogen. Er würde damit nur seine eigene Existenz und das Leben Amelies zerstören, ohne Vera helfen zu können. Ratlos steht er im engen Raum, während die Sekunden eilen. Ihm wird übel vor seiner eigenen Angst und Niedrigkeit. Der leichte Brief lastet schwer in seiner Hand. Das Papier des Umschlags ist sehr dünn und nicht gefüttert. Undeutlich scheinen die Zeilen durch. Er versucht hier und dort zu entziffern. Vergebens! Eine Hummel surrt durchs offene Fensterchen und ist mit ihm gefangen. Ödigkeit, Trauer, Schuld erfüllen ihn und plötzlich ein heftiger Zorn gegen Vera. Sie schien doch bereits verstanden zu haben. Ein kurzes, verrücktes Glück, von Gnaden des Zufalls und seiner Lüge. Er hat nicht anders gehandelt als ein antiker Gott, der sich in wandelbarer Gestalt zu einem Menschenkinde herabbeugt. Darin liegt doch ein Adel, eine Schönheit. Vera schien es überwunden zu haben, dessen war er ja schon so sicher. Denn was immer geschehen sein mochte mit ihr, sie hatte sich in den drei Jahren seit seinem Verschwinden nicht gemeldet, mit keiner Zeile, mit keinem Wort, mit keiner persönlichen Botschaft. Aufs beste überstanden war alles und eingeordnet. Wie hoch hatte er sie ihr angerechnet, diese verständige Einordnung ins Unvermeidbare. Und jetzt, dieser Brief! Nur durch eine Glücksfügung ist er Amelie nicht in die Hände gefallen. Und nicht nur der Brief. Sie selbst ist da, verfolgt ihn, taucht auf hier an diesem Bergsee, wo sich alle Welt zusammenfindet, jetzt im abscheulich familiären Monat Juli. Ingrimmig denkt Leonidas: Vera ist eben doch nur eine »intellektuelle Israelitin«. So hoch diese Menschen sich auch entwickeln können, an irgend etwas hapert's am Ende doch. Zumeist am Takt, an dieser feinen Kunst, dem Nebenmenschen keine seelischen Scherereien zu bereiten. Warum z. B. hatte sich sein Freund und Kommilitone, der ihm jenen erfolgreichen Frack vererbte, um acht Uhr abends, zu einer geselligen Stunde also und noch dazu im Nebenzimmer erschießen müssen? Hätte er das nicht ebensogut woanders tun können oder zu einer Zeit, wo sich Leonidas nicht in der Nähe befand? Aber nein! Jede Handlung, auch die verzweifeltste, muß unterstrichen und in bittere Anführungszeichen gesetzt werden. Immer ein Zuviel oder ein Zuwenig! Ein Beweis für jenen so bezeichnenden Mangel an Takt. Unsagbar taktlos ist es von Vera, im Juli nach Sankt Gilgen zu kommen, wo Leonidas mit Amelie zwei Wochen seines schwerverdienten Urlaubs verbringen will, wie sie gewiß in Erfahrung gebracht hat. Gesetzt den Fall, er begegnet ihr jetzt auf dem Dampferchen, was soll er tun? Er weiß natürlich, was er tun wird: Vera nicht erkennen, nicht grüßen, durch sie achtlo heiter hindurchblicken und mit Amelie und der kleinen Gesellschaft ohne Wimperzucken lachende Konversation machen. Doch wie teuer wird ihm diese empörend brillante Haltung zu stehen kommen! Sie kostet Nervenkraft und Selbstbewußtsein für eine ganze Woche seines allzu kurzen Urlaubs. Der Appetit ist hin. Die nächsten Tage sind vergällt. Und er muß sofort einen einleuchtenden Grund Amelie gegenüber ersinnen, um spätestens morgen Mittag den Aufenthalt in diesem so reizenden Sankt Gilgen abbrechen zu können. Wohin sie sich aber begeben werden, ob nach Tirol, an den Lido oder ans nördliche Meer, überall wird ihn die Möglichkeit verfolgen, die er nicht auszudenken wagt. Das rasche Gefälle dieser Überlegungen hat ihn den Brief in seiner Hand vergessen lassen. Jetzt aber erfaßt ihn eine jähe Neugier. Er möchte wissen, woran er ist. Vielleicht sind jene dämmrigen Ahnungen und Befürchtungen nur Ausgeburten seiner so leicht reizbaren Hypochondrie. Vielleicht wird er erleichtert aufatmen, wenn er den Brief gelesen hat. Die dicke Sommerhummel, seine Mitgefangene, hat endlich den Fensterspalt gefunden und verdröhnt in der Freiheit draußen. Es ist auf einmal schrecklich still in der kläglichen Enge. Leonidas setzt das Taschenmesser an, um den Brief aufzuschneiden. Da tutet das uralte Dampferchen, klein und klapprig, ein Kinderspielzeug aus verschollenen Zeiten. Das Schaufelrad schäumt hörbar das Wasser auf. Nach einer kurzen Regungslosigkeit beginnt das Schattenmuster des Weinlaubs von neuem sein Spiel an der Wand. Keine Zeit mehr! Schon wird Amelie nervös rufen: León! Sein Herz klopft, während er den Brief in kleine Schnitzel zerreißt und verschwinden läßt...

Ewige Wiederkehr des gleichen! So etwas also gibt's wahrhaftig, staunte Leonidas. Veras heutiger Brief hatte ihn in dieselbe schmähliche Situation versetzt wie jener vor fünfzehn Jahren. Es war die Ursituation seiner Versündigung an Vera und an Amelie. Alles stimmte aufs Haar überein. Der Postempfang in Gegenwart seiner Frau, damals wie heute. Jetzt erst las er auf der Rückseite des Briefes den Vermerk der Absenderin: »Dr. Vera Wormser loco«. Dann folgte der Name des Parkhotels, das in nächster Nähe, zwei Straßen entfernt, lag. Vera also war gekommen, damals wie heute, um ihn zu suchen, um ihn zu stellen. Nur daß statt einer Sommerhummel einige greise Herbstfliegen, asthmatisch summend, seine Gefangenschaft teilten. Leonidas hörte sich, nicht ohne Verwunderung, leise auflachen. Dieser Schreck vorhin, dieses Stillstehen des Herzens war nicht nur unwürdig, er war auch blödsinnig. Hätte er den Brief nicht ruhig vor Amelie zerreißen können, gelesen oder ungelesen?! Eine Belästigung, eine Petition aus dem Publikum, wie hundert andere, weiter nichts. Fünfzehn Jahre, nein, fünfzehn plus drei Jahre! Das sagt sich so einfach. Aber achtzehn Jahre sind eine unausschöpfliche Verwandlung. Sie sind mehr als ein halbes Menschenalter, das die Lebenden beinahe völlig austauscht, ein Zeitozean, der wahrhaftig andere Verbrechen zu Nichts verwässert als eine feige Unanständigkeit in der Liebe. Was war er doch für ein Waschlappen, daß er von dieser mumifizierten Geschichte nicht loskommen konnte, daß er durch sie die schönste Seelenruhe seines Vormittags verlor, er, ein Fünfzigjähriger auf dem Gipfel seiner Laufbahn? Der ganze Unsegen kam von der Halbschlächtigkeit seines Herzens, so stellte er fest. Dieses Herz war einerseits zu weich geraten und andrerseits zu windig. Sein Lebtag litt er daher an einem »verdorbenen Herzen«. Diese Formel ging zwar, er empfand es selbst, gegen den guten Geschmack, sie drückte aber seinen unpäßlichen Seelenzustand treffend aus. War die schreckhafte Empfindsamkeit der blaßblauen Frauenschrift gegenüber nicht der Beweis einer skrupelhaft zarten Kavaliersnatur, die einen moralischen Schnitzer auch nach schier unendlicher Zeit nicht verwinden und sich vergeben kann? Leonidas bejahte im Augenblick diese Frage rückhaltlos. Und er belobte sich selbst mit einiger Melancholie, weil er, ein anerkannt schöner und verführerischer Mann, außer der leidenschaftlichen Episode mit Vera nur noch neun bis elf gegenstandslose Seitensprünge in seiner Ehe sich vorzuwerfen hatte.

Er atmete tief und lächelte. Jetzt wollte er mit Vera Schluß machen für immer. Fräulein Doktor der Philosophie Vera Wormser, Spezialfach Philosophie. In dieser Berufswahl schon lag ein aufreizender Hang zur Überlegenheit. (Fräulein Doktor? Nein, hoffentlich Frau Doktor. Verheiratet und nicht verwitwet.) Im offenen Fensterchen stand der bauschige Wolkenhimmel. Leonidas riß entschlossen den Brief ein. Der Riß aber war noch nicht zwei Zentimeter tief, als seine Hände innehielten. Und jetzt geschah das Gegenteil von dem, was vor fünfzehn Jahren in Sankt Gilgen geschehen war. Damals wollte er den Brief öffnen und zerriß ihn. Jetzt wollte er den Brief zerreißen und öffnete ihn. Spöttisch sah ihn von dem verletzten Blatt die gesammelte Persönlichkeit der blaßblauen Frauenschrift an, die sich nun in mehreren Zeilen entwickeln konnte.

Oben auf dem Kopf des Briefes stand in raschen und genauen Zügen das Datum: »Am siebten Oktober 1936«. Man merkt die Mathematikerin, urteilte Leonidas, Amelie hat in ihrem ganzen Leben noch nie einen Brief datiert. Und dann las er: »Sehr geehrter Herr Sektionschef!« Gut! Gegen diese dürre Anrede ist nichts einzuwenden. Sie ist vollendet, taktvoll, obgleich sich ein schwacher aber unüberwindlicher Hohn hinter ihr zu verbergen scheint. Jedenfalls läßt dieses »Sehr geehrter Herr Sektionschef« nichts allzu Nahes befürchten. Lesen wir weiter!

»Ich bin gezwungen, mich heute mit einer Bitte an Sie zu wenden. Es handelt sich dabei nicht um mich selbst, sondern um einen jungen begabten Menschen, der aus den allgemein bekannten Gründen in Deutschland sein Gymnasialstudium nicht fortsetzen darf und es daher hier in Wien vollenden möchte. Wie ich höre, liegt die Ermöglichung und Erleichterung eines solchen Übertritts in Ihrem speziellen Amtsbereich, sehr geehrter Herr. Da ich hier in meiner ehemaligen Vaterstadt keinen Menschen mehr kenne, halte ich es für meine Pflicht, Sie in diesem, für mich äußerst wichtigen Fall in Anspruch zu nehmen. Sollten Sie bereit sein, meiner Bitte zu willfahren, so genügt es, wenn Sie mich durch Ihr Büro verständigen lassen. Der junge Mann wird Ihnen dann zu gewünschter Zeit seine Aufwartung machen und die notwendige Auskunft geben. Mit verbindlichem Dank. Vera W.«

Leonidas hatte den Brief zweimal gelesen, vom Anfang bis

zum Ende, ohne abzusetzen. Dann steckte er ihn mit vorsichtigen Fingern wieder in die Tasche wie eine Kostbarkeit. Er fühlte sich so schlaff und müde, daß er nicht Kraft genug fand, die Tür aufzusperren und aus seinem Gefängnis zu treten. Wie komisch überflüssig erschien ihm jetzt seine kindliche Flucht in das beklemmende Örtchen. Diesen Brief hätte er keineswegs mit tödlichem Schreck vor Amelie verbergen müssen. Diesen Brief hätte er offen liegen lassen, ja ihr ruhig über den Tisch hinreichen können. Es war der harmloseste Brief der Welt, dieser hinterlistigste Brief der Welt. Dergleichen Bittschriften um Protektion und Intervention bekam er hundert im Monat. Und doch, in diesen knappen und geraden Zeilen lebte eine Ferne, eine Kälte, eine abgezirkelte Besonnenheit, vor der er sich moralisch zusammenschrumpfen fühlte. Vielleicht wird dereinst, wer kann's wissen, vor dem Jüngsten Gericht, ein ähnlich tückisch ausgewogener Schriftsatz auftauchen, der nur für den Gläubiger und den Schuldner, für den Mörder und das Opfer verständlich ist, allen andern aber als geringfügiger Sachverhalt erscheint, durch diese Verhüllung doppelt furchtbar für den Betreffenden. Weiß Gott, was für unseriösen Einfällen und Anwandlungen ein gesetzter Staatsbeamter mitten an einem hellichten Oktobertage erliegen konnte! Woher kam auf einmal das Jüngste Gericht in ein sonst so sauberes Gehirn? Schon kannte Leonidas den Brief auswendig. »Es liegt in Ihrem speziellen Amtsbereich, sehr geehrter Herr.« So ist es, sehr geehrter Herr! »Ich halte es für meine Pflicht, Sie in diesem für mich äußerst wichtigen Fall in Anspruch zu nehmen.« Der trockene Stil einer Eingabe. Und doch ein Satz von marmorner Wucht und spinnwebzarter Feinheit für den Wissenden, den Schuldigen. »Der junge Mann wird Ihnen zu gewünschter Stunde seine Aufwartung machen und die notwendige Auskunft geben.« Notwendige Auskunft! Diese zwei Worte rissen den Abgrund auf, indem sie ihn verschleierten. Kein Staatsrechtler, kein Kronjurist hätte sich ihrer gnadenlosen Zweideutigkeit zu schämen gehabt.

Leonidas war betäubt. Nach einer Ewigkeit von achtzehn Jahren hatte den allseits Gesicherten die Wahrheit doch eingeholt.

Es gab keinen Ausweg mehr für ihn und keinen Rückzug. Er konnte sich der Wahrheit, die er in einer Minute der Schwäche eingelassen hatte, nicht mehr entziehen. Nun war die Welt für ihn von Grund auf verwandelt, und er für die Welt. Die Folgen dieser Verwandlung waren nicht abzusehen, das wußte er, ohne diese Folgen in seinem bedrängten Geist noch ermessen zu können.

Ein harmloser Bittbrief! In diesem harmlosen Bittbrief aber hatte Vera ihm kundgetan, daß sie einen erwachsenen Sohn besaß und daß dieser Sohn der seinige war.

Drittes Kapitel
Hoher Gerichtshof

Obgleich die Zeit schon vorgerückt war, ging Leonidas die Alleestraße des Hietzinger Viertels viel langsamer entlang als sonst. Er stützte sich, gedankenvoll schreitend, auf seinen Regenschirm, blickte aber zugleich mit aufmerksamen Augen um sich her, um keinen Gruß zu versäumen. Er war recht oft gezwungen, seine Melone zu ziehen, wenn ihn die pensionierten Beamten und kleinen Bürger dieser ehrerbietig konservativen Gegend schwungvoll komplimentierten. Seinen Mantel trug er überm Arm, denn es war unversehens warm geworden.

Seit der kleinen Weile, in der durch Veras Brief sein Leben von Grund auf verwandelt worden war, hatte sich auch das Wetter dieses Oktobertages überraschend verändert. Der Himmel war überall zugewachsen und zeigte keine schamlos nackten Stellen mehr. Die Wolken eilten nicht länger dampfweiß und scharfgerändert, sondern lasteten unbeweglich tief und hatten die Farbe schmutziger Möbelüberzüge. Eine Windstille wie aus dickem Flanell herrschte ringsum. Das Pochen der Motoren, das Kreischen der Elektrischen, der Straßenlärm fern und nah klang wie gepolstert. Jedes Geräusch war aufgetrieben und undeutlich, als erzähle die Welt die Geschichte dieses Tages mit vollem Munde. Ein unnatürlich warmes, ein verschlagenes Wetter, das bei älteren Leuten die Angst vor einem plötzlichen Tode förderte. Es konnte sich zu allem entscheiden: zu Gewitter und Hagelschlag, zu griesgrämigem Landregen oder zu einem faulen Friedensschluß mit der Herbstsonne. Leonidas mißbilligte von ganzem Herzen diese Witterung, die den Atem bedrängte und auf seinen eigenen Gemütszustand zweideutig gemünzt schien.

Die schlimmste Folge der krankhaften Windstille aber bestand darin, daß sie den Sektionschef hinderte, logische Gedanken und Entscheidungen zu fassen. Ihm war's, als arbeite sein akademisch erzogenes Gehirn nicht frei und gelenkig wie sonst, sondern in dicken, unbequemen Wollhandschuhen, mit welchen sich die rasch aufwachsenden Fragen nicht recht anfassen und begreifen ließen.

Er war also Vera erlegen heute. Nach einem achtzehnjährigen stummen Kampf, der sich wie außerhalb des Lebens abgespielt hatte, ohne deshalb weniger tatsächlich zu sein. Ihre Kraft allein hatte ihn gezwungen, den Brief zu lesen, anstatt ihn zu zerreißen und damit der Wahrheit noch einmal zu entkommen. Ob es ein Fehler war, das konnte er jetzt noch nicht wissen, eine Niederlage war's jedenfalls und entscheidender als das, ein jäher Weichenwechsel seines Lebens. Seit einer Viertelstunde lief dieses Leben auf einem neuen Schienenstrang in unbekannter Richtung. Denn seit genau einer Viertelstunde hatte er einen Sohn. Dieser Sohn war ungefähr siebzehn Jahre alt. Das Bewußtsein, des fremden jungen Mannes Vater zu sein, hatte ihn durchaus nicht unerwartet aus dem Hinterhalt des Nichts angetreten. Im Dämmerreiche seines Schuldbewußtseins, seiner Angst und seiner Neugier lebte ja Veras Kind seit dem unbekannten Tage der Geburt ein drohend gespensterhaftes Leben. Nun hatte nach einer schier unendlichen Inkubationsfrist, in der die Furcht fast schon zerronnen war, dieses Gespenst urplötzlich Fleisch und Blut angenommen. Die harmlos tückische Verschleierung der Wahrheit in Veras Brief milderte die Ratlosigkeit des Bestürzten keineswegs. Obwohl er vom Charakter der einst Geliebten nicht das mindeste mehr wußte, so dachte er jetzt mit einem nervösen Verkneifen der Lippen: Das ist echt Vera, diese Kriegslist! Sie bleibt unbestimmt. Bleibt sie nur unbestimmt, um mich nicht zu kompromittieren? Oder läßt sie mir noch eine Hoffnung? Der Brief gibt mir offenbar die Möglichkeit, auch jetzt noch zu entschlüpfen. »Sollten Sie bereit sein, meiner Bitte zu willfahren...« Und wenn ich nicht bereit wäre? Mein Gott, das ist es ja! Durch ihre Unbestimmtheit bindet sie mich doppelt. Ich kann nicht länger passiv bleiben. Eben darum, weil sie die Wahrheit nicht schreibt, verifiziert sie die Wahrheit. Dem Sektionschef war im Zusammenhange mit Vera dieser juristische Fachausdruck »verifizieren« wirklich in den Sinn gekommen.

Untreu seinen guten Manieren, blieb er bei einem Übergang mitten auf der Fahrbahn stehen, blies einen stöhnenden Atemzug von sich, nahm die Melone ab und trocknete seine Stirn. Zwei Autos gaben wütend Laut. Ein Schutzmann drohte empört. Leonidas erreichte in verbotenen Sprüngen das andere Ufer. Es war ihm nämlich eingefallen, daß sein neuer Sohn in hohem Maße ein israelitischer Jüngling war. Er durfte also in Deutschland nicht mehr die Schule besuchen. Nun, man lebte hier in der gefährlichsten Nachbarschaft Deutschlands. Niemand wußte, wie sich die Dinge hierzulande entwickeln würden. Es war ein ungleicher Kampf. Von einem Tag zum andern konnten hüben dieselben Gesetze in Kraft treten wie drüben. Schon heutzutage war für einen hohen Staatsbeamten die gesellschaftliche Berührung mit Veras Rasse, von einigen glänzenden Ausnahmen abgesehen, höchst unstatthaft. Die Zeiten lagen sehr fern, in welchen man den Frack eines unglücklichen Kollegen erben durfte, der sich aus keinem triftigeren Grunde erschossen hatte, als weil er des vergötterten Richard Wagner Verdammungsurteil gegen den eigenen Stamm nicht zu ertragen vermochte. Und nun besaß man mit Fünfzig urplötzlich selbst ein Kind dieses Stammes. Eine unglaubliche Wendung! Die Weiterungen waren nicht auszudenken. Amelie?! Aber so weit sind wir noch gar nicht, redete Leonidas sich selbst ein.

Immer wieder versuchte er, den Fall, in den er als Verschulder und Opfer gleichermaßen verwickelt war, sich aufs gewissenhafteste »zurechtzulegen«. Der geschulte Beamte besitzt ja die

Fertigkeit, über jeden Sachverhalt einen »Akt zu errichten« und ihn damit dem Schmelzprozeß des Lebens zu entreißen. Leonidas gelang es kaum, diesen dürren Sachverhalt wieder herzustellen, geschweige auch nur einen Hauch jener sechs Wochen seiner brennenden Liebe. Vera selbst verbat sich's, genau so wie sie ihm ihr Bild entzog. Was übrigblieb, war recht mager. In diesen quälenden Minuten wäre er auch vor Gericht (vor welchem Gericht?) nicht fähig gewesen, ein farbigeres Bild des inkriminierten Vergehens zu malen, als etwa folgendes:

Es geschah im dreizehnten Monat meiner Ehe, hoher Gerichtshof – so hätte das trockene Plädoyer beginnen können –, da erhielt Amelie die Nachricht, daß ihre Großmutter mütterlicherseits schwer erkrankt sei. Diese Großmutter, eine Engländerin, war die wichtigste Persönlichkeit der eingebildeten, snobistischen Millionärsfamilie Paradini. Sie liebte ihre jüngste Enkelin abgöttisch. Amelie war gezwungen, um einen wesentlichen Teil ihres Erbes zu verteidigen, nach Devonshire auf den Landsitz der Sterbenden zu reisen. Intriganten und Erbschleicher waren am Werk. Ich hielt es für unumgänglich notwendig, daß meine Frau der alten Dame in ihren letzten Stunden immer vor Augen blieb. Leider dehnten sich diese letzten Stunden zu vollen drei Monaten aus. Ich glaube ohne nachträgliche Fälschung sagen zu können, daß wir beide, Amelie und ich, über diese erste Trennung unserer Gemeinschaft aufrichtig verzweifelt waren. Um ganz offen zu sein, vielleicht habe ich für meine Person gleichzeitig eine angenehme Spannung empfunden, daß ich nun für eine kurze Dauer wieder frei sein werde und mein eigener Herr. In den Anfängen nämlich war Amelie noch weit anstrengender, launischer, verstimmter, eifersüchtiger als jetzt, wo sie sich trotz ihrer ursprünglichen Unbändigkeit meinem maßvollen Lebensrhythmus anzupassen gelernt hatte. Sie war ja kraft ihres Reichtums die Herrin über mich und hatte es leicht eine Fée Caprice zu sein. Die brutalen Grundverhältnisse zwischen den Menschen lassen sich auch durch persönliche Kultur, Bildung, Erziehung und ähnliche Luxusgüter nicht umstürzen. Wir feierten jedenfalls auf dem Westbahnhofe einen schweren tränenvollen Abschied. Zur selben Zeit hatte mein Ministerium den Beschluß gefaßt, mich nach Deutschland zu schicken, damit ich dort die vorbildliche Organisation des Hochschulstudiums aus der Nähe kennen lerne. Aufbau und Verwaltung der Universitäten sind, wie man weiß, mein eigentliches Fach und meine besondere Force. In diesen Belangen habe ich einiges geleistet, was aus der Erziehungsgeschichte meines Vaterlandes nicht leicht wird ausgemerzt werden können. Amelie ihrerseits war recht zufrieden, daß ich für die Zeit unserer Trennung nach Heidelberg gehen würde. Sie hätte überaus darunter gelitten, mich in dem großen verführerischen Wien zurücklassen zu müssen. Die Versuchungen eines hübschen deutschen Universitätsstädtchens erschienen ihr federleicht dagegen. Ich hatte sogar hoch und heilig versprechen müssen, schon am Tage nach ihrer Abreise Wien zu verlassen, um mich unverzüglich meiner neuen Aufgabe zu widmen. Mit Pünktlichkeit hielt ich mein Versprechen, denn ich muß bekennen, daß mir Amelie selbst heute noch eine gewisse Furcht einflößt. Ich habe ihre überlegene Position nicht zu überwinden verstanden. Daß sie sich's in den Kopf gesetzt hatte, den kleinen Konzeptbeamten, der ich damals war, gegen alle Widerstände zu heiraten, das war die Extravaganz einer Sehrverwöhnten, der jeder Wunsch erfüllt werden mußte. Wer hat, dem wird gegeben. Ich bin, das läßt sich nicht bezweifeln, in Amelies Besitz übergegangen. Sehr groß sind die Vorteile, einer unabhängigen steinreichen Frau anzugehören, die aus einem finanziell und gesellschaftlich mächtigen Hause stammt. Die Nachteile sind aber nicht minder groß. Nicht einmal die strenge Gütertrennung, auf der ich von jeher grundsätzlich bestand, kann es verhüten, daß auch ich durch ein den großen Vermögen innewohnendes Naturgesetz eine Art willensbeschränktes Eigentum geworden bin. Vor allem: Wenn ich Amelie verliere, habe ich positiv mehr zu verlieren, als sie zu verlieren hat, wenn sie mich verliert. (Ich glaube übrigens nicht, daß Amelie meinen Verlust überleben könnte.) All diese Gründe haben mich vom ersten Tage an unsicher und ängstlich gemacht. Es bedurfte daher einer unablässigen Selbstbeherrschung und

Vorsicht, mir diese demütigenden Schwächen nicht anmerken zu lassen und immer der spielerisch heitere Mann zu bleiben, der seinen Erfolg mit einem lässigen Achselzucken als selbstverständlich hinnimmt. – Vierundzwanzig Stunden nach unserem rührenden Abschied traf ich in Heidelberg ein. Im Portal des dortigen Prachthotels kehrte ich um. Plötzlich widerte mich der üppige Lebensstil an, in den mich meine Ehe versetzt hatte. Es war wie ein Heimweh nach den Bitternissen und der Bedürftigkeit meiner eigenen Lehrzeit. Und dann: Mir war ja die Aufgabe gestellt worden, das Leben und Treiben der hiesigen Studenten zu studieren. Ich mietete mich also in einer engen billigen Studentenpension ein. Schon bei der ersten Mahlzeit am gemeinsamen Tisch sah ich Vera. Ich sah Vera Wormser wieder.

Für alles, was ich nunmehr vorbringen will, hoher Gerichtshof, muß ich um ganz besondere Nachsicht bitten. Es ist nämlich so, daß ich mich an die unter Anklage stehenden Vorgänge nicht eigentlich erinnern kann, obwohl sie mir natürlich als meine eigenen anrüchigen Erlebnisse durchaus bekannt sind. Ich weiß von ihnen ungefähr so, wie man etwas weiß, das man vor langer Zeit irgendwo gelesen hat. Man kann's notdürftig nacherzählen. Es lebt aber nicht im Innern wie die eigene Vergangenheit. Es ist abstrakt und leer. Eine peinliche Leere, vor der jeder Versuch eines gefühlshaften Wiedererlebens zurückscheut. Da ist vor allem meine Geliebte selbst, Fräulein Vera Wormser, Studentin der Philosophie, zu jener Zeit. Ich weiß, daß sie bei unsrer Wiederbegegnung in Heidelberg zweiundzwanzig Jahre alt war, neun Jahre jünger als ich, drei Jahre älter als Amelie. Ich weiß, daß ich niemals eine feinere zierlichere Erscheinung gekannt habe als Fräulein Wormser. Amelie ist sehr groß und schlank. Sie muß aber um diese Schlankheit unaufhörlich kämpfen, denn von Natur neigt ihre fürstliche Gestalt eher zur Fülle. Ohne daß je eine Bemerkung darüber gefallen wäre, hat es der Instinkt Amelies genau erfaßt, daß mich alles Pompös-Weibliche kalt läßt und daß ich eine unüberwindliche Zuneigung für kindhafte, ätherische, durchsichtige, rührend-zarte, gebrechliche Frauenbilder empfinde, insbesondere dann, wenn sie mit einem besonnenen und unerschrockenen Geiste gepaart sind. Amelie ist dunkelblond, Vera hat nachtschwarze Haare, in der Mitte gescheitelt, und im ergreifenden Gegensatz dazu, tiefblaue Augen. Ich berichte das, weil ich es weiß, nicht aber, weil ich es vor mir sehe. Ich sehe Fräulein Wormser, die meine Geliebte war, nicht mit meinem inneren Auge. So trägt man das Bewußtsein einer Melodie in sich, ohne sie wiedergeben zu können. Schon seit Jahren kann ich mir die Vera von Heidelberg nicht vorstellen. Immer wieder drängte sich eine andere dazwischen. Die vierzehn- oder fünfzehnjährige Vera, wie ich sie als bettelarmer Student zum erstenmal erblickt habe.

Die Familie Wormser hatte hier in Wien gelebt. Der Vater war ein vielbeschäftigter Arzt, ein kleiner feingliedriger Mann mit einem schwarzgrauen Bärtchen, der wenig sprach, hingegen selbst bei Tische unversehens eine medizinische Zeitschrift oder Broschüre hervorzuholen pflegte, in die er sich versenkte, ohne die anderen zu beachten. Ich lernte in ihm den »intellektuellen Israeliten« par excellence kennen, mit seiner Vergötterung des bedruckten Papiers, mit seinem tiefen Glauben an die voraussetzungslose Wissenschaft, der bei diesen Leuten die natürlichen Instinkte und Gelassenheiten ersetzt. Wie imponierte mir damals jene ungeduldige Strenge, die keine anerkannte Wahrheit unwidersprochen hinnimmt. Ich fühlte mich nichtig und wirr vor dieser zergliedernden Schärfe. Er war Witwer schon die längste Zeit und auf der schwermütigen Grundierung seiner Züge lag unauslöschbar ein spöttisches Lächeln. Die Wirtschaft führte eine ältere Dame, die zugleich das Amt einer Ordinations-Schwester versah. Doktor Wormser, sagte man, war ein Arzt, der so manche Leuchte der Fakultät an Wissen und diagnostischer Treffsicherheit übertraf. Ich war in dieses Haus empfohlen worden, um den siebzehnjährigen Jacques, Veras Bruder, zum Examen vorzubereiten. Jacques hatte durch eine langwierige Krankheit mehrere Monate des Schuljahres versäumt, und nun mußten die Lücken in aller Eile ausgefüllt werden. Er war ein blasser schläfriger Junge, verschlossen gegen mich bis zur Feindseligkeit, und hat mich durch seine Zerstreutheit und seinen inneren Widerstand (heute weiß ich den Grund) oft bis aufs Blut gepeinigt. Er ist dann in den ersten Kriegswochen als Freiwilliger gefallen. Bei Rawa Ruska. Wie froh aber war ich in jener härtesten Periode meines Lebens, eine fixe Hauslehrerstelle für längere Zeit gefunden zu haben. Vor mir lag keine Zukunft. Daß mir schon ein Semester später der Sprung aus meiner dumpfen Unterwelt in eine lichte Oberwelt gelingen werde, das hätte auch eine robustere Natur nicht für erträumbar gehalten. Ich glaubte schon, das große Los gezogen zu haben, weil man mich im Hause Wormser, ohne daß es ausbedungen war, täglich beim Mittagessen dabielt. Der Doktor kam gewöhnlich gegen ein Uhr heim. Jacques und ich saßen da noch immer über den Lehrbüchern. Er rief uns beide zu Tisch, wobei er meines unseligen Vornamens wegen oft die berühmte Grabschrift des antiken Leonidas und seiner Helden parodierte:

> »Wanderer, kommst du nach Sparta,
> verkündige dorten, du habest
> hier uns schmausen gesehn, wie
> das Gesetz es befahl.«

Ein mäßiger Witz, der mich aber immer wieder sonderbar beschämte und kränkte. Das Mittagsmahl bei Wormser wurde für mich ein Gewohnheitsrecht. Vera kam fast immer zu spät. Auch sie war Gymnasiastin wie ihr Bruder. Ihre Schule aber lag in einem entfernten Bezirk. Sie hatte einen langen Heimweg. Das Haar trug sie damals noch lang. Es fiel ihr auf die schwächlichen Schultern. Ihr Gesichtchen, wie aus Mondstein geschnitten, wurde beherrscht von den großen, langbeschatteten Augen, deren irritierendes Blau sich unter die schwarzen Brauen und Wimpern aus einer kühlen Fremde verirrt zu haben schien. Nur selten traf mich ihr Blick, der hochmütigste, ablehnendste Mädchenblick, den ich je zu erdulden hatte. Ich war der Hauslehrer ihres Bruders, ein kleiner Student, käsig, mit Pickeln im Gesicht und stets entzündeten Augen, die bedeutungslose Nichtigkeit und Unsicherheit in Person. Ich übertreibe nicht. Bis zu jenem unglaubwürdigen Wendepunkt meines Lebens war ich ohne

Zweifel ein unschöner linkischer Bursche, der sich von jedermann verachtet und von jederfrau verlacht fühlte. Ich hatte gewissermaßen das äußerste »Tief« meines Daseins erreicht. Niemand hätte einen Groschen für die Laufbahn dieses schäbigen Studenten gegeben. Auch ich nicht. Mein ganzes Selbstvertrauen war erschöpft. Wie sollte ich gerade in diesen unseligen Monaten ahnen, daß ich mich selbst bald werde grenzenlos in Erstaunen setzen? (Alles kam dann wie ohne mein Zutun.) Ich war mit dreiundzwanzig Jahren in meinem Elend eine noch nicht voll entwickelte Lemure. Vera aber, ein Kind, schien weit über ihre Jahre hinaus reif und gefestigt zu sein. Immer, wenn mich bei Tisch ihre Augen streiften, erstarrte ich unter dem arktischen Kältegrad ihrer Gleichgültigkeit. Dann hatte ich den Wunsch, mich in Nichts aufzulösen, damit Vera den unappetitlichsten und unsympathischsten Menschen der Welt nicht länger vor den schönen Augen haben müsse.

Neben Geburt und Tod erlebt der Mensch eine dritte katastrophale Stufe auf seinem Erdenweg. Ich möchte sie die »soziale Entbindung« nennen, ohne mit dieser etwas zu geistreichen Formel ganz einverstanden zu sein. Ich meine den krampfgeschüttelten Übergang von der völligen Geltungslosigkeit des jungen Menschen zu seiner ersten Selbstbestätigung im Rahmen der bestehenden Gesellschaft. Wieviel gehen an dieser Entbindung zugrunde oder nehmen zumindest einen Schaden fürs Leben. Es ist schon eine runde Leistung, fünfzig Jahre alt zu werden, und noch dazu in Ehren und Würden. Mit dreiundzwanzig, ein verspäteter Fall, wünschte ich mir alltäglich den Tod, zumal wenn ich am Familientisch Doktor Wormsers saß. Mit wildem Herzklopfen erwartete ich jedesmal Veras schwebenden Eintritt. Erschien sie in der Tür, so war's für mich eine fürchterliche Wonne, die mir die Kehle zudrückte. Sie küßte den Vater auf die Stirn, gab dem Bruder einen Klaps und reichte mir geistesabwesend die Hand. Dann und wann richtete sie sogar das Wort an mich. Es handelte sich dabei meist um Fragen, die einen der Gegenstände betrafen, die an diesem Tage in ihrer Schule zur Sprache gekommen waren. Ich versuchte dann mit gieriger Stimme auszupacken und mein Licht leuchten zu lassen. Es gelang mir niemals. Vera wußte nämlich immer so zu fragen, als benötige sie keineswegs den unfehlbaren Wissensborn, als welchen ich mich dünkte, so als sei ich der Geprüfte und sie die Prüfende. Nichts nahm sie auf Treu und Glauben hin. Darin war sie die echte Tochter des Doktors. Schnitt sie meinen eitlen Sermon – ihre Augen sahen über mich hinweg – mit einem unachsichtigen »Warum ist das so« plötzlich ab, dann verwirrte mich ihr Wahrheitssinn bis zur Sprachlosigkeit. Ich selbst hatte niemals ›Warum‹ gefragt, sondern an der endgültigen Richtigkeit alles Gelehrten nicht im geringsten gezweifelt. Nicht umsonst war ich der Sohn eines Schulmannes, der das »Memorieren« des Lehrstoffes für die beste Methode hielt. Manchmal stellte mir Vera auch Fallen. In meinem Eifer ging ich in diese Fallen. Dann lächelte Doktor Wormser müde vor Ironie oder ironisch vor Müdigkeit, wer konnte es bei ihm unterscheiden. Veras Intelligenz, ihr kritischer Sinn, ihre Unbestechlichkeit, wurde nur noch übertroffen von dem unnahbaren Reiz ihrer Erscheinung, der mir immer wieder den Atem verschlug. Hatte ich mir eine Niederlage zugezogen, dann liebte ich das Mädchen nur um so verzweifelter. Ich durchlebte ein paar Wochen der gräßlichsten Sentimentalität. Nachts weinte ich mein Kissen naß. Ich, der ich einige Jahre später die umworbenste Schönheit von Wien mein nennen sollte, ich glaubte während jener unseligen Wochen dieses strengen Schulmädchens Vera niemals würdig werden zu dürfen. Volltrunken von Hoffnungslosigkeit war ich. Zwei Wesenszüge der Angebeteten schleuderten mich stets in den Abgrund meines Unwerts: die Reinheit ihres Sinns und eine süße Fremdartigkeit, die mich verzückte bis an die Grenze des Schauders. Mein einziger Sieg war, daß ich mir nichts anmerken ließ. Ich sah Vera kaum an und befleißigte mich bei Tisch einer starr blasierten Miene. Wie es sentimentalen Pechvögeln zu ergehen pflegt, erging es auch mir. Immer wieder unterlief mir oder beging ich eine Ungeschicklichkeit, die mich lächerlich machte. Ich streifte ein venezianisches Glas zu Boden, das Vera besonders liebte. Ich verschüttete Rotwein über das frische Tischtuch. Ich wies aus purer Verlegenheit und blödem Stolz die Speisen zurück und stand, ohne Aussicht auf ein Abendessen, so hungrig auf, wie ich mich hingesetzt hatte; eine sinnlose, aber heldenhafte Entsagung, die auf Vera nicht den mindesten Eindruck machte. Einmal brachte ich – meine Zimmermiete mußte ich deshalb schuldig bleiben – die schönsten langstieligen Rosen mit, hatte aber den Mut nicht, sie Vera zu überreichen, sondern steckte sie gleich im Vorraum hinter einen Schrank, wo sie ruhmlos verkamen. Kurz, ich benahm mich wie der schüchterne Liebhaber des älteren Lustspiels, nur noch verbohrter und vertrackter. Ein andermal, als wir schon beim Dessert saßen, spürte ich, wie meine allzuenge Hose an der bedenklichsten Stelle mitten durchplatzte. Mein ausgewachsener Rock bedeckte diese Stelle nicht. Wie sollte ich mich, heiliger Himmel, nach Tisch unentlarvt an Vera vorbei retten? Mein Selbstbewußtsein hat früher oder später niemals wieder eine solche Hölle erlebt wie in diesen Minuten.

   Man sieht, hohes Gericht, wie meine Erinnerung flüssig wird, wenn ich sie auf das Haus Wormser und die Zeit meiner ersten und letzten unglücklichen Liebe richte. Ich könnte nichts einwenden gegen die Vermahnung: Bleiben Sie bei der Sache, Angeklagter. Wir sind keine Seelenärzte, sondern Richter. Warum behelligen Sie uns mit den Herzenswallungen eines Jünglings, der sehr verspäteter Weise die Nachwirkungen der Geschlechtsreife noch nicht überwunden hatte? Ihre Schüchternheit haben Sie mittlerweile gründlich abgelegt, das werden Sie zugeben. Als Sie den Frack des Selbstmörders erbten und im Spiegel erkannten, daß er Ihnen gut stand und Sie zu einem wohlaussehenden jungen Mann machte, da waren Sie mit einem Schlage ein anderer, das heißt, Sie waren Sie selbst. Wen also wollen Sie mit jenen langweiligen Geschichten rühren? Sehen Sie etwa in der kindischen Schwärmerei, die Sie vor uns ausbreiten, eine Ausrede für Ihr nachfolgendes Verhalten? – Ich suche keine Ausrede, hoher Gerichtshof. – Es ist festzustellen, daß Sie während Ihres Dienstes im Hause Wormser der Vierzehn- oder Fünfzehnjährigen Ihre Gefühle mit keiner Miene zur Kenntnis brachten. – Mit keiner Miene. – Fahren Sie demnach fort, Angeklagter! Sie hatten sich zu Heidelberg in einer Studentenpension eingemietet, wo Sie Ihrem Opfer wieder begegneten. – Jawohl, ich hatte mich in dieser kleinen Pension eingemietet und begegnete nach vollen sieben Jahren gleich bei der ersten Mahlzeit Vera Wormser. Nachdem Jacques dank meiner Hilfe das Abiturientenexamen bestanden, war die Familie nach Deutschland gezogen. Man hatte Wormser die Leitung eines privaten Krankenhauses in Frankfurt angeboten und er war diesem Rufe gefolgt. Als ich Vera aber wiedersah, lebte weder ihr Vater noch ihr Bruder mehr. Sie stand vollkommen allein im Leben, behauptete jedoch, sich weniger verlassen als frei und selbständig zu fühlen. Der Zufall hatte es gewollt, daß ich am langen Tisch meinen Platz neben dem ihren hatte…

Ich unterbreche mich, hoher Gerichtshof, weil ich selbst bemerke, daß meine Ausdrucksweise immer stockender und hölzerner wird. Je mehr ich mich sammeln will, desto peinlicher versagt meine Vorstellungsgabe. Ich nähere mich dem Tabu, dem verbotenen Raum meiner Erinnerung. Da ist zum Beispiel gleich jener Streit, der schon bei der ersten Mahlzeit entbrannte. Ich weiß, daß ein Streit um irgend einen wissenschaftlichen Gegenstand ausbrach, der damals gerade die Mode beschäftigte. Ich weiß auch, daß Vera meine heftigste Gegnerin war. Trotz meines sonst höchst verläßlichen Gedächtnisses aber weiß ich vom Inhalt dieses Streites nichts mehr. Ich nehme an, daß ich gegen Veras zersetzende Kritik die Sache der Konvention vertrat und mir damit den Beifall der Mehrzahl sicherte. Ja, wahrhaftig, diesmal erlitt ich keine Niederlage mehr wie einst an des guten Doktors Familientisch. Ich war einunddreißig Jahre alt, Abgesandter eines Ministeriums, glänzend angezogen, man hatte mich heute schon in Gesellschaft Seiner Magnifizenz, des Herrn Rektors gesehen, ich besaß Geld in Hülle und Fülle, lebte also innerlich und äußerlich im Stande einer großartigen Überlegenheit über all dieses junge Volk, dem auch Vera angehörte. Ich hatte in den letzten Jahren außerordentlich viel gelernt, ich hatte meinen Vorgesetzten die Gebärde des liebenswürdig verbindlichen Rechthabens und Machthabens abgelauscht, die eine weise Besonderheit unsrer altösterreichischen Beamtentradition ist. Ich verstand zu reden. Mehr, ich verstand mit sicherer Gelassenheit so zu reden, daß alle anderen schwiegen. Ich war mit vielen Persönlichkeiten von Rang in nähere Berührung gekommen, deren Ansicht und Meinungen ich zur Unterstützung meiner Ansicht nun leichthin ins Treffen führen durfte. Ich kannte somit nicht nur die Elite, ich war selbst ein Teil von ihr. Vor seiner »sozialen Entbindung« überschätzt der junge bürgerliche Mensch die Schwierigkeit des Sprunges in die Welt. Ich persönlich zum Beispiel verdankte meine erstaunliche Karriere durchaus keinen überragenden Eigenschaften, sondern drei musikalischen Talenten: dem feinen Gehör für die menschlichen Eitelkeiten, meinem Taktgefühl und – dies ist das wichtigste der drei Talente – der schmiegsamsten Nachahmungskunst, deren Wurzel freilich in der Schwäche meines Charakters liegt. Wäre ich sonst, ohne eine Ahnung auch nur vom Wechselschritt zu haben, einer der beliebtesten Walzertänzer in meinen jungen Tagen geworden? Als ein großer Herr trat nun der lächerliche Hauslehrer der ehemals Angebeteten entgegen. Ich glaube zu wissen, daß Vera nach einer anfänglichen Mißbilligung mich immer erstaunter betrachtete, mit immer größeren, immer blaueren Augen. Daß aber meine alte Verliebtheit mit einem Schlag neu erweckt wurde, das glaube ich nicht nur zu wissen, das weiß ich. Das Spiel mit Menschen, mit Mann und Frau, hatte ich inzwischen gelernt. Es war aber nicht nur ein frevelhaftes Spiel, es war ein toller Zwang. Schritt für Schritt, einer Schuld entgegen, die von Anfang an feststand. Ich glaube zu wissen, daß ich mich gut beherrschte, daß ich nichts von meiner Entflammtheit zeigte, nicht aus kläglichem Stolz wie einst, sondern aus genußvoller Zielstrebigkeit. Genau überlegte ich, wie ich mich täglich besser zur Geltung bringen könnte, sowohl in meinem soignierten Äußeren als auch im Geiste. Mehr als durch die wohlbedachten kleinen Aufmerksamkeiten, die ich ihr erwies, gewann ich Vera dadurch, daß ich ihr zu verstehen gab, ich teile im Herzen ihre unbekümmert radikalen Anschauungen, und nur meine hohe

Stellung und die Staatsräson zwinge mich zur Einhaltung einer »mittleren Linie«. Ich glaube, sie wurde rot vor Freude, als sie sicher war, mich von den »Lügen der Konvention« geheilt zu haben. So wartete ich vorsichtig auf den rechten Augenblick. Auf den Augenblick, wo man es gewissermaßen im Gefühl hat. Er kam rascher, als ich zu hoffen wagte. Es war der vierte oder fünfte Tag meines Aufenthaltes, an dem Vera sich mir ergab. Ich sehe ihr Gesicht nicht, aber ich fühle die starre Verwunderung, die sie erfüllte, ehe sie ganz und gar mein wurde. Ich sehe den Ort nicht, wo es geschah. Alles ist schwarz. War es ein Zimmer? Bewegten sich Zweige unterm nächtigen Himmel? Ich sehe nichts, aber das Gefühl des herrlichen Augenblicks trage ich in mir. Das war nicht Amelies herrisch fordernde Heftigkeit. Das war ein erschrockener Starrkrampf zuerst und dann dieses atmende Erschlaffen des weichen Mundes, das träumerische Nachgeben der kindlichen Glieder, die ich in Armen hielt, ein scheues Näherstreben später, ein sanftes Zutrauen, eine Fülle des Glaubens. Niemand konnte so unbedingt, so einfältig glauben, wie diese scharfe Kritikerin. Entgegen Veras freien Reden und oft burschikosem Gehaben, durfte ich in diesem Augenblicke erkennen, daß ich der Erste war. Ich hatte bis zur Stunde nicht geahnt, daß die Jungfräulichkeit, von Herbheit und Schmerz verteidigt, etwas Heiliges ist...

Hier muß ich haltmachen, hoher Gerichtshof. Jeder Schritt weiter verstrickt mich in einen Urwald. Obwohl ich ihn damals bewußt und mit arger Absichtlichkeit durchdrungen habe, so finde ich jetzt den Eingang nicht mehr. Ja, unsere Liebe war eine Art Urwald. Wo bin ich überall mit meiner Geliebten gewesen zu jener Zeit? In wie vielen giebligen Städtchen und Ortschaften des Taunus, des Schwarzwalds, des Rheinlands, in wie vielen Gaststuben, Weinlauben, Wirtsgärtchen und gewölbten Kammern? Ich hab's verloren. Alles bleibt leer. Doch nicht danach geht die Frage des Gerichts. Man fragt mich: Bekennen Sie sich schuldig? Ich bekenne mich schuldig. Nicht aber liegt meine Schuld in der einfachen Tatsache der Verführung. Ich habe ein Mädchen genommen, das bereit war, genommen zu werden.

Meine Schuld war, daß ich sie mala fide so restlos zu meinem Weibe gemacht habe, wie keine andere Frau jemals, auch Amelie nicht. Die sechs unzugänglichen Wochen mit Vera bedeuten die wahre Ehe meines Lebens. Ich habe der großen Zweiflerin jenen ungeheuren Glauben an mich eingepflanzt, nur um ihn zuschanden werden zu lassen. Das ist mein Verbrechen. Entschuldigen Sie, bitte! Ich merke, daß dieses hohe Gericht die großen Worte nicht schätzt. Ich habe gehandelt wie ein »Kavalier mit Strupfen«, wie ein ganz gewöhnlicher Heiratsschwindler. Es begann sehr stilvoll mit der trivialsten aller Gesten. Ich verbarg meinen Ehering. Die erste Lüge zog mit exakter Notwendigkeit die zweite nach und die hundert nächsten. Nun aber kommt erst die Würze meiner Schuld. All jene Lügen und die reine Gläubigkeit der Belogenen verschärften meine Wollust in unvorstellbarer Weise. Ich baute vor Vera mit dem eindringlichsten Eifer unsre gemeinsame Zukunft auf. Ich entwickelte eine fugenlose Gründlichkeit meiner häuslichen Vorsorge, die sie hinriß. Nichts wurde in meinen Plänen vernachlässigt, nicht die Einteilung, die Einrichtung unsrer künftigen Wohnung, nicht die Wahl des Stadtbezirkes, der für uns am vorteilhaftesten gelegen sein mochte, nicht die Wahl der Menschen, die ich für würdig erachtete, mit ihr zu verkehren; die stärksten Geister und unzugänglichsten Frondeure befanden sich darunter, selbstverständlich. Meine Phantasie überbot sich selbst. Da blieb nichts unbedacht. Ich entwarf den täglichen Stundenplan unsres glückstrahlenden Ehelebens bis in die kleinste Kleinigkeit. Vera würde ihr Studium in Heidelberg abbrechen und in Wien an meiner Seite vollenden. In der Stadt Frankfurt gingen wir in die schönsten Geschäfte. Ich begann für unsre Haushaltung Einkäufe zu machen, und zwar, um jene Wollust zu erhöhen, erwarb ich darunter allerlei Gegenstände der Intimität und engsten Lebensnähe. Ich überhäufte sie mit Gaben, um ihren Glauben noch weiter zu erhöhen. Trotz ihrer wilden Proteste kaufte ich so eine ganze Aussteuer zusammen. Das einzige Mal in meinem Leben war ich verschwenderisch. Das Geld ging mir aus. Ich ließ mir eine große Summe telegraphisch nachsenden. Den ganzen Tag wühlte ich mit Fanatismus in Damast, Leinen, Seide, Spitzen, in Bergen von florzarten Damenstrümpfen. Welch ein unbeschreiblicher Kitzel für mich, als in Vera das Eis der israelitischen Intelligenz schmolz und das entzückte Weibchen hervortrat, in seiner ganzen holden Fremdartigkeit und mit der bedingungslosen Hingabe an den Mann, die diesem Stamme eignet. Ich sehe sie nicht, hoher Gerichtshof, aber ich fühle, wie wir durch die Straßen gehn, Hand in Hand, die Finger ineinander verschränkt. Oh, diese gebrechlichen kühlen Finger, wie spüre ich sie! Wie fühle ich die Melodie des einverstandenen Schrittes neben mir! Nichts Schöneres habe ich erlebt als dieses Hand in Hand und Schritt bei Schritt. Doch während ich es voll erlebte, genoß ich zugleich mit einem tiefen Schauder den mörderischen Tod, den ich unsrer Gemeinschaft zu bereiten im Begriffe stand. Und dann kam eines Tages der Abschied. Für Vera war's ein froher Abschied, denn ich sollte sie ja nach kurzer Trennung für immer zu mir nehmen. Ich sehe ihr Gesicht unter meinem Waggonfenster nicht. Es muß mich angelächelt haben aus der Fülle seines ruhigen Glaubens. »Leb wohl, mein Leben«, sagte ich. »Noch vierzehn Tage und ich hole dich ab.« Als ich aber dann allein in meinem Abteil saß, zusammengesunken nach so vielen Wochen der Spannung, da verfiel ich in eine Art narkotischen Schlafs. Ich schlief stundenlang, unerweckbar, und versäumte es, in einer großen Station den Zug zu wechseln. Nach einer sinnlosen Reise gelangte ich nachts in eine Stadt, die Apolda hieß. Das weiß ich. Vera sehe ich nicht mehr, doch ich sehe deutlich die traurige Bahnhofswirtschaft, wo ich den Morgen erwarten mußte...

So hätte Leonidas sprechen müssen. So hätte er auch vor jedem Gericht in zusammenhängender Darstellung sprechen können, denn jedes Steinchen dieses Mosaiks war in seinem Bewußtsein vorhanden. Das Gefühl seiner Liebe und Schuld war da, nur die Bilder und Szenen entwichen, wenn er nach ihnen haschte. Und vor allem, die Empfindung eines unerwarteten Prozesses gab ihn nicht frei. Das Wetter aber, diese schreckliche Windstille, als deren innerster Mittelpunkt er durch die Straßen zu gehen meinte, machte jeden Versuch des »Zurechtlegens« immer wieder zunichte. Immer stumpfer und wohliger empfand er den Griff seiner Gedanken. War's nicht höchste Zeit, eine Entscheidung zu treffen? Stand das Urteil des hohen Gerichtshofes nicht schon fest, der mit bürokratischer Hartnäckigkeit irgendwo in ihm und außer ihm tagte? »Wiedergutmachung der Schuld an dem Kinde«, so lautete Artikel 1 dieses Urteils. Und strenger noch Artikel 2 »Wiederherstellung der Wahrheit«. Durfte er aber Amelie die Wahrheit sagen? Diese Wahrheit würde seine Ehe zerschlagen für immer. Trotz der verflossenen achtzehn Jahre könnte ein Wesen wie Amelie seinen Betrug und mehr noch, seine lebenslängliche Lüge nicht verzeihen und nicht überwinden. Er hing in diesen Minuten an seiner Frau mehr als je. Ihm wurde schwach. Warum hatte er Veras verfluchten Brief nicht zerrissen?!

Leonidas hob die Augen. Er ging soeben an der Stirnseite des Hietzinger Parkhotels vorbei, wo Fräulein Doktor Wormser wohnte. Freundlich grüßten die Balkonreihen, an denen sich der wilde Wein mit seinen hundert rötlichen Tönungen dahinrankte. Es mußte ein reizender Aufenthalt hier sein, jetzt im Oktober. Die Fenster gingen auf den Schönbrunner Park hinaus, rechts auf den Tiergarten, links auf das sogenannte »Kavaliersstöckl« des ehemalig kaiserlichen Schlosses. Vor dem Eingang des Hotels hielt er seinen Schritt an. Es mochte ungefähr zehn Uhr sein. Wahrhaftig keine Stunde, in der ein wohlerzogener Mann einer beinahe fremden Dame seinen Besuch abstatten darf... Hinein! Sich anmelden lassen! Ohne lange Überlegung eine Lösung improvisieren! Aus dem Portal trat ein Herr der Direktion, der den Sektionschef ehrfürchtig grüßte. Himmel Herrgott, kann man nirgends mehr vorüberschleichen, ohne ertappt zu werden?

Leonidas floh hinüber in den Schloßpark. Ihm war's gleichgültig jetzt, daß er sich heute gegen seine sonstige Art verspätete und der Minister schon nach ihm gefragt haben mochte. Endlos schwang sich die Allee zwischen barock geschnittenen Taxusmauern in eine verzeichnete Ferne. Dort irgendwo im dunstig Leeren hing die »Gloriette«, ein baulicher Astralleib, das Gespenst eines triumphierenden Jubeltors, das ohne Zusammenhang mit der entzauberten Erde in den wohlgeordneten Himmel des ancien régime zu führen schien. Es roch nach vielfältiger Abgeblühtheit, nach allem Staub und nach Säuglingswindeln ringsum. Lange Kolonnen von Kinderwagen wurden an Leonidas vorbeigeschoben. Mütter und Bonnen führten die Drei- und Vierjährigen an der Hand, deren plapperndes greinendes Auf und Ab die Luft erfüllte. Leonidas sah, daß in den Kinderwagen ein Säugling dem andern zum Verwechseln glich, mit seinen geballten Fäustchen, den aufgeworfenen Lippen und dem tiefbeschäftigten Kindheitsschlaf.

Nach hundert Schritten fiel er auf eine Bank. In diesem Augenblick arbeitete sich eine Strahlenspur Oktobersonne durch und besprengte den Rasen gegenüber mit einem dünnen Schauer. Vielleicht überschätzte er diese ganze Geschichte. Am Ende war Veras junger Mann gar nicht sein Sohn. Pater semper incertus, so erklärt schon das römische Recht. Die Verifizierung seines Sohnes hing schließlich nicht von Vera allein, sondern auch von ihm ab. Diese Vaterschaft konnte vor jedem Gericht bestritten werden. Leonidas wandte den Blick seinem Nachbarn auf der Bank zu. Dieser Nachbar war ein schlafender alter Herr. Es war eigentlich kein alter Herr, sondern nur ein alter Mann. Die räudige Melone und ein vorsintflutlicher hoher Stehkragen deuteten auf eines jener Zeitopfer hin, das bessere Tage gesehen hatte, wie die mitleidslose Phrase lautete. Es konnte aber auch ein seit Jahren stellungsloser Kammerdiener sein. Die knotigen Hände des alten Mannes lagen schwer wie Vorwürfe auf den eingeschrumpften Schenkeln. Noch nie hatte Leonidas einen Schlaf gesehen wie diesen, den sein Nachbar schlief. Der Mund mit den tristen Zahnlücken stand ein wenig offen, aber man merkte die Regung des Atems nicht. Überall liefen in diesem brachen Gesicht die tiefen Runzeln und Falten konzentrisch auf die Augen zu. Es waren Saumpfade, Karrenwege, Zufahrt-Straßen des Lebens, verschüttet insgesamt und zugewachsen in einem verlassenen Land. Nichts bewegte sich dort. Die wie nach innen gestülpten Augen aber bildeten zwei beschattete Sandgruben, in denen alles zu Ende war. Vom Tode unterschied sich dieser Schlaf unvorteilhaft dadurch, daß er noch einen Rest von Krampf und Angst bewahrte und eine schwache Abwehr unbeschreiblich...

Leonidas sprang auf, ging die Allee zurück. Schon nach wenigen Schritten torkelte und murmelte es hinter ihm:

»Herr Baron, ich bitt' gehorsamst, seit drei Tagen hab ich nichts Warmes im Leib...«

»Wie alt sind Sie?« fragte der Sektionschef den Schläfer, dessen Augen auch im Wachen zwei leere unfruchtbare Gruben zu sein schienen.

»Einundfünfzig Jahre, Herr Graf«, klagte der Greis, als verrate er ein bereits ganz und gar unzulässiges Alter, das von Rechts wegen auf Unterstützung nicht mehr zu rechnen hat. Leonidas riß einen größeren Geldschein aus seiner Brieftasche, reichte ihn dem Gestrandeten und blickte sich nicht mehr um.

Einundfünfzig Jahre! Er hatte sich nicht verhört. Soeben war er seinem Doppelgänger begegnet, seinem Zwillingsbruder, der andern Möglichkeit seines Lebens, der er nur um Haaresbreite entgangen war. Vor fünfzig Jahren hatte man den greisen Schläfer und ihn, als Säuglinge zum Verwechseln ähnlich, durch eine Parkallee geschoben. Er war aber noch immer der schöne León, geschniegelt und gebügelt, mit seinem blonden Schnurrbärtchen, tadellos gebadet, ein Vorbild männlicher Frische und straffer Wohlgestalt. Auf seinem glatten Gesicht waren die Zufahrt-Straßen des Lebens nicht verschüttet, nicht leer, sondern heiter befahren. Da eilten alle Sorten des Lächelns dahin, der Liebenswürdigkeit, des Spottes, der guten und bösen Laune, die Lüge in allen Ausführungen. Er schlief keinen flüchtigen agonischen Schlaf auf der Parkbank, sondern den gesunden, runden, regelmäßigen Schlaf der Geborgenheit in seinem großen französischen Bett. Welche Hand hatte ihn, den Hauslehrer bei Wormsers, diesen Jämmerling mit der geplatzten Hose, dem sicheren

Rachen des Untergangs entführt, um den andern Kandidaten hineinzustoßen? Er hielt sein Glück, seinen Aufstieg nicht mehr wie sonst für das persönlich verdienstvolle Zusammenspiel gewisser Talente. Das Gesicht des gleichaltrigen Wracks hatte ihm den Abgrund gezeigt, der ihm nicht minder zugedacht gewesen als jenem und durch dieselbe unergründbare Ungerechtigkeit ihm selbst erspart geblieben war.

Ein schwarzes Grauen wandelte Leonidas an. In diesem Grauen aber steckte ein verwischter heller Fleck. Der helle Fleck wuchs. Er wuchs zu einer Erkenntnis, dergleichen den mäßig gläubigen Mann noch nie eine beschlichen hatte: Ein Kind haben, das ist keine geringe Sache. Erst durch ein Kind ist der Mensch unrettbar in die Welt verflochten, in die gnadenlose Kette der Verursachungen und Folgen. Man ist haftbar. Man gibt nicht nur das Leben weiter, sondern den Tod, die Lüge, den Schmerz, die Schuld. Die Schuld vor allem! Ob ich mich zu dem jungen Mann bekenne oder nicht, ich ändre den objektiven Tatbestand nicht. Ich kann mich vor ihm drücken. Aber ich kann ihm nicht entkommen. »Es muß sofort etwas geschehen«, flüsterte Leonidas geistesabwesend, während ihn eine unausdrückbar bestürzende Klarheit erfüllte.

Er winkte am Parktor ungeduldig ein Taxi herbei:

»Ministerium für Unterricht!«

Während in ihm ein mutiger Entschluß wuchs, starrte er wie blind in den nur wenig erleichterten Tag.

Viertes Kapitel
Leonidas wirkt für seinen Sohn

Sogleich beim Eintritt in sein Büro erhielt Leonidas die Meldung, daß ihn der Herr Minister zehn Minuten nach elf Uhr im roten Salon erwarte. Der Sektionschef sah den Sekretär, der ihm diese Meldung überbrachte, sinnverloren an und gab keine Antwort. Nach einer kleinen, verwunderlichen Pause legte der junge Beamte mit behutsamem Nachdruck eine Mappe auf den

Schreibtisch. Es werde sich bei der anberaumten Sitzung – so meinte er mit gebührender Bescheidenheit – voraussichtlich um die Neubesetzung der vakanten Lehrstühle an den Hochschulen handeln. In dieser Mappe finde der Herr Sektionschef das ganze Material in gewohnter Ordnung.

»Ergebensten Dank, mein Lieber«, sagte Leonidas, ohne die Mappe eines Blickes zu würdigen. Zögernd verschwand der Sekretär. Er hatte erwartet, sein Chef werde wie sonst in seiner Gegenwart das Dossier durchblättern, gewisse Fragen stellen und Notizen machen, um nicht unvorbereitet beim Minister zum Vortrag zu erscheinen. Leonidas aber dachte heute nicht daran.

Gleich den anderen höchsten Beamten des Staates hegte der Sektionschef keine besondere Hochachtung für die Herren Minister. Diese wechselten nämlich je nach Maßgabe des politischen Kräftespiels, er aber und seine Kollegen blieben. Die Minister wurden von den Parteien empor- und wieder davongespült, luftschnappende Schwimmer zumeist, die sich verzweifelt an die Planken der Macht klammerten. Sie besaßen keinen rechten Einblick in die Labyrinthe des Geschäftsganges, keinen Feinsinn für die heiligen Spielregeln des bürokratischen Selbstzwecks. Sie waren nur allzuhäufig wohlfeile Simplisten, die nichts andres gelernt hatten, als in Massenversammlungen ihre ordinären Stimmen anzustrengen und durch die Hintertüren der Ämter lästige Interventionen für ihre Parteigenossen und deren Familienanhang auszuüben. Leonidas aber und seinesgleichen hatten das Regieren gelernt wie Musiker den Kontrapunkt lernen in jahrelang unablässiger Übung. Sie besaßen ein nervöses Fingerspitzengefühl für die tausend Nüancen des Verwaltens und Entscheidens. Die Minister spielten (in ihren Augen) nur die Rolle politischer Hampelmänner, mochten sie dem Zeitstil gemäß auch noch so diktatorisch einhertreten. Sie aber, die Ressortchefs, warfen ihren unbeweglichen Schatten über diese Tyrannen. Welches Partei-Spülicht auch die Ämter überschwemmte, sie hielten die Fäden in der Hand. Man brauchte sie. Mit dem preziösen Hochmut von Mandarinen blieben sie bescheiden im Hintergrund. Sie verachteten die Öffentlichkeit, die Zeitung, die persönliche Reklame jener Tageshelden – und Leonidas noch mehr als alle andern, denn er war reich und unabhängig.

Er schob die Mappe weit von sich, sprang auf und begann in seinem großen Arbeitszimmer mit starken Schritten hin- und herzugehen. Welche Kräfte strömten doch von diesem sachlichen Raum auf seine Seele über! Hier war sein Reich, hier und nicht in Amelies luxuriösem Haus. Der mächtige Schreibtisch mit seiner vornehmen Leere, die beiden roten Klubfauteuils mit ihrem verwetzten Leder, das Bücherbord, wo er die griechisch-römischen Klassiker und die philologischen Zeitschriften seines Vaters eingestellt hatte, Gott weiß warum, die Aktenschränke, die hohen Fenster, der Kaminsims mit der vergoldeten Stehuhr aus der Kongreßzeit, an der Wand die völlig nachgedunkelten Bilder irgendwelcher verschollener Erzherzöge und Minister – all diese abgenützten, persönlichkeitslosen Gegenstände aus dem »Hofmobiliendepot« waren wie Stützen, die seinen wankenden Gefühlen Halt verliehen. Er atmete sich voll mit der schlecht abgestaubten Würde dieses Raums. Sein Entschluß war unwiderruflich gefaßt. Noch heute wollte er seiner Frau die volle Wahrheit bekennen. Ja! Bei Tisch! Am besten während des süßen Gangs oder zum schwarzen Kaffee. Wie ein Politiker, der eine Rede vorbereitet, hörte er sich mit seinem inneren Ohr:

– Wenn es dir recht ist, lieber Schatz, so bleiben wir noch einen Augenblick sitzen. Erschrick nicht, ich habe etwas auf dem Herzen, das mich seit vielen Jahren bedrückt. Bis zum heutigen Tage hab ich einfach nicht den Mut gehabt, du kennst mich ja, Amelie, ich ertrage alles, nur keine Katastrophen, keine Gefühlsstürme und Szenen, ich kann's nicht ertragen, dich leiden zu sehn... Ich liebe dich heute, wie ich dich immer geliebt hab, und ich habe dich immer geliebt, wie ich dich heute liebe. Unsre Ehe ist das Heiligtum meines Lebens, du weißt, daß ich ungern pathetisch werde. Ich hoffe, daß ich mir in meiner Liebe nur wenig habe zuschulden kommen lassen. Das heißt, diese eine, einzige, sehr große Schuld ist da. Es steht bei dir, mich zu strafen, mich sehr hart zu strafen. Ich bin auf alles gefaßt, liebste Amelie, ich werde mich deinem Urteil bedingungslos beugen, ich werde auch unser, das heißt dein Haus verlassen, wenn du es befiehlst, und mir irgendwo in deiner Nähe eine ganz kleine Wohnung suchen. Aber bedenke doch, ehe du urteilst, ich bitte dich, daß meine Schuld mindestens achtzehn Jahre zurückliegt und daß keine Zelle unsres Körpers, keine Regung unsrer Seele mehr dieselbe ist wie damals. Ich will nichts schönfärben, aber ich weiß es heute, daß ich während unsrer unseligen Trennung dich nicht so sehr betrogen wie unter einem Teufelszwang gehandelt habe. Glaub es mir! Ist unsre so lange glückliche Ehe nicht der lebendige Beweis? Weißt du, daß wir in fünf, sechs Jahren, wenn du es willst, die silberne Hochzeit feiern werden? Leider Gottes aber hat meine unbegreifliche Verirrung Folgen gehabt. Es ist ein Kind da, das heißt ein junger Mann von siebzehn Jahren. Erst heute habe ich's erfahren. Ich schwöre dir. Bitte kein unüberlegtes Wort jetzt, Amelie, keine voreiligen zornigen Entscheidungen. Ich gehe jetzt aus dem Zimmer. Ich lasse dich allein. Damit du ruhig nachdenken kannst. Was du auch über mich beschließen wirst, ich werde mich dieses jungen Mannes annehmen müssen. –

Das ist nichts! Das ist weichlich und jämmerlich! Ich muß sparsamer reden, kantiger, männlicher, ohne Umschweife und Hinterhalte, nicht so feig, so bettelhaft, so sentimental. Immer wieder kommt bei mir diese alte ekelhafte Sentimentalität an die Oberfläche. Amelie darf keinen Augenblick Glaubens sein, sie könne mich durch Verbannung am härtesten strafen und ich sei in meiner Verwöhntheit, Bequemlichkeit, Verweichlichung rettungslos abhängig von ihrem Gelde. Sie darf sich um Himmels willen nicht einbilden, ich würde mich ohne unser Haus, unsre beiden Wagen, unsre Dienerschaft, unsre zarte Küche, unsre Geselligkeit, unsre Reisen ganz und gar verloren fühlen, obwohl ich mich wahrscheinlich ohne diesen verflucht angenehmen Embarras wirklich verloren fühlen werde.

Leonidas suchte eine neue knappe Formulierung für seine Beichte. Wiederum mißlang's. Als er bei der vierten Fassung hielt, schlug er plötzlich wütend die Faust auf den Tisch. Scheußliche Sucht des Beamten, alles zu motivieren, alles zu unterbauen! Lag nicht das wahre Leben im Unvorhergesehenen, in der Eingebung der Sekunde? Hatte er, auf den Grund verderbt durch Erfolg und Wohlergehen, schon mit fünfzig Jahren verlernt, wahr zu leben? Der Sekretär klopfte. Elf Uhr! Es war Zeit. Leonidas packte mit einem ungnädigen Ruck die Mappe, verließ sein Büro und schritt schallend durch die langen Gänge des alten Palastes und über die prächtige Freitreppe in das Reich des Ministers hinab.

Der rote Salon war ein ziemlich kleiner, muffiger Raum, den der grüne Beratungstisch fast zur Gänze ausfüllte. Hier wurden zumeist die intimeren Sitzungen des Ministeriums abgehalten. Vier Herren waren bereits versammelt. Mit seinem stereotypen Lächeln (begeistert-mokant) begrüßte sie Leonidas. Da war zuvörderst der »Präsidialist«, der Kabinettschef des Hauses, Jaroslav Skutecky, ein Mann Mitte Sechzig, der einzige, der im Rangalter über Leonidas stand. Skutecky erschien mit seinem altertümlichen Gehrock, seinem eisengrauen Spitzbart, seinen roten Händen, seiner harten Aussprache als der reine Gegensatz des Sektionschefs, dieses Mannes nach der Mode. Er setzte soeben, nicht ohne eine gewisse Leidenschaftlichkeit, zwei jüngeren Ministerialräten und dem rothaarigen Professor Schummerer auseinander, wie glänzend er in diesem Jahre seinen Sommerurlaub eingerichtet hatte. Mit der ganzen Familie, »leider siebenköpfig«, wie er immer wieder betonte:

»Am schönsten See des Landes, ich bitte, am Fuße unsres imposantesten Gebirgsstockes, ich bitte, der Ort wie ein Schmuckkästchen, keine Eleganz, aber Saft und Kraft, mit Freibad und Tanzgelegenheit für die liebe Jugend, mit Autobus in jede Richtung, ich bitte, und mit gepflegten Promenaden für Gicht und Angina pectoris. Drei prima Zimmer im Gasthof, kein Luxus, aber Wasser, fließend, kalt und warm, und alles, was man sonst noch braucht. Den Kostenpunkt werden die Herren nicht erraten. Sage und schreibe fünf Schilling pro Kopf. Das Essen, ich bitte, brillant, üppig, mittags à drei Gänge, abends à vier Gänge. Hören Sie: Eine Suppe, eine Vorspeise, Braten mit zwei Gemüsen, eine Nachspeise, Käse, Obst, alles mit Butter oder bestem Fett zubereitet, auf mein Wort, ich übertreibe nicht...«

Dieser Hymnus wurde dann und wann durch die zustimmend grunzende Bewunderung der Hörer unterbrochen, wobei sich ein jüngeres schwammiges Gesicht mit einer Stupsnase rühmlich hervortat. Leonidas aber trat ans Fenster und starrte auf das ernste vergeisterte Gemäuer der gotischen Minoritenkirche, die dem Palais des Ministeriums gegenüber lag. Dank Amelie, dank seiner Kinderlosigkeit, hatte er es nicht notwendig gehabt, in der grenzenlosen Banalität des kleinbürgerlichen Lebens zu versinken wie dieser alte Skutecky und all die anderen Kollegen, die ihre bevorzugte Stellung durch äußerst magere Bezüge abbüßten. (Der Beamte hat nichts, das aber hat er sicher, sagt der Wiener Komödiendichter.) Leonidas berührte mit der Stirn das kalte Fensterglas. An die linke Flanke der geduckten Kirche schmiegte sich ein zausiges Vorgärtlein, aus dessen Rasen ein paar ziemlich verhungerte Akazienbäume emporwuchsen. Die regungslosen Blätter schienen der Natur aus Wachs täuschend nachgebildet zu sein. Der schöne Platz glich heute dem dumpfen Lichtschacht einer Mietskaserne. Den Himmel sah man nicht. Es wurde immer dunkler im Zimmer. Leonidas war so tief in der Leere seiner Verstörtheit versunken, daß er das Erscheinen des Ministers gar nicht bemerkt hatte. Ihn weckte erst die hohe, ein wenig belegte Stimme dieses Vinzenz Spittelberger:

»Grüß Gott die Herren alle miteinand', Servus, Servus...«

Der Minister war ein kleiner Mann in einem verdrückten und zerknitterten Anzug, der den Verdacht erregte, sein Träger habe mehrere Nächte in ihm schlafend zugebracht. Alles an diesem Spittelberger war grau und wirkte sonderbar ausgewaschen. Die Haare, die in Bürstenform in die Höhe standen, die schlecht rasierten Backen, die stark vorgewölbten Lippen, die Augen, die exzentrisch schielten – man nannte das hierzulande »himmeln« –, ja selbst der Spitzbauch, der unvermittelt und unbegründet unter dem bescheidenen Brustkasten vorsprang. Der

Mann stammte aus einem der Alpenländer, nannte sich selbst in jedem zweiten Satz einen Bauern, war's aber keineswegs, sondern hatte sein ganzes Leben in großen Städten zugebracht, zwanzig davon in der Hauptstadt, als Lehrer und zuletzt Direktor einer Fortbildungsschule. Spittelberger machte den Eindruck eines tagblinden Tieres. Der altmodisch-eigensinnige Klemmer vor seinen himmelnden Augen schien diesen nicht zum Sehen zu verhelfen. Sogleich, nachdem er den Präsidentensitz an dem Beratungstisch eingenommen hatte, sank sein großer Kopf voll gleichgültigen Lauschens gegen die rechte Schulter. Die Beamten wußten, daß der Mininster in den letzten Tagen eine Reihe von politischen Versammlungen im ganzen Lande abgehalten hatte und erst am frühen Morgen mit dem Nachtzug aus einer entfernten Provinz angekommen war. Spittelbergers Natur stand im Rufe einer stets schlafbedürftigen Unverwüstlichkeit:

»Ich habe die Herren hierher gebeten«, begann er mit heiserer Eiligkeit, »weil ich beim morgigen Ministerrat die Sache mit den Berufungen gern unter Dach und Fach bringen möchte. Die Herren kennen mich. Ich bin expeditiv. Also, lieber Skutecky, wenn ich bitten darf...«

Er lud mit einer halben, fast wegwerfenden Geste die Beamten zum Sitzen ein, zog aber den Professor Schummerer auf den Platz zu seiner Rechten. Der Rothaarige spielte die Rolle eines Vertrauensmannes der Universität beim Ministerium und galt überdies als besonderer Günstling Spittelbergers, dieser »politischen Sphinx«, wie einige den Minister bezeichneten. Zum Ärger des Sektionschefs Leonidas tauchte Schummerer stets gegen Mittag im Hause auf, trieb sich schlurfenden Ganges in den verschiedenen Büros umher, hielt die Arbeit auf, indem er den akademischen Klatsch hinterbrachte und im Austausch dafür den politischen Klatsch einhandelte. Er war Prähistoriker von Fach. Seine Geschichtswissenschaft begann genau dort, wo das geschichtliche Wissen zu Ende ist. Sein Forschergeist fischte gewissermaßen im Trüben. Schummereres Neugier aber galt nicht nur der vergangenen, sondern nicht minder der gegenwärtigen

Steinzeit. Er besaß das feinste Ohr für das verschlungene Hin und Her der Beziehungen, Einflüsse, Sympathien und Intrigen. Wie an einem Barometer konnte man an seinem Gesicht die Schwankungen des politischen Wetters ablesen. Auf welche Seite er sich neigte, dort war zuversichtlich die Macht von morgen...

»Der Herr Sektionschef wird die Güte haben...« sagte der alte Skutecky mit harter Aussprache und blickte verlangend auf die Mappe, die vor Leonidas lag.

»Ach so«, räusperte sich dieser, öffnete die Mappe und begann mit seiner in fünfundzwanzig Jahren erworbenen technischen Gewandtheit den Vortrag. Sechs Lehrstühle mußten an den verschiedenen Hochschulen des Landes neu besetzt werden. In der Reihenfolge und nach den Angaben der vor ihm liegenden Aufzeichnungen berichtete der Sektionschef über die einzelnen Gelehrten, die in Vorschlag gebracht worden waren. Er tat dies mit einem völlig gespaltenen Bewußtsein. Seine Stimme ging wunderlich neben ihm einher. Tiefes Schweigen herrschte. Keiner der Herren erhob einen Einwand gegen die Kandidaten. Jedesmal, wenn ein Fall erledigt war, reichte Leonidas das betreffende Blatt dem jungen Beamten mit dem schwammigen Gesicht, der dienstfertig hinter dem Minister stand und es behutsam in dessen großer Aktentasche versorgte. Vinzenz Spittelberger selbst jedoch hatte seinen Klemmer auf den Tisch gelegt und schlief. Er sammelte Schlaf, wo und wie er nur konnte, besser, er hamsterte Schlaf. Hier ein halbes Stündchen, dort zehn Minuten, zusammen ergab's doch eine hübsche Summe, die man ohne wesentlichen Fehlbetrag der Nacht entziehen konnte. Die Nacht aber brauchte man für Freunde, für den Dienst an diesem oder jenem Stammtisch, für Aufarbeitung von Rückständen, für Reisen und vor allem für die große Wollust der Verschwörungen. In der geselligen Nacht keimt das am Tage Gepflanzte, der zarte Schößling der Intrige. Auch ein Politiker in Amt und Würden kann daher auf die Nacht nicht verzichten, die ein zigeunerhaftes, aber produktives Element ist. Heute spielt man noch den Fachminister. Morgen aber wird man vielleicht die ganze Macht im Staate an sich reißen, wenn man die Zeichen der Zeit richtig verstanden, erkannt und sich nach keiner Seite hin unvorsichtig gebunden hat. Spittelberger schlief einen eigenartigen Schlaf, der wie ein Vorhang voll von Löchern und Rissen war, ohne darum weniger zu erquicken. Dahinter lauerte der Schläfer, jeden Augenblick auf dem Sprung, hervorzufahren und zuzupakken.

Zwanzig Minuten hatte Leonidas bereits gesprochen, indem er die Lebensläufe, die Taten und Werke der zu berufenden Professoren verlas und aus den vorliegenden Berichten eine Charakteristik ihres politischen und bürgerlichen Wohlverhaltens zusammenstellte. Seine Stimme huschte angenehm, leise und flüchtig dahin. Niemand merkte, daß sie gleichsam auf eigene Rechnung und Gefahr handelte und sich vom Geiste des Sprechers getrennt hatte. Soeben wanderte das Vormerkblatt des fünften Weisen in die Hand des Schwammigen. Es war so finster geworden, daß jemand die Deckenbeleuchtung einschaltete.

»Ich komme nun zu unserer medizinischen Fakultät«, sagte die angenehme Stimme und machte eine bedeutsame Pause.

»Der Ordinarius für Innere Medizin, Herr Minister«, mahnte jetzt Skutecky, mit einem leicht erhobenen, fast frommen Ton, als befinde man sich in einer Kirche. Diese Form des Weckens wäre aber durchaus nicht nötig gewesen, denn Spittelberger hatte seine verwaschenen Augen längst aufgeschlagen und himmelte ohne eine Spur von Verwirrung oder Schlaftrunkenheit im Kreise umher. Dieser Schlafkünstler hätte ohne Zweifel die Namen und Eigenschaften der fünf bisher verhandelten Kandidaten fehlerlos aufzählen können, besser jedenfalls als Leonidas.

»Die Medizin«, lachte er, »da muß man aufpassen. Die interessiert das Volk. Sie ist der Übergang von der Wissenschaft zur Wahrsagerei. Ich bin nur ein einfacher Mensch, ein harmloser Bauer, wie die Herren ja wissen, darum geh ich lieber gleich zum Dürrkräutler, zum Wunderdoktor oder zum Bader, wenn mir etwas fehlt. Es fehlt mir aber nichts...«

Schummerer, der Prähistoriker, kicherte mit gefälliger Übertriebenheit. Er wußte, wie sehr Vinzenz Spittelberger auf dergleichen Humor eingebildet war. Auch Skutecky, vom untergebenen Schmunzeln der jüngeren Herren unterstützt, erging sich in einem: »Glänzend das...« Und er fügte schnell hinzu:

»Da werden Herr Minister also auf den Vorschlag Professor Lichtl zurückgreifen...«

Einmal im Schuß seiner anerkannten Witzigkeit, grinste Spittelberger und sog hörbar den Speichel ein:

»Habt ihr kein größeres Kirchenlichtl auf Lager als diesen Lichtl? Wenn ich ihn brauchen kann, werd' ich den Teufel zum Ordinarius für Innere Medizin machen...«

Leonidas starrte inzwischen teilnahmslos auf die wenigen Blätter, die noch vor ihm lagen. Er las den Namen des berühmten Herzspezialisten: Professor Alexander Bloch. Seine eigene Hand hatte über diesen Namen mit Rotstift das Wort »Unmöglich« geschrieben. Die Luft war dick von Zigarettenrauch und Dämmerung. Man konnte kaum atmen.

»Die Fakultät und der akademische Senat haben sich voll und ganz für Lichtl ausgesprochen«, bekräftigte Schummerer Skuteckys Anregung und nickte siegesgewiß. Da aber erhob sich die Stimme des Sektionschefs Leonidas und sagte: »Unmöglich.«

Alles blickte jäh auf. Spittelbergers von Natur übernächtigtes Gesicht blinzelte gespannt. »Wie bitte?« fragte hart der alte Präsidialist, der seinen Kollegen mißverstanden zu haben glaubte, hatte er doch gestern erst mit ihm über diesen heiklen Fall gesprochen und daß es in heutiger Zeit nicht angehe, dem Professor Alexander Bloch, möge er auch die größte Kapazität sein, einen so wichtigen Lehrstuhl anzuvertrauen. Der Kollege war vollinhaltlich derselben Ansicht gewesen und hatte überdies aus seiner Abneigung gegen Professor Bloch samt dessen wohlbekanntem Anhang keinen Hehl gemacht. Und jetzt? Die Herren waren verwundert, ja bestürzt über dieses auffallend dramatische »Unmöglich«, Leonidas nicht zuletzt. Während seine Stimme nun den Einwurf gelassen begründete, erkannte die andere Person in ihm, beinahe amüsiert: Ich bin mir gänzlich untreu geworden und beginne hiermit bereits für meinen Sohn zu wirken... »Ich will dem Professor Lichtl nicht nahetreten«, sagte er laut, »er mag ein guter Arzt und Lehrer sein, er war bisher nur in der Provinz tätig, seine Publikationen sind nicht sehr zahlreich, man weiß nicht viel von ihm. Professor Bloch aber ist weltberühmt, Nobelpreisträger für Medizin, Ehrendoktor von acht europäischen und amerikanischen Universitäten. Er ist ein Arzt der Könige und Staatsoberhäupter. Erst vor einigen Wochen hat man ihn nach London in den Buckingham-Palast zum Konsilium berufen. Er zieht alljährlich die reichsten Patienten nach Wien, argentinische Nabobs und indische Maharadschas. Ein kleines Land wie das unsrige kann es sich nicht leisten, eine solche Größe zu übergehen und zu kränken. Durch diese Kränkung würden wir außerdem noch die öffentliche Meinung des ganzen Westens gegen uns aufbringen...«

Ein Schatten von Spott flog über den Mund des Sprechers. Er dachte daran, daß er jüngst bei einem glänzenden Gesellschaftsabend über den »Fall Bloch« befragt worden war. Dieselben von ihm soeben gebrauchten Argumente hatte er bei dieser Gelegenheit auf das entschiedenste abgewehrt. Derartige internationale Erfolge wie bei Bloch und Konsorten seien nicht auf wirklichen Werten und Leistungen gegründet, sondern auf der wechselseitigen Förderung der Israeliten in der Welt, auf der ihr hörigen Presse und auf dem bekannten Schneeballsystem unerschrockener Reklame. Dies waren nicht nur seine Worte gewesen, ausdrücklich, sondern auch seine Überzeugung.

Der Prähistoriker wischte sich betreten die Stirn:

»Schön und gut, verehrter Herr Sektionschef... Leider aber ist das Privatleben dieses Herrn nicht einwandfrei. Die Herren wissen, ein enragierter Spieler, Nacht für Nacht, Poker und Baccarat. Es geht dabei um die größten Summen. Darüber besitzen wir einen geheimen Polizeibericht. Und Honorare versteht dieser Herr einzukassieren, Prost Mahlzeit, das ist bekannt. Zweihundert bis tausend Schilling, eine einzige Untersuchung. Ein Herz hat er nur für Glaubensgenossen, das versteht sich, die behandelt er gratis, besonders dann, wenn sie noch im Kaftan in die Ordination kommen... Ich glaube meinerseits, ein kleines Land wie das unsre kann es sich nicht leisten, einen Abraham Bloch...«

Hier nahm der alte Skutecky dem allzu eifernden Vorgeschichtler das Wort ab. Er tat es mit einem nachsichtigen und völlig objektiven Tonfall:

»Ich bitte zu bedenken, daß Professor Alexander Bloch schon siebenundsechzig Jahre alt ist und daß er somit nur mehr zwei Jahre Lehrtätigkeit vor sich hat, wenn man das Ehrenjahr nicht einrechnet.«

Leonidas, unhaltbar auf der schiefen Ebene, konnte es nicht unterlassen, ein Scherzwort zu zitieren, das in gewissen Kreisen der Stadt im Schwange war:

»Jawohl, meine Herren! Früher war er zu jung für ein Ordinariat. Jetzt ist er zu alt. Und zwischendurch hatte er das Pech, Abraham Bloch zu heißen...«

Niemand lachte. Die gerunzelten Mienen von Rätsellösern betrachteten streng den Abtrünnigen. Was war hier vorgegangen? Welche dunklen Einflüsse mischten sich ins Spiel? Natürlich! Der Mann einer Paradini! Mit soviel Geld und Beziehungen gesegnet, darf man sichs herausnehmen, gegen den Strom zu schwimmen. Die Paradinis gehörten zur internationalen Gesellschaft. Aha, daher weht der Wind! Dieser Abraham Bloch setzt wahrhaftig Himmel und Hölle in Bewegung, und dazu vermutlich noch das englische Königshaus. Machenschaften der Freimaurerei und des goldenen Weltklüngels, während unsereins nicht weiß, wo das Geld für einen neuen Anzug hernehmen...

Der rothaarige Zwischenträger schneuzte hierauf seine poröse Nase und betrachtete nachdenklich das Resultat:

»Unser großer Nachbar«, meinte er schwermütig und drohend zugleich, »hat die Hochschulen radikal von allen artfremden Elementen gesäubert. Wenn ein Bloch bei uns eine Lehrkanzel erhält, und gar die für Innere Medizin, dann ist das eine Demonstration, ein Faustschlag ins Gesicht des Reiches, das gebe ich dem Herrn Minister zu bedenken... Und wir wollen doch, um unsre Unabhängigkeit zu verteidigen, diesen Leuten den Wind aus den Segeln nehmen, nicht wahr...«

Das Gleichnis von dem Winde, den man dem künftigen Steuermann aus den Segeln nehmen wollte, war recht beliebt in diesen Tagen. Jemand sagte: »Sehr richtig!« Der schwammige Subalterne hinter dem Stuhl des Ministers hatte sich zu diesem Zwischenruf hinreißen lassen. Leonidas faßte ihn scharf ins Auge. Der Beamte gehörte einer Abteilung an, mit welcher der Sektionschef nur selten in Berührung kam. Der unberechenbare Spittelberger aber hatte ihn unter seine Günstlingschaft aufgenommen, weshalb er auch der gegenwärtigen Beratung zugezogen worden war. Der wasserhelle Blick des Feisten strahlte solch einen Haß aus, daß Leonidas ihm kaum standhalten konnte. Der bloße Name »Abraham Bloch« hatte genügt, dieses phlegmatisch breite Gesicht mit Zornesröte zu entflammen. Aus welchen Quellen sammelte sich dieser überschwengliche Haß? Und warum wandte er sich mit dieser frechen Offenheit gegen ihn, den erprobtesten Mann in diesem Hause, der auf fündundzwanzig ehrenvolle Dienstjahre zurückblicken durfte? Er persönlich hatte doch niemals die geringste Vorliebe für Typen wie Professor Bloch gezeigt. Ganz im Gegenteil! Er hatte sie gemieden, wenn nicht streng abgelehnt. Nun aber sah er sich auf einmal – es ging nicht mit rechten Dingen zu – in diese verdächtige Gemeinschaft verstrickt. Das alles hatte er dem diabolischen Brief Vera Wormsers zu verdanken. Die sicheren Grundlagen seiner Existenz schienen umgestürzt. Er fand sich gezwungen, die Kandidatur eines medizinischen Modegötzen gegen seine Überzeugung zu vertreten. Und jetzt mußte er zu allem noch die unverfrorenen Bemerkungen und die schamlosen Blicke dieses breiigen Laffen hinnehmen, als wäre er nicht nur Blochs Verteidiger, sondern schon Bloch selbst. So schnell war das gegangen. Leonidas senkte als erster die Augen vor diesem Feinde, der ihm urplötzlich erstanden war. Da erst fühlte er, daß ihn Spittelberger hinter seinen schiefen Klemmer höchst aufmerksam anstarrte:

»Sie haben Ihren Standpunkt auffällig geändert, Herr Sektionschef...«

»Ja, Herr Minister, ich habe meinen Standpunkt in dieser Frage geändert...«

»In der Politik, lieber Freund, ist es manchmal ganz gut, wenn man Ärger erregt. Es kommt nur darauf an, wen man ärgert...«

»Ich habe nicht die Ehre, ein Politiker zu sein, Herr Minister. Ich diene nach bestem Gewissen dem Staate...«

Eine frostige Pause. Skutecky und die andern Beamten verkrochen sich in ihr Inneres. Spittelberger aber schien den pikierten Satz durchaus nicht krumm zu nehmen. Er zeigte seine schlechten Zähne und erklärte gutmütig:

»No, no, ich habe das nur als einfacher Mensch gesagt, als ein alter Bauer...«

Keinen Menschen gab's auf der weiten Welt – wie spürte es Leonidas jetzt –, der weniger einfach, der verzwickter und vertrackter gewesen wäre als dieser ›alte Bauer‹. Fühlbar rasten hinter der lautlosen Stirn des borstigen Dickschädels in vielen übereinandergebauten Stockwerken die Hochbahn- und Untergrundbahnzüge seiner unermüdlichen Zielstrebigkeit. Spittelbergers elektrischer Opportunismus stand wie ein Wolkengebilde im Raum, quälender jetzt als Schummerers und des Schwammigen Feindseligkeit. Die letzte atembare Luft ging aus.

»Herr Minister gestatten«, schnappte Leonidas und riß ein Fenster auf. In demselben Augenblick brach der Platzregen los. Eine schraffierte Wassermauer verbaute die Welt. Man sah die Minoritenkirche nicht mehr. Der Lärm einer Kavallerieattacke knatterte über Dächer und Pflaster. Inmitten des Riesengebäudes aus Regen vergrollte ein Donner, dem kein Blitz vorgegangen war.

»Das war höchste Zeit«, sagte Skutecky mit harter Aussprache. Spittelberger hatte sich erhoben und kam, die linke Schulter hochgezogen, beide Hände in den Taschen der zerknitterten Hose, schleppenden Ganges auf Leonidas zu. Jetzt glich er wirklich einem Bauern, der beim Wochenmarkt seine Kuh über den Preis loszuschlagen trachtet:

»Wie wär's, Herr Sektionschef, wenn wir diesem Bloch das große goldne Ehrenkreuz für Kunst und Wissenschaft verleihen lassen und den Titel eines Hofrates dazu...«

Dieser Vorschlag bewies, daß der Minister seinen Sektionschef nicht für einen bürokratischen Handlanger hielt wie den braven Jaroslav Skutecky, sondern für eine einflußreiche Persönlichkeit, hinter der sich undurchsichtige Mächte verbargen, die nicht verletzt werden durften. Die Lösung des Problems war Spittelbergers würdig. Eine Lehrkanzel und Kritik, sie bedeuten eine reale Machtstellung und sollen daher der bodenständigen Wissenschaft nicht entzogen werden. Ein hoher Orden aber, der nur äußerst selten verliehen wird, stellt eine Ehrung von solchem Rang dar, daß die Parteigänger der Gegenseite nicht mehr den Mund öffnen können. Beiden Teilen ist somit gedient.

»Was meinen Sie zu diesem Ausweg?« lockte Spittelberger.

»Ich halte diesen Ausweg für unstatthaft, Herr Minister«, sagte Leonidas.

Vinzenz Spittelberger, die Sphinx, spreizte die stämmigen Beine und senkte seinen grauen Borstenschädel wie ein Ziegenbock. Leonidas sah auf den kahlen Fleck am Scheitel hinab und hörte, wie der Politiker Speichel einschlürfte, ehe er gelassen betonte:

»Sie wissen, ich bin sehr expeditiv, lieber Freund...«

»Ich kann Herrn Minister nicht hindern, einen Fehler zu begehen«, sagte Leonidas knapp, während ihn das berauschende Bewußtsein eines unbekannten Mutes durchströmte. Worum ging es? Um Alexander (Abraham) Bloch? Lächerlich! Dieser unglückliche Bloch war nur ein auswechselbarer Anlaß. Leonidas aber wähnte, jetzt stark genug zu sein für die Wahrheit und für die Erneuerung seines Lebens.

Minister Spittelbeger hatte den roten Salon, gefolgt von Skutecky und den Ministerialräten, bereits verlassen. Unvermindert prasselte der Regen fort.

Fünftes Kapitel
Eine Beichte, doch nicht die richtige

Als Leonidas nach Hause kam, regnete der Regen noch immer in beständigen, wenngleich schon müderen Strichen. Der Diener meldete, daß die gnädige Frau von ihrer Ausfahrt noch nicht heimgekehrt sei. Es geschah höchst selten, daß Leonidas, mittags vom Amte kommend, auf Amelie warten mußte. Während er seinen triefenden Mantel auf den Bügel hängte, zitterte in ihm noch immer die Betroffenheit über sein heutiges Verhalten nach. Er war dem Minister gegenüber zum erstenmal im Leben aus dem Takt des Beamtentums gefallen. Es war nicht Sache dieses Beamtentums, mit offenem Visier zu kämpfen. Man benutzte gelenkig die Strömung der Welt, von der man sich mit Umsicht treiben ließ, um die unerwünschten Klippen zu vermeiden und die erwünschten Halteplätze anzustreben. Er aber war dieser verfeinerten Kunst untreu geworden und hatte den Fall Alexander (Abraham) Bloch brutalisiert und ihn zu einer Krise, zu einer Kabinettsfrage emporgestritten. (Ein Fall übrigens, der ihm zum Gähnen langweilig war.) Wenn er jedoch schon durch Veras und des Sohnes geheimen Einfluß in diesen Kampf geglitten war, so hätte er ihn nach altem Brauch mit der »negativen Methode« führen sollen. Anstatt für Professor Bloch hätte er gegen Professor Lichtl sein müssen, und zwar durchaus nicht mit den wirklichen Argumenten, sondern mit rein formalen Einwendungen. Skutecky hatte sich wieder einmal als Meister seines Faches erwiesen, indem er gegen Bloch nicht etwa den nackten antisemitischen Grund ins Treffen führte, sondern den objektiven und gerechten Grund seines vorgerückten Alters. In ähnlicher Art hätte er den Beweis konstruieren müssen, daß Lichtls Kandidatur nicht allen sachlichen Forderungen entspreche. Sollte morgen der Ministerrat die Berufung dieses Lückenbüßers beschließen, so hatte er, der Sektionschef, sich eine schwere Niederlage auf seinem eigensten Gebiete zugezogen. Nun war's zu spät. Sein Benehmen heute, die Niederlage morgen, die würden ihn unweigerlich zwingen, demnächst in den

Ruhestand zu treten. Er dachte an den Haßblick des Schwammigen. Es war der Haßblick einer neuen Generation, die ihre fanatische Entscheidung getroffen hatte und »Unsichere« wie ihn erbarmungslos auszurotten gedachte. Den rachsüchtigen Spittelberger beleidigt, den Schwammigen und die Jugend aufs Blut empört, sieh nur an, das genügt, damit alles zu Ende sei. Leonidas, der an demselben Morgen noch seine Laufbahn sich mit freudigem Erstaunen bewußt gemacht hatte, er gab sie nun um halb ein Uhr mittags kampflos und ohne Bedauern preis. Allzugroß war die Verwandlung, die der Rest dieses Tages forderte. Allzuschwer lastete die nächste Stunde der Beichte auf ihm. Doch es mußte sein.

Er stieg langsam die Treppen in das obere Stockwerk hinauf. Sein bauschiger Hausrock hing, wohlvorbereitet, über einem Stuhl wie immer. Er legte den grauen Sakko ab und wusch im Badezimmer ausführlich Gesicht und Hände. Dann erneuerte er mit Kamm und Bürste seinen genauen Scheitel. Während er dabei im Spiegel sein noch jugendlich dichtes Haar betrachtete, wandelte ihn eine höchst sonderbare Empfindung an. Er tat sich um dieser wohlerhaltenen so hübschen Jugendlichkeit willen selbst leid. Die unbegreifliche Parteilichkeit der Natur, die jenen Schläfer auf der Schönbrunner Parkbank mit Fünfzig zur Ruine verdammt, ihn aber mit Jugendfrische gesegnet hatte, sie schien ihm nun sinnlos verschwendet zu sein. Im Vollbesitz seines dichten weichen Haares und seiner rosigen Wangen wurde er aus der Bahn geworfen. Ihm wäre leichter ums Herz gewesen, hätte ihn aus dem Spiegel ein altes verwüstetes Gesicht angestarrt. So aber zeigten ihm die wohlbekannten liebwerten Züge, was alles verloren war, obgleich die Sonne noch so köstlich hoch stand...

Die Hände auf dem Rücken, schlenderte er durch die Räume. In Amelies Ankleidezimmer blieb er witternd stehen. Dieser Teil des Hauses betrat er nur sehr selten. Das Parfüm, das Amelie zu benützen pflegte, schlug ihm matt entgegen, wie eine Anklage, die dadurch, daß sie ganz leise ist, doppelt wirkt. Der Duft fügte den Lasten seines Herzens eine neue hinzu. Nebengerüche von gebranntem Haar und Spiritus verschärften die Wehmut noch. Im Zimmer herrschte noch die leichte Unordnung, die Amelie zurückgelassen hatte. Mehrere Paare kleiner Schuhe standen betrübt durcheinander. Der Toilettentisch mit seinen vielen Fläschchen, Kristall-Flakons, Schälchen, Schächtelchen, Döschen, Scherchen, Feilchen, Pinselchen war nicht zusammengeräumt. Wie der Abdruck eines zärtlichen Körpers auf verlassenen Kissen, so schwebte Amelies Wesenheit im Raum. Auf dem Sekretär lagen neben Büchern, illustrierten Zeitschriften und Modeblättern ganze Haufen offener Briefe achtlos zur Schau. Es war verrückt, aber in dieser Minute sehnte sich Leonidas danach, daß Amelie ihm etwas angetan habe, daß er könnte einen fassungslosen Schmerz über eine Schuld empfinden, die ihr Gewissen niederzog, dem seinen jedoch die Unschuld beinahe wiedergab. Was er immer verabscheut hatte, tat er jetzt zum erstenmal. Er stürzte sich auf die offenen Briefe, wühlte erregt im kalten Papier, las eine Zeile hier, ein Sätzchen dort, verhaftete jede männliche Handschrift, fahndete verwirrt nach Beweisen der Untreue, ein unglaubwürdiger Schatzgräber seiner eigenen Schande. War es denkbar, daß Amelie ihm ein treues Weib geblieben, diese ganzen zwanzig Jahre lang, ihm, einem eitlen Feigling, dem ausdauerndsten aller Lügner, der unter dem gesprungenen Lack einer unechten Weltläufigkeit ewig den Harm seiner elenden Jugend verbarg? Nie hatte er den gottgewollten Abstand zwischen sich und ihr überwinden können, den Abstand zwischen einer geborenen Paradini und einem geborenen Dreckfresser. Nur er allein wußte, daß seine Sicherheit, seine lockere Haltung, seine lässige Eleganz anderen abgeguckt war, eine mühsame Verstellung, die ihn nicht einmal während des Schlafes freigab. Mit Herzklopfen suchte er die Briefe des Mannes, die ihn zum Hahnrei machten. Was er fand, waren die reinsten Orgien der Harmlosigkeit, die ihn gutmütig verspotteten. Da riß er die Schubläden des zierlichen Schreibtisches auf. Ein holdes Chaos fraulicher Vergeßlichkeiten bot sich dar. Zwischen Sammet- und Seidenfetzen, echten und falschen Schmuckstücken, Galalithringen, einzelnen Handschuhen, verteinten Schokoladebonbons, Visitenkarten, Stoffblumen, Lippenstiften, Arzneischachteln lagen in verschnürten Bündeln alte Rechnungen, Bankausweise und wiederum Briefe, auch sie vor Unschuld ihn an- und auslachend. Zuletzt fiel ihm ein Kalenderbüchlein in die Hand. Er blätterte es auf. Er verletzte schamlos dieses Geheimnis. Flüchtige Eintragungen Amelies an gewissen Tagen: »Heute wieder einmal allein mit León! Endlich! Gott sei Dank!« – »Nach dem Theater eine wunderschöne Nacht. Wie einst im Mai, León entzückend.« In diesem Büchlein stand ein rührend genaues Kontokorrent ihrer Liebe verzeichnet. Die letzte Eintragung umfaßte mehrere Zeilen: »Finde León seit seinem Geburtstage etwas verändert. Er ist etwas verletzend galant, herablassend, dabei unaufmerksam. Das gefährliche Alter der Männer. Ich muß aufpassen. Nein! Ich glaube felsenfest an ihn.« – Das Wort »felsenfest« war dreimal unterstrichen.

Sie glaubte an ihn! Wie arglos war sie doch trotz ihrer Eifersucht. Seine absurde, schmutzige Hoffnungs-Angst hatte getrogen. Keine Schuld der Frau entlastete die seine. Sie legte vielmehr als das letzte und schwerste Gewicht ihren Glauben ihm auf die Seele. Ihm geschah recht. Leonidas setzte sich an dem Schreibtisch nieder und starrte gedankenlos auf die süße Unordnung, die er mit gemeiner Hand entweiht und vermehrt hatte.

Er fuhr nicht erschrocken auf, er blieb sitzen, als Amelie eintrat.

»Was tust du hier?« fragte sie. Die Schatten und Bläulichkeiten unter ihren Augen waren schärfer geworden. Leonidas zeigte keine Spur von Verlegenheit. Was für ein abgefeimter Lügner bin ich doch, dachte er, es gibt schließlich keine Situation, die mich aus dem Konzept bringt. Er wandte ihr ein müdes Gesicht zu:

»Ich habe bei dir ein Mittel gegen meine Kopfschmerzen gesucht. Aspirin oder Pyramidon...«

»Die Schachtel mit dem Pyramidon liegt großmächtig vor dir...«

»Mein Gott, und ich hab sie übersehn...«

»Vielleicht hast du dich zuviel mit meiner Korrespondenz beschäftigt... Mein Lieber, solange eine Frau so schlampig ist wie ich, hat sie gewiß nichts zu verheimlichen...«

»Nein, Amelie, ich weiß wie du bist, ich glaube felsenfest an dich...« Er stand auf, wollte ihre Hand ergreifen. Sie wich einen Schritt zurück und sagte, ziemlich betont:

»Es ist nicht besonders galant, wenn ein Mann seiner Frau allzu sicher ist...«

Leonidas drückte die Fäuste gegen seine Schläfen. Die soeben erlogenen Kopfschmerzen hatten sich prompt eingestellt. Sie hat irgend etwas, witterte es in ihm. Schon heute am Morgen hatte sie irgend etwas. Und mittlerweile scheint es sich noch verdichtet zu haben. Wenn sie mir jetzt eine ihrer Szenen macht, wenn sie mich beleidigt und sekkiert, dann wird mir das Geständnis leichter fallen. Wenn sie aber gut zu mir ist und liebevoll, dann weiß ich nicht, ob ich den Mut haben werde... Zum Teufel, es gibt kein Wenn und Aber mehr, ich muß reden!

Amelie streifte ihre veilchenfarbenen Handschuhe von den Fingern, legte den sommerlich dünnen Breitschwanzmantel ab, dann nahm sie schweigend eine Pastille aus der Schachtel, ging in ihr Badezimmer und kam mit einem Glas Wasser zurück. Ach, sie ist gut zu mir. Leider! Während sie die Droge in einem Löffel auflöste, fragte sie:

»Hast du Ärger gehabt, heut?«

»Ja, ich hab Ärger gehabt. Im Amt.«

»Natürlich Spittelberger? Kann's mir denken.«

»Lassen wir das, Amelie...«

»Schaut aus wie eine eingetrocknete Kröte vor dem Regen, dieser Vinzenz! Und der Herr Skutecky, dieser böhmische Dorfschullehrer! Was für ein Niveau das ist, das heute regieren darf...«

»Die Fürsten und Grafen von ehemals haben zwar besser ausgesehen, aber noch schlechter regiert. Du bist eine unheilbare Ästhetin, Amelie...«

»Du hast es nicht nötig, dich zu ärgern, León! Du brauchst diese ordinäre Gesellschaft nicht. Wirf's ihnen hin...«

Sie führte den Löffel an seinen Mund, reichte ihm das Glas. Ihm wurde das Herz ganz schlapp vor jäher Wehmut. Er wollte sie an sich ziehen. Sie bog den Kopf zur Seite. Er merkte, daß sie heute mindestens zwei Stunden beim Friseur zugebracht haben mußte. Das wolkige Haar war untadelig gewellt und duftete wie die Liebe selbst. Es ist ein Wahnsinn, was habe ich mit dem Gespenst Vera Wormser zu schaffen? Amelie sah ihn streng an:

»Ich werde von nun an darauf bestehen, León, daß du dich täglich nach Tisch eine Stunde lang ausruhst. Du bist schließlich und endlich im gefährlichen Alter der Männer...«

Leonidas klammerte sich an ihren Worten fest, als könnten sie ihm zur Verteidigung dienen:

»Du hast recht, Liebste... Seit heute weiß ich, daß ein Fünfzigjähriger schon ein alter Mann ist...«

»Idiot«, lachte sie nicht ohne Schärfe. »Mir wär vermutlich wohler, wenn du endlich ein älterer Herr wärst und nicht dieser ewige Jüngling, diese anerkannte Männerschönheit, die alle Weiber angaffen...«

Der Gong rief zum Mahl. Es war unten in dem großen Speisezimmer ein kleiner runder Tisch zum Fenster gerückt. Die mächtige Familientafel in der Mitte des Raumes stand mit ihren zwölf hochlehnigen Stühlen leer und gestorben da, nein ärger, tot ohne gelebt zu haben. Leonidas und Amelie waren keine Familie. Sie saßen als Verbannte ihrer eigenen Familientafel gleichsam am Katzentisch der Kinderlosigkeit. Auch Amelie schien dieses Exil heute stärker zu fühlen als gestern und vorgestern und all die Tage und Jahre vorher, denn sie sagte:

»Wenn es dir recht ist, werd' ich von morgen ab oben im Wohnzimmer decken lassen...«

Leonidas nickte zerstreut. All seine Sinne waren den ersten Worten der nahenden Beichte entgegen gespannt. Ein tollkühner Einfall durchzuckte ihn. Wie wäre es, wenn er im Zuge seiner großen Konfession, anstatt um Verzeihung zu betteln, über die Schnur haute und von Amelie glatt forderte, daß sie seinen Sohn im Hause aufnehme, damit er mit ihnen wohne und an gemeinsamen Tische speise. Ohne Zweifel, ein Kind von ihm und Vera mußte einige Qualitäten besitzen. Und würde ein junges glückliches Gesicht nicht das ganze Leben erhellen?

Das erste Gericht wurde aufgetragen. Leonidas häufte seinen Teller voll, legte aber schon beim dritten Bissen die Gabel hin. Der Diener hatte Amelie diese Schüssel gar nicht gereicht, sondern ein Gefäß mit rohen Selleriestangen neben ihr Gedeck gestellt. Auch an Stelle des zweiten Ganges bekam sie nur eine winzige, rasch abgebratene Kotelette, ohne jede Zutat und Würze. Leonidas sah ihr erstaunt zu:

»Bist du krank, Amelie, hast du keinen Appetit?«

Ihr Blick konnte eine höhnische Erbitterung nicht verleugnen:

»Ich sterbe vor Hunger«, sagte sie.

»Von dieser Spatzenration wirst du nicht satt werden.«

Sie stocherte im grünen Salat, der eigens für sie ohne Essig und Öl, nur mit ein paar Zitronentropfen angerichtet war:

»Fällt es dir erst heute auf«, fragte sie spitz, »daß ich wie eine Wüstenheilige lebe?«

Er gab ziemlich stumm und ungeschickt zurück:

»Und welches Himmelreich willst du dir dabei verdienen?«

Sie schob mit einer heftigen Ekelgeste den Salat von sich:

»Ein lächerliches Himmelreich, mein Lieber. Denn dir ist es ja vollkommen egal, wie ich aussehe... Dir macht es nichts aus, ob ich eine mittelschwere Tonne bin oder eine Sylphide...«

Leonidas, der seinen schlechten Tag hatte, verirrte sich weiter im Dickicht der Ungeschicklichkeit:

»Wie du bist, Liebling, bist du mir recht... Du überschätzt meine Äußerlichkeit... Um meinetwillen mußt du wahrhaftig nicht als Heilige leben...«

Ihre Augen, die älter waren, als sie selbst, blitzten ihn an, füllten sich mit häßlichen, ja mit gemeinen Wallungen:

»Aha, also ich bin für dich schon jenseits von Gut und Böse. Mir kann nach deiner Ansicht nichts mehr helfen. Ich bin nichts andres mehr für dich als eine alte schlechte Gewohnheit, die du nur so weiter mitschleppst. Eine schlechte Gewohnheit, die aber ihre praktischen Seiten hat...«

»Um Himmels willen, Amelie, überleg dir, was du da sprichst...«

Amelie aber dachte nicht daran, sich zu überlegen, was sie sprach, nein, hervorsprudelte:

»Und ich dumme Gans hab mich vorhin beinah gefreut, als du so widerlich in meinen Briefen herumspioniert hast... Er ist also doch eifersüchtig, hab ich gemeint... Keine Spur... Wahrscheinlich warst du auf wertvollere Dinge neugierig als auf Liebesbriefe, denn ausgesehen hast du so äquivok, daß ich erschrocken bin, so... So wie ein Hochstapler, ein Gentleman-Betrüger, wie ein Dienstmädchenverführer am Sonntag...«

»Danke«, sagte Leonidas und sah auf seinen Teller. Amelie aber konnte sich nicht länger beherrschen und brach in lautes Schluchzen aus. Da also wäre die Szene. Eine ganz sinnlose und empörende Szene. Noch nie im Leben hat sie eine ähnliche materielle Verdächtigung gegen mich ausgesprochen. Gegen mich, der ich doch immer auf strenger Sonderung bestanden habe, der ich das Zimmer verlasse, wenn sie ihre Bankiers und Advokaten empfängt. Und doch, sie schießt daneben und trifft zugleich ins Schwarze. Dienstmädchenverführer am Sonntag. Ihr Zorn macht es mir nicht leichter. Ich habe keine Möglichkeit, anzufangen... Gequält erhob er sich, trat zu Amelie, nahm ihre Hand:

»Das dumme Zeug, das du da zusammengeschwätzt hast, will ich gar nicht verstehen... Deine abscheuliche Kalorien-Fexerei wird dich noch nervenkrank machen... Bitte, nimm dich jetzt zusammen... Wir wollen vor den Leuten keine Komödie aufführen...«

Diese Mahnung brachte sie zu sich. Jeden Augenblick konnte der Diener eintreten:

»Verzeih mir, León, ich bitte dich«, stammelte sie, noch immer schluchzend, »ich bin heut sehr elend, dieses Wetter, dieser Friseur und dann...«

Sie war ihrer wieder mächtig, preßte das Taschentuch gegen die Augen, biß die Zähne zusammen. Der Diener, ein älterer Mann, brachte den schwarzen Kaffee, trug die Obstteller, die

Fingerschalen ab und schien nichts bemerkt zu haben. Er hantierte mit ernster Teilnahmslosigkeit ziemlich lange herum. Indessen schwiegen beide. Als sie wieder allein waren, fragte Leonidas leichthin: »Hast du einen bestimmten Grund für dein Mißtrauen gegen mich?«

Während er mit atemlos lauernder Seele diese Frage stellte, hatte er die Empfindung, als werfe er ein Laufbrett über einen finsteren Spalt. Amelie sah ihn aus roten Augen verzweifelt an:

»Ja, ich habe einen bestimmten Grund, León...«

»Und darf ich diesen Grund erfahren?«

»Ich weiß, du kannst mich nicht leiden, wenn ich dich ausfrag'. Also laß mich! Vielleicht komm' ich darüber hinweg...«

»Wenn ich aber darüber nicht hinwegkomm'«, sagte er leise, doch jedes Wort betonend. Sie kämpfte noch eine ganze Weile mit sich selbst, dann senkte sie die Stirn:

»Du hast heut früh einen Brief bekommen...«

»Ich habe elf Briefe bekommen heute früh...«

»Aber einer war darunter von einer Frau... So eine verstellte, verlogene Weiberschrift...«

»Findest du diese Schrift wirklich so verlogen?« fragte Leonidas, holte mit sehr langsamen Händen seine Brieftasche hervor und entnahm ihr das Corpus delicti. Seinen Stuhl ein bißchen vom Tisch zum Fenster abrückend, ließ er das regnerische Licht auf Veras Brief fallen. Im Raum stand die Schicksalswaage still. Wie doch alles seinen ureigenen Weg geht! Man muß sich nicht sorgen. Nicht einmal improvisieren muß man. Alles kommt anders, aber es kommt von selbst. Unsre Zukunft wird davon abhängen, ob sie zwischen den Zeilen lesen kann. Plötzlich zum kühlen Beobachter geworden, reichte er Amelie mit ausgestreckter Hand das schmale Blatt hinüber.

Sie nahm's. Sie las. Sie las halblaut: »Sehr geehrter Herr Sektionschef!« Schon bei diesen Worten der Anrede bildete sich auf ihren Zügen eine Entspannung von solcher Ausdruckskraft, wie sie Leonidas an Amelie nie wahrgenommen zu haben vermeinte. Sie atmete hörbar auf. Dann las sie weiter, immer lauter:

»Ich bin gezwungen, mich heute mit einer Bitte an Sie zu

wenden. Es handelt sich dabei nicht um mich, sondern um einen begabten jungen Mann...«

Um einen begabten jungen Mann. Amelie legte das Blatt auf den Tisch, ohne weiter zu lesen. Sie schluchzte von neuem auf. Sie lachte. Lachen und Schluchzen gerieten durcheinander. Dann aber breitete sich das Lachen in ihr aus und erfüllte sie wie ein züngelndes Element. Jäh sprang sie auf, stürzte zu Leonidas, hockte sich zu seinen Füßen nieder, legte den Kopf auf seine Knie, Gebärde ihrer widerstandslosen hingegebenen Stunden. Da sie aber sehr groß war und lange Beine hatte, wirkte diese heftige Gebärde der Demütigung immer ein wenig erschreckend, ja erschütternd auf ihn.

»Wärst du jetzt ein primitiver Mann«, stammelte sie, »du müßtest mich schlagen oder würgen oder was weiß ich, denn ich habe dich so gehaßt, du mein Liebstes, wie ich noch nichts gehaßt hab. Sag kein Wort, um Gottes willen, laß mich beichten...«

Er sagte kein Wort. Er ließ sie beichten. Er starrte auf das weich modellierte Blond ihres Haares. Sie aber, ohne ein einziges Mal aufzublicken, sprach hastig wie in die Erde hinein:

»Wenn man so beim Friseur sitzt, den Kopf unter der Nickelhaube, stundenlang, in den Ohren surrt's, die Luft wird immer heißer, jede Haarwurzel schreit vor Nervosität, wegen der Wasserwellen muß man das aushalten, abends die Oper, und bei diesem Wetter gehn die Haare immer wieder auf... Ich habe mir die Bilder in der ›Vogue‹ und im ›Jardin des Modes‹ angeschaut, ohne das geringste zu sehen, nur um nicht verrückt zu werden, denn, du weißt, ich war unbeschreiblich überzeugt davon, du bist ein lebenslänglicher Schwindler, ein glatter Betrüger, wirklich so eine Art Dienstmädchenverführer am Sonntag, immer tip top, du glitschiger Aal, und mich hast du hereingelegt seit vollen zwanzig Jahren, durch ›Vorspiegelungen‹, nicht wahr, man nennt das so im Gerichtssaal, denn du hast mir seit dem Tag unsrer Verlobung vorgespielt, das zu sein, was du bist, und ich hab ein ganzes Leben gebraucht und meine Jugend verloren, um dir daraufzukommen, daß du eine Geliebte hast, namens Ver-

Wormser loco, denn ihren Brief hab ich auf dem Tisch gesehen, knapp eh du zum Frühstück gekommem bist, und es war wie eine fürchterliche Erleuchtung, und ich hab all meine Kraft zusammennehmen müssen, um den Brief nicht zu stehlen, es war aber unnötig, denn ich hab's doch durch die Erleuchtung sonnenklar gewußt, daß du so einer bist, der ein Doppelleben führt, man kennt das ja vom Film, und ihr habt eine gemeinsame Wohnung, einen idyllischen Haushalt, du und Vera Wormser loco, denn was weiß ich, was du in deiner Amtszeit tust und während der vielen Konferenzen bis tief in die Nacht, und Kinder habt ihr auch miteinander, zwei oder vielleicht sogar drei... Und die Wohnung hab ich gesehn, auf mein Wort, irgendwo in Döbling, in der Nähe des Kuglerparks oder des Wertheimsteinparks, damit die Kinder immer frische Luft haben, ich war direkt drin in dieser anheimelnden Wohnung, die du dem Weib eingerichtet hast, und ich hab so manche Kleinigkeit wiedergefunden, die ich vermisse, und deine Kinder hab ich auch gesehn, richtig, es waren drei, so halbwüchsige Bankerte, widerliche, und sie sind um dich herumgesprungen und haben dich manchmal ›Onkel‹ genannt und manchmal ganz schamlos ›Papa‹ und du hast sie ihre Schulaufgaben abgehört und das Kleinste ist auf dir herumgeklettert, denn du warst ein glücklicher Papa, wie er im Buch steht. Und das alles hab ich erleben und erdulden müssen in meinem gefangenen Kopf unterm Ondulierhelm und ich durfte nicht davonlaufen, sondern mußte noch freundliche Antworten geben, wenn der seifige Patron kam, um mich zu unterhalten, Frau Sektionschef sehen blendend aus, werden Frau Sektionschef am Schönbrunner Kostümfest teilnehmen, als junge Kaiserin Maria Theresia müßte Frau Sektionschef erscheinen, im Reifrock und hoher weißer Perücke, keine Dame der Hocharistokratie kann mit Frau Sektionschef konkurrieren, der Herr Sektionschef wird begeistert sein – und ich konnte ihm nicht sagen, daß ich den Herrn Sektionschef gar nicht begeistern will, weil er ein Lump ist und ein glücklicher Papa in Döbling... Sag kein Wort, laß mich beichten, denn das Schlimmste kommt erst. Ich habe dich nicht nur gehaßt, León, ich habe mich grauenhaft vor dir gefürchtet. Dein Doppelleben stand vor mir, wie, wie, ach ich weiß nicht wie, zugleich aber, León, war ich so ungeheuer sicher, wie ich's mir jetzt gar nicht mehr vorstellen kann, daß du mich umbringen willst, weil du mich ja auf alle Fälle loswerden mußt, denn die Vera Wormser darfst du nicht umbringen, sie ist die Mutter deiner Kinder, das sieht jeder ein, ich aber bin mit dir nur durch den Trauschein verbunden, durch ein Stück Papier, folglich wirst du mich umbringen, und du machst es äußerst geschickt, mit einem ganz langsamen Gift, in täglichen Dosen, am besten in den Salat getropft, wie man es von den Renaissancemenschen gelernt hat, den Borgias, usw. Man spürt fast gar nichts, wird aber blutarmer und bleichsüchtiger von Tag zu Tag, bis es aus ist. Oh, ich schwör dir's, León, ich habe mich im Sarg liegen sehn, wundervoll von dir aufgebahrt, und so jung war ich und entzückend mit meinen frisch gewellten Haaren, ganz in Weiß, fließender plissierter Crêpe de Chine, glaub aber ja nicht, daß ich das ironisch sage oder Witze mache, denn das Herz ist mir gebrochen, als ich zu spät und schon als Tote erkannt hab, daß mein Heißgeliebter, mein Heißgeglaubter ein heimtückischer Frauenmörder ist. Und dann sind sie alle gekommen, selbstverständlich, die Minister und der Bundespräsident und die Spitzen der Behörden und die Koryphäen der Gesellschaft, um dir ihr Beileid auszusprechen, und deine Haltung war gräßlich tadellos, denn du warst im Frack, wie das erste Mal, als wir uns begegnet sind, weißt du's noch, damals am Juristenball, und dann bist du neben dem Bundespräsidenten hinter meinem Sarg gegangen, nein geschritten, und hast der Vera Wormser zugezwinkert, die mit ihren Kindern auf einer Festtribüne zugeschaut hat... So, und jetzt stell dir's nur vor, León, mit diesen Bildern im Kopf bin ich nach Hause gekommen und finde dich vor meinen Briefen, was noch nie in diesen zwanzig Jahren geschehen ist. Ich hab meinen Augen nicht getraut, und das war kein Hirngespinst mehr, denn du warst nicht du, sondern ein völlig Fremder, der Mann mit dem Doppelleben, der Gatte der anderen, der Gentleman-Schwindler, wenn er unbeobachtet ist. Ich weiß nicht, ob du mir wirst verzeihen können, aber in diesem Augenblick hat's wie der Blitz in mich eingeschlagen: Er will nichts andres, als sich nach meinem Tode das große Vermögen sichern. Ja, León, genau so hast du ausgeschaut, oben vor meinem Schreibtisch mit der offenen Schublade, wie ein ertappter Testamentsfälscher und Erbschaftsschnüffler. Und ich hab doch noch nie daran gedacht, ein Testament zu machen. Und alles gehört ja dir. Schweig! Laß mich das alles sagen, alles, alles! Nachher mußt du mich strafen, als mein harter Beichtvater. Gib mir eine fürchterliche Buße auf! Geh nächstens z. B. allein zur Anita Hojos, die in dich vernarrt ist und die du mit den Augen frißt. Ich werde geduldig zu Hause bleiben und dich nicht sekkieren, denn ich weiß natürlich ganz genau, daß nicht du schuldig bist an den greulichen Einbildungen des heutigen Vormittags, sondern ich allein und der Brief dieser unschuldigen Dame Wormser, eine antipathische Schrift hat sie übrigens. Der abgefeimteste Mann kann nie so, so, da gibt's kein Wort, so träumen wie ein Weib unterm Nickelhelm beim Friseur. Und dabei bin ich nicht einmal hysterisch und sogar ziemlich intelligent, du warst einmal der Ansicht. Du mußt mich verstehn, ich habe genau gewußt, daß du kein Doppelleben führen kannst und daß dich das Geld nie interessiert hat und daß du der vornehmste Mensch bist und ein anerkannter Jugenderzieher, und daß dich die ganze Welt verehrt und daß du noch über mir stehst. Zugleich aber hab ich ganz genau gewußt, daß du ein verschlagener Betrüger bist und mein süßer, geliebter Giftmörder. Es war, glaub mir's, nicht Eifersucht, es kam wie von außen in mich, es war wie eine Inspiration. Und da hab ich dir ein Glas Wasser geholt und mit eigener Hand meinem Giftmörder das Pyramidon zum Schlucken gegeben und mein Herz hat geblutet vor Liebe und vor Abscheu, es ist wahr, León, als ich mich selbst geprüft hab... So, jetzt hab ich dir alles, alles gebeichtet. Was da heut in mir vorgegangen ist, ich versteh's nicht. Kannst du mir's vielleicht erklären?«

Ohne aufzublicken, ohne Absatz und Punkt, und immer in die Erde hinein, so hatte Amelie ihre Beichte heruntergehastet, die Leier nur manchmal aus brennender Scham durch eine ironische Wendung unterbrechend. Niemals hatte Leonidas eine ähnliche Selbstentschleierung angehört, noch auch geahnt, daß diese Frau dazu fähig sei. Jetzt preßte sie ihr Gesicht gegen seine Knie, ungehemmt flossen ihre Tränen. Er begann das warme Naß durch den dünnen Stoff seiner Hose hindurch zu spüren. Es war unangenehm und sehr rührend zugleich. Du hast recht, mein Kind! Eine echte Eingebung war's, die dich heute am Morgen angefallen und den ganzen Vormittag nicht mehr losgelassen hat. Veras Brief hat dich inspiriert. Wie nah bist du um die Flamme der Wahrheit herumgeflattert! Deine Hellsicht kann ich dir nicht erklären. Das heißt, ich müßte jetzt endlich reden. Ich müßte anfangen: Du hast recht, mein Kind. So merkwürdig es ist, du hast eine echte Eingebung gehabt... Aber kann ich jetzt so reden? Könnte ein weit charaktervollerer Mensch als ich jetzt so reden?

»Es ist wirklich nicht sehr hübsch von dir«, sagte er laut, »was sich da deine alte Eifersucht gegen mich zusammengeträumt hat. Aber als Pädagoge bin ich schließlich von Amts wegen ein bißchen Seelenkenner. Ich spür schon längst deinen gereizten Zustand. Wir leben bald zwanzig Jahre nebeneinander und haben nur ein einziges Mal eine längere Trennung erlitten, du und ich. Da kommen die unvermeidlichen Krisen, heut für den einen, morgen für den andern. Es war riesig moralisch von dir, daß du dein ehrenrühriges Unterbewußtsein gerade mir anvertraut hast. Ich beneide dich um deine Beichte. Denk dir aber, ich habe beinahe schon wieder vergessen, daß ich ein Giftmörder bin und ein Testamentsfälscher...«

Die salbadernden Lügen gehen weiter. Nichts hab ich vergessen. Dienstmädchenverführer am Sonntag, das sitzt. – Amelie hob mit einem verklärt lauschenden Ausdruck ihr Gesicht:

»Ist es nicht komisch, daß man so unbeschreiblich glücklich ist, wenn man gebeichtet hat und Absolution erhält? Nun ist auf einmal alles weg...«

Leonidas sah angestrengt zur Seite, während seine Hand ganz leicht ihr Haar streichelte:

»Ja, es ist wohl eine gewaltige Erleichterung, aus der Tief

gebeichtet zu haben. Und dabei hast du nicht die leiseste Sünde begangen..."

Amelie stutzte. Sie blickte ihn plötzlich kühl und forschend an:

»Warum bist du so schrecklich gut, so weise, so gleichgültig, so fern, der reinste tibetanische Mönch? Wär's nicht nobler, du würdest dich durch eine eigene schlimme Beichte revanchieren?...«

Nobler wär es bestimmt, dachte er, und die Stille wurde sehr tief. Aber es kam nur ein unentschlossenes Räuspern aus seinem Mund. Amelie war aufgestanden. Sie puderte sich sorgfältig und schminkte die Lippen. Es war die weibliche Atempause, die einen erregenden Auftritt des Lebens beendet. Noch einmal streifte ihr Blick Veras Brief, den harmlosen Bittbrief, der auf dem Tisch lag:

»Sei nicht bös, León«, zögerte sie, »aber da ist noch eine Sache, die mich stört... Warum trägst du von deiner ganzen heutigen Post gerade den Brief dieser wildfremden Person in deinem Portefeuille?«

»Die Dame ist mir nicht fremd«, erwiderte er ernst und knapp, »sie ist mir aus alter Zeit bekannt. Ich war in den traurigsten Tagen meines Lebens in ihrem Vaterhaus als Nachhilfslehrer angestellt...«

Er nahm das Blatt mit einer harten, ja bösen Bewegung und legte es zurück in seine Brieftasche.

»Dann solltest du etwas für ihren begabten jungen Mann tun«, sagte Amelie, und eine versonnene Wärme stand in ihren April-Augen.

Sechstes Kapitel
Vera erscheint und verschwindet

Sofort nach Tisch verließ Leonidas sein Haus und fuhr ins Ministerium. Nun saß er da, den Kopf in die Hände gestützt, und blickte durchs hohe Fenster über die Bäume des Volksgartens hinweg, die, von perlmuttfarbenem Regen-Dunst eingeschleiert, in den wattigen Himmel ragten. Sein Herz war voll Verwunderung über Amelie und voll Bewunderung für sie. Liebende Frauen besaßen einen sechsten Sinn. Wie das schweifende Wild gegen seine Feinde, so waren auch sie mit einer sicheren Witterung ausgerüstet. Hellseherinnen waren sie der männlichen Schuld. Amelie hatte alles erraten, wenn auch, ihrer Art gemäß, übertrieben, verzerrt und falsch gedeutet. Man konnte fast argwöhnen, eine unerklärliche Verschwörung habe zwischen den beiden Frauen stattgefunden, der einen, die sich in der blaßblauen Handschrift verkörperte, und der andern, die vom flüchtigen Anblick dieser Schrift ins Herz getroffen war. In den wenigen Zeilen der Adresse hatte Vera der andern die Wahrheit zugeflüstert, die von Amelie als eine jähe Eingebung aus dem Nichts empfunden werden mußte. Welch ein Widerspruch, daß jene Hellsichtigkeit dann vor dem trockenen Wortlaut des Briefes zuschanden wurde. Ihm aber hatte sie ahnungsvoll ahnungslos die Maske vom Gesicht gerissen. »Dienstmädchenverführer am Sonntag!« Hatte er sich nicht selbst heute einen Heiratsschwindler genannt? Und war er's nicht tatsächlich in der kriminellen Bedeutung des Wortes? Von seinem Gesicht konnte Amelie es ablesen. Und er hatte doch knapp vorher dieses Gesicht im Spiegel betrachtet und nichts Gemeines darin entdeckt, sondern eine wohlgeformte Vornehmheit, die in ihm das sonderbare Mitleid mit sich selbst erweckte. Und wie war es dann gekommen, daß sein Entschluß sich ohne sein Zutun ins Gegenteil verkehrte, und nicht er beichtete, sondern sie? Ein großer, ein unverdienter Liebesbeweis, diese Beichte! Diesen radikalen, j schamlosen Mut zur Wahrheit wie Amelie hatte er nie besessen Das kam vermutlich von der minderen Herkunft und der einsti gen Armut. Seine Jugend war erfüllt gewesen von Furcht, Auftrieb und einer zitternden Überschätzung der höheren Klasse. Er hatte sich alles krampfhaft anerziehen müssen, die Gelassenheit beim Eintritt in einen Salon, das souveräne Plaudern (man macht Konversation), das freie Benehmen bei Tisch, das richtige Maß im »Die-Ehre-Geben« und »Die-Ehre-Nehmen«, all diese feinen und selbstverständlichen Tugenden, mit denen die Angehörigen der Herrenkaste geboren werden. Der Fünfzigjährige kam noch aus einer Welt der gespannten Standesunterschiede. Die Kraft, welche die heutige Jugend im Sport verausgabt, hatte er für eine besondere Athletik aufwenden müssen, für die Überwindung seiner Schüchternheit und für den Ausgleich seines beständigen Mangelgefühls. Oh, unvergeßliche Stunde, da er zum erstenmal im Frack des Selbstmörders vor dem Spiegel sich als Sieger gegenüberstand! Wenn er auch jene feinen und selbstverständlichen Künste vollkommen erlernt hatte und sie seit Jahrzehnten schon unbewußt übte, so war er doch nur, was die Römer einen »Freigelassenen« nannten. Ein Freigelassener besitzt nicht den natürlichen Mut zur Wahrheit wie eine geborene Paradini, nicht jene verwegene Erhabenheit über alle Scham. Amelie hatte überdies den Freigelassenen um einen Abgrund tiefer erkannt als er sich selbst. Ja, es war richtig, er fürchtete, wenn er sich zu seinem und Veras Sohn bekennen sollte, ihren Zorn, ihre Rache. Er fürchtete, sie würde sogleich den Scheidungsprozeß gegen ihn einleiten. Er fürchtete nichts mehr als den Verlust des Reichtums, den er so nonchalant genoß. Er, der edle Mann, der sich »nichts aus dem Gelde machte«, der hohe Beamte, der Volkserzieher, er wußte jetzt, daß er das enge Leben seiner Kollegen nicht würde ertragen können, diesen täglichen Kampf gegen die besseren Bedürfnisse und Begehrlichkeiten. Er war allzu verderbt durch das Geld und durch die angenehme Gewohnheit, sich nicht die leiseste Regung eines Wunsches abschlagen zu müssen. Wie verstand er es nun, daß so viele unter seinen Amtsgenossen der Versuchung erlagen und Schmiergelder nahmen, um ihren süchtigen Frauen dann und wann eine Freude bereiten zu können. Sein Kopf sank auf die Schreibmappe. Er empfand den brennenden Wunsch, ein Mönch zu sein und einem strengen Orden anzugehören...

Leonidas ermannte sich. »Man kann's nicht umgehen«, seufzte er laut und leer. Dann nahm er ein Blatt und begann ein Promemoria für Minister Vinzenz Spittelberger zu entwerfen, in welchem er die Betrauung des außerordentlichen Professors der Medizin Alexander (Abraham) Bloch mit der vakanten Lehrkanzel und Klinik als eine unausweichliche Notwendigkeit für den Staat zu begründen suchte. Warum er den Eigensinn weitertrieb und eine entscheidende Kraftprobe heraufbeschwören wollte, das wußte er selbst nicht. Kaum aber hatte er zehn Zeilen zu Papier gebracht, legte er die Feder hin und klingelte seinem Sekretär:

»Haben Sie die Güte, lieber Freund, und rufen Sie das Parkhotel in Hietzing an und lassen Sie Frau oder Fräulein Doktor Vera Wormser melden, ich werde sie gegen vier Uhr persönlich aufsuchen...«

Leonidas hatte wie immer in nervösen Augenblicken mit verwischter und flacher Stimme gesprochen. Der Sekretär legte ein leeres Zettelchen vor ihn hin:

»Darf ich den Herrn Sektionschef bitten, mir den Namen der Dame aufzuschreiben«, sagte er. Leonidas glotzte ihn eine halbe Minute lang wortlos an, dann steckte er das begonnene Memorandum in die Mappe, schob abschiedsnehmend die Gegenstände auf seinem Schreibtisch zurecht und stand auf:

»Nein, danke! Es ist nicht nötig. Ich gehe jetzt.«

Der Sekretär hielt es für seine Pflicht, daran zu erinnern, daß der Herr Minister gegen fünf Uhr im Hause erwartet werde. Auf Leonidas, der gerade Hut und Mantel vom Haken nahm, schien diese Meldung keinen Eindruck zu machen:

»Wenn der Minister nach mir fragen läßt, so sagen Sie nichts, sagen Sie einfach, ich bin fortgegangen...«

Damit verließ er, federnden Schrittes, an dem jungen Menschen vorbei, sein Amtszimmer.

Es gehörte zu den wohlbedachten Gepflogenheiten des Sektionschefs, daß er mit seinem großen Wagen niemals am Porta des Ministeriums vorfuhr, sondern, wenn er ihn überhaupt benützte, ihm schon in der Herrengasse entstieg. Mehr als er den Neid der Kollegen fürchtete, empfand er es (vorzüglich während der Arbeitszeit) als »taktlos«, seinen materiellen Glücksstand zur Schau zu tragen und die spartanischen Grenzen des Beamtentums augenfällig zu überschreiten. Minister, Politiker, Filmschauspieler durften sich ruhig in strahlenden Limousinen spreizen, denn sie waren Geschöpfe der Reklame. Ein Sektionschef hingegen hatte (bei aller zulässigen Eleganz) die Pflicht, eine gewisse karge Dürftigkeit hervorzukehren. Diese betonte Dürftigkeit war vielleicht eine der unduldsamsten Formen menschlichen Hochmuts. Wie oft hatte er mit aller gebotenen Vorsicht Amelie davon zu überzeugen gesucht, daß ihr heiterunerschöpflicher Aufwand an Schmuck und Gewändern seiner Stellung nicht völlig entspreche. Vergebliche Predigt! Sie lachte ihn aus. Hierin lag einer der Lebenskonflikte, die Leonidas oft verwirrten... Diesmal fuhr er mit der Straßenbahn, die er in der Nähe des Schönbrunner Schlosses verließ.

Der Regen hatte schon vor einer Stunde nachgelassen und jetzt völlig aufgehört. Es war aber nur wie die schleppende Pause in einer Krankheit, wie das trübe Loch der Schmerzlosigkeit zwischen zwei Anfällen. Der Wolkentag hing naß und schlapp auf Halbmast, und jede der seltsam verlangsamten Minuten schien zu fragen: Bis hierher waren wir gekommen, doch was nun? Leonidas spürte in allen Nerven die entscheidende Veränderung, die seit heute morgen die Welt hatte erdulden müssen. Er wurde sich jedoch über die Ursache dieser Veränderung erst klar, als er durch die breite, von Platanen flankierte Straße, längs der hohen Schloßmauer dahineilte. Unter seinen Füßen schwang höchst unangenehm ein dick vollgesogener Teppich von gefallenem Laub. Die jäh verfärbten Platanenblätter waren so korporell aufgeschwemmt und schnalzten unter jedem Tritt, daß man hätte wähnen können, ein Wolkenbruch von Kröten sei niedergegangen. Seit wenigen Stunden war mehr als die Hälfte des Laubes von den Bäumen geweht und der Rest hing schlaff an den Ästen. Was heute allzujung als Aprilmorgen begonnen hatte, endete im Handumdrehen allzualt als Novemberabend.

Im Blumengeschäft an der nächsten Straßenecke schwankte Leonidas unerlaubt lange zwischen weißen und blutroten Rosen. Er entschied sich endlich zu achtzehn langstieligen hellgelben Teerosen, deren sanfter, ein wenig fauliger Duft ihn anzog. Als er dann in der Hotelhalle sich bei Frau Doktor Wormser anmelden ließ, erschrak er plötzlich über die verräterische Zahl »achtzehn«, die er ganz unbewußt gewählt hatte. Achtzehn Jahre! Auch fiel ihm jener ominöse Rosenstrauß ein, den er als lächerlich Verliebter der kleinen Vera einst mitgebracht hatte, ohne den Mut zu finden, ihn zu überreichen. Nun war's ihm, als seien es damals ebenfalls hellgelbe Teerosen gewesen und sie hätten genau so geduftet, so sanft, so rund, wie die Blume eines paradiesischen Weines, den es auf Erden nicht gibt.

»Madame läßt Herrn Sektionschef bitten, hier zu warten«, sagte der Portier unterwürfig und begleitete den Gast in eines der Gesellschaftszimmer zu ebener Erde. Man kann von einem Hotelsalon nichts Besseres erwarten, beruhigte Leonidas sich selbst, dem die dämmrige Räumlichkeit samt ihrer Einrichtung ungewöhnlich auf die Nerven fiel. Es ist scheußlich, die Geliebte seines Lebens in der öffentlichen Intimität dieses Allerwelts-Wohnzimmers wiederzusehen, jede Bar wäre besser, ja selbst ein bummvolles Kaffeehaus mit Musik. Daß Vera wirklich und wahrhaftig die »Geliebte seines Lebens« gewesen sei, dessen empfand Leonidas jetzt eine ganz unbegründete Sicherheit.

Das Zimmer war vollgestopft mit lauter gewichtigen Möbelstücken. Sie ragten wie mürrische Festungen einer verschollenen Repräsentation ins Ungewisse. Sie standen da wie eine vom Ausrufer verlassene Versteigerung, in die sich für ein Stündchen oder zwei vorüberschlendernde Zufallsgäste einnisten. Üppige Sitzgarnituren, japanische Schränke, lampentragende Karyatiden, ein orientalisches Kohlenbecken, geschnitzte Truhen, Tabouretts u.s.w. An der Wand dehnte sich ein keusch verhüllter Flügel. Die Plüschdecke, die ihn von oben bis unten verhing war schwarz. Er glich daher einem Katafalk für tote Musik. Das

Bahrtuch war außerdem noch mit allerlei Gegenständen aus Bronze und Marmor beschwert, auch sie wie zum Verkauf aneinander gereiht: Ein trunkener Silen, der eine Visitenkartenschale balanciert, eine geschmeidige Tänzerin ohne ersichtlich praktischen Zweck, ein prunkvolles Tintenzeug, groß und ernst genug, um bei Unterschrift eines Friedensvertrages Dienst zu tun, und dergleichen mehr, das hier die Aufgabe zu haben schien, die tote oder scheintote Musik am Entweichen zu hindern. Leonidas faßte den Verdacht, dieses Klavier sei ausgeweidet und nur eine ehrbare Attrappe, denn ein lebendiges Instrument würde die Leitung des Hotels beim täglichen Tanztee verwenden, dessen Zurüstung draußen vernehmbar wurde. Lebendig in diesem Raum waren nur die beiden aufgeklappten Spieltische, auf denen noch die Bridgekarten dalagen, ein Bild behaglicher Zerstreuung und ungetrübter Seelenruhe, das den neidischen Blick immer wieder anzog. Leonidas war selbstverständlich ein Meister dieses Spiels...

Er ging beständig auf und ab, wobei er sich zwischen den kantigen Vorgebirgen der Möbel und Tische durchschlängeln mußte. Noch immer hielt er die in Seidenpapier verpackten Rosen in der Hand, obwohl er fühlte, daß die empfindsamen Blüten unter seiner Körperwärme zu ermüden begannen. Er besaß aber die Willenskraft nicht, sie fortzulegen. Auch ging der schwache Duft mit ihm und tat ihm wohl. Im gleichmäßigen Auf und Ab stellte er fest: Mein Herz klopft. Ich erinnere mich nicht mehr, wann mir das Herz zum letzten Male so fühlbar geklopft hat. Dieses Warten erregt mich sehr. – Er stellte ferner fest: Ich habe nicht einen einzigen Gedanken im Kopf. Dieses Warten füllt mich ganz aus. Es ist mir nicht klar, wie ich beginnen werde. Ich weiß nicht einmal, wie ich Vera ansprechen soll. – Und endlich: Sie läßt mich sehr lange warten. Kein Minister läßt mich so lange warten. Es ist schon mindestens zwanzig Minuten, daß ich in diesem abscheulichen Salon hin- und herrenne. Ich werde aber keinesfalls auf die Uhr schauen, damit es mir unbekannt bleibe, wie lange ich schon warte. Es ist natürlich Veras gutes Recht, mich warten zu lassen, so lange es ihr richtig scheint. Wahrhaftig, eine winzige Strafe. Ich darf's mir gar nicht vorstellen, wie sie auf mich gewartet hat, in Heidelberg, Wochen, Monate, Jahre... Er unterbrach seinen Rundgang nicht. In der Halle pochte die Tanzmusik. Leonidas fuhr zusammen: Auch das noch! Am besten wär's, sie käme überhaupt nicht. Ich würde ruhig eine volle Stunde hier warten, auch zwei Stunden und dann weggehen, ohne ein Wort zu sagen. Ich hätte das meinige getan und müßte mir keine Vorwürfe mehr machen. Hoffentlich kommt sie nicht. Es dürfte ja auch für sie keine geringe Unannehmlichkeit sein, mich wiederzusehen. Mir ist zumute, wie vor einer schweren Prüfung oder gar vor einer Operation... So, jetzt ist sicher eine halbe Stunde vorüber. Ich nehme an, daß sie das Hotel verlassen hat, um mir nicht zu begegnen. Nun, ich warte meine Stunde aus. Dieses Jazz-Geräusch ist übrigens gar nicht so störend. Es scheint die Zeit zu beschleunigen. Und dunkel wird's auch...

Der dritte Tanz war draußen im Gange, als die kleine zierliche Dame unversehens im Salon stand:

»Ich mußte Sie etwas warten lassen«, sagte Vera Wormser, ohne diesen Satz durch eine Entschuldigung zu begründen, und reichte ihm die Hand. Leonidas küßte die sehr gebrechliche Hand im schwarzen Handschuh, lächelte begeistert mokant und begann auf den Zehenspitzen zu wippen:

»Aber bitte«, näselte er, »das macht gar nichts... Ich habe mich heut eigens...« Und er fügte zaghaft hinzu: »Gnädigste...«

Damit übergab er ihr den Strauß, ohne ihn aus dem Papier gewickelt zu haben. Mit gelassenem Griff befreite sie die Teerosen. Sie tat es aufmerksam und ließ sich Zeit. Dann sah sie sich in diesem fremden häßlichen Raum nach einem Gefäß um, fand sogleich eine Vase, ein Krug mit Trinkwasser stand auf einem der Spieltische, sie füllte die Vase vorsichtig und steckte, eine nach der andern, die Rosen hinein. Das Gelb flammte im Zwielicht. Die Frau sagte nichts. Die kleine Arbeit schien sie völlig auszufüllen. Ihre Bewegungen waren von innen her gesammelt wie es bei Kurzsichtigen der Fall zu sein pflegt. Sie trug di

Vase mit den sanften Rosen zur Sitzgarnitur beim Fenster, stellte sie auf das runde Tischchen und ließ sich, mit dem Rücken gegen das Licht, in einer Sofaecke nieder. Das Zimmer war verändert. Auch Leonidas setzte sich, nachdem er vorher mit einer ziemlich sinnlosen (korpsstudentischen) Verbeugung um Erlaubnis gebeten hatte. Unglücklicherweise blendete ihn der weißliche Nebelschein des späten Tages im Fenster.

»Gnädige haben gewünscht...« begann er mit einem Ton, vor dem ihm selbst ekelte, »ich bekam erst heute früh den Brief und bin sofort... und habe sofort... Selbstverständlich steh ich voll und ganz zur Verfügung...«

Es verging erst eine kleine Weile, ehe die Antwort aus der Sofaecke kam. Die Stimme war noch immer hell, noch immer kindlich und auch den abweisenden Klang schien sie behalten zu haben:

»Sie hätten sich nicht persönlich bemühen müssen, Herr Sektionschef«, sagte Vera Wormser, »ich hab's gar nicht erwartet... Ein telephonischer Anruf hätte genügt...«

Leonidas machte eine teils bedauernde, teils erschrockene Handbewegung, als wollte er sagen, seine Pflicht geböte ihm, für die Gnädigste unter allen Umständen weit größere Strecken zurückzulegen als jene vom Ministerium für Kultus und Unterricht am Minoritenplatz zum Parkhotel in Hietzing. Hier hatte die durchaus nicht lebhafte Konversation einen Einschnitt und Veras Gesicht seine erste Station erreicht. Damit aber verhielt es sich folgendermaßen. Nicht nur das Erinnerungsbild der Geliebten war in Leonidas seit Jahren verstört, auch seine stark astigmatischen Augen spiegelten in trüben Räumen und zumal in erregten Minuten das Gesehene anfangs nur in verschwommenen Flächen wider. Bisher hatte also Vera noch kein Gesicht gehabt, sondern nur ihre zierliche Gestalt in einem grauen Reisekostüm, von dem sich eine lila Seidenbluse und eine Halskette aus goldbraunen Ambrakugeln ungenau abhob. So zierlich mädchenhaft diese Gestalt auch war, so erschien sie eben doch nur »mädchenhaft«, gehörte aber einer zarten Person unbestimmten Alters an, in der Leonidas die Geliebte von Heidelberg nicht wiedererkannt hätte. Jetzt erst begann Veras Gesicht die leere helle Fläche zu durchdringen, und zwar wie aus weiter Ferne her. Jemand schien an der Schraube eines Feldstechers unkundig hin und her zu drehen, um ein entlegenes Ziel in die schärfere Einstellung zu bekommen. So etwa war's. Zuerst trat das Haar in die noch immer trübe Linse, das nachtschwarze Haar, glatt anliegend und in der Mitte gescheitelt. (Waren das graue Fäden und Strähnen, die es durchzogen, wenn man den Blick darauf ruhen ließ?) Dann brachen die Augen durch, diese kornblumentiefe Farbe, von langen Wimpern beschattet wie einst. Ernst, forschend und erstaunt blieben sie auf Leonidas gerichtet. Der ziemlich große Mund hatte einen strengen Ausdruck, wie man ihn an Frauen bemerkt, die schon lange einen Beruf ausüben und deren geschultes Denken selten durch untergeordnete Phantasien durchkreuzt wird. Welch ein Gegensatz zu der schmollenden Fülle, die Amelies Lippen so oft anzunehmen verstanden. Leonidas erkannte plötzlich, daß Vera sich für ihn nicht schön gemacht hatte. Sie hatte die Zeit, die sie ihn warten ließ, nicht dazu benützt, sich »herzurichten«. Ihre Augenbrauen waren nicht ausgezupft und nachgezogen (oh, Amelie), ihre Lider nicht mit blauer Tusche verdunkelt, ihre Wangen nicht geschminkt. Vielleicht war einzig ihr Mund mit dem Lippenstift ein wenig in Berührung gekommen. Was hatte sie getan in der Stunde seines Wartens? Wahrscheinlich, so dachte er, aus dem Fenster gestarrt...

Veras Gesicht war nun fertig, und doch, Leonidas erkannte noch immer nicht das verwehrte Bild. Dieses Gesicht glich nur einer ungefähren Reproduktion, einer Übersetzung des verlorenen Antlitzes in die Fremdsprache einer anderen Wirklichkeit. Vera schwieg gelassen und hartnäckig. Er aber, alles eher als gelassen, bemühte sich bei der Fortsetzung der »Konversation« das zu finden, was er sonst den ›entsprechenden Ton‹ nannte. Er fand ihn nicht. Welcher Ton auch hätte einer solchen Begegnung entsprechen können? Mit Entsetzen hörte er sich wiederum näseln und völlig unecht einen landesüblichen Grandseigneur nachahmen, der mit impertinenter Sicherheit sich der peinlichsten Lage gewachsen zeigt:

»Gnädigste werden hoffentlich jetzt längere Zeit bei uns bleiben...«

Nach diesen Worten sah ihn Vera noch um einen Schatten verwunderter an. Jetzt kann sie es nicht fassen, daß sie jemals auf so ein plattes Subjekt hereingefallen ist, wie ich es bin. Ihre Gegenwart hat von jeher meine Schwächen herausgefordert. Seine Hände wurden kalt vor Mißbehagen. Sie entgegnete:

»Ich bleibe nur mehr zwei bis drei Tage hier, bis ich alles erledigt hab...«

»Oh«, sagte er mit einem fast erschrockenen Klang, »und dann kehren Gnädigste wieder nach Deutschland zurück.« Er konnte es nicht verhindern, daß in der Kadenz dieser Frage eine Spur von Erleichterung nachtönte. Jetzt sah er zum erstenmal, daß die klare elfenbeinerne Stirn der Dame voll von geraden Falten war.

»Nein! Ganz im Gegenteil, Herr Sektionschef«, gab sie zurück, »ich gehe nicht wieder nach Deutschland...«

Etwas in ihm erkannte nun ihre Stimme, die schnippisch unerbittliche Stimme der Fünfzehnjährigen am Vatertisch. Er machte eine um Entschuldigung bittende Geste, als sei ihm ein unverzeihlicher Schnitzer unterlaufen:

»Pardon, Gnädige, ich verstehe. Es muß jetzt nicht besonders angenehm sein, in Deutschland zu leben...«

»Warum? Für die meisten Deutschen ist es sehr angenehm«, stellte sie kühl fest, »nur für unsereins nicht...«

Leonidas nahm einen patriotischen Anlauf.

»Da sollten Gnädigste doch daran denken, in die alte Heimat zu übersiedeln... Bei uns beginnt sich jetzt manches zu rühren...«

Die Dame schien andrer Meinung zu sein. Sie lehnte ab:

»Nein, Herr Sektionschef. Ich bin zwar nur kurze Zeit hier und maße mir kein Urteil an. Aber endlich möchte auch unsereins freie und reine Luft atmen...«

Also da wäre er wieder, der alte Hochmut dieser Leute, die empörende Überheblichkeit. Selbst dann, wenn man sie in den Keller gesperrt hat, tun sie so, als würden sie vom siebenten

Stockwerk auf uns herunterblicken. Gewachsen sind ihnen wirklich nur die primitiven Barbaren, die mit ihnen nicht diskutieren, sondern sie ohne viel Federlesens niederknüppeln. Ich sollte heute noch Spittelberger aufsuchen und ihm den Abraham Bloch opfern. Freie und reine Luft. Sie ist geradezu undankbar gegen mich. Leonidas empfand die mißbilligende und ärgerliche Regung seines Herzens als Wohltat. Sie entlastete ihn ein wenig. Zugleich aber hatte das Antlitz der Dame in der Sofaecke eine neue Station erreicht, und zwar die endgültige. Nun war's keine Reproduktion mehr oder Übersetzung, sondern das Original selbst, wenn auch verschärft und nachgedunkelt. Und siehe, es bewahrte noch immer jenes herbe Licht der Reinheit und Fremdartigkeit, das einst den armen Hauslehrer und später den jungen Ehemann einer andern um den Verstand gebracht hatte. Reinheit? Kein Gedanke hinter dieser weißen Stirn, man fühlte es, war nicht übereingestimmt mit dem ganzen Wesen. Nur noch härter und wunschloser als einst trat sie zutage. Fremdartigkeit? Wer konnte sie ausdrücken? Die Fremdartigkeit war noch fremdartiger geworden, wenn auch weniger hold. Die Tanzmusik grölte von neuem auf. Leonidas mußte seine Stimme erheben. Ein sonderbarer Zwang formte seine Worte. Sie klangen trocken und gespreizt, zum Aus-der-Haut-Fahren:

»Und wohin wollen Gnädigste den Wohnsitz verlegen?«

Bei ihrer Antwort schien Vera Wormser tief aufzuatmen:

»Übermorgen bin ich in Paris und am Freitag geht mein Schiff von Le Havre...«

»Gnädige reisen also nach New York«, sagte Leonidas ohne Fragezeichen und nickte zustimmend, ja belobend. Sie lächelte schwach, als amüsiere es sie, daß sie auch heute sattsam zum Widerspruch komme, denn bisher hatte sie fast jede ihrer Erwiderungen mit einem »Nein« einleiten müssen.

»Oh, nein! New York? Gott behüte, das ist nicht so einfach. So hoch will ich gar nicht hinaus. Ich gehe nach Montevideo...«

»Montevideo«, strahlte Leonidas mit albernem Ton, »das ist ja entsetzlich weit...«

»Weit von wo?« fragte Vera ruhig. Sie zitierte damit die me

lancholische Scherzfrage der Exilierten, die ihren geographischen Schwerpunkt verloren haben.

»Ich bin ein eingefleischter Wiener«, gestand Leonidas, »was sag ich, ein eingefleischter Hietzinger. Für mich wär's schon ein schwerer Entschluß, in einen anderen Bezirk zu übersiedeln. Ein Leben dort unten am Äquator? Ich wär todunglücklich, trotz aller Kolibris und Orchideen...«

Das Frauengesicht im Zwielicht wurde noch um einen Grad ernster:

»Und ich bin sehr glücklich, daß man mir in Montevideo eine Lehrstelle angetragen hat. An einem großen College dort. Viele beneiden mich. Unsereins muß hoch zufrieden sein, wenn er irgendwo Zuflucht findet und sogar eine Arbeit... Aber all das ist für Sie ja gar nicht interessant...«

»Nicht interessant«, fiel er ihr erschrocken ins Wort. »Nichts auf der Welt ist interessanter für mich...« Und er schloß leise: »Ich kann Ihnen gar nicht sagen, wie ich Sie bewundere...«

Das ist diesmal keine Lüge. Ich bewundere sie wirklich. Sie hat den großartigen Lebensmut und die abscheuliche Ungebundenheit ihrer Rasse. Was wäre aus mir geworden an ihrer Seite? Vielleicht wär tatsächlich was geworden aus mir. Jedenfalls etwas ganz und gar andres als ein Sektionschef knapp vor der Pensionierung. Vertragen aber hätten wir uns keine einzige Stunde. – Seine Betroffenheit wurde immer größer. Plötzlich drängte sich in den Raum ein hellerer anderer. Das Zimmer, das sie in Bingen am Rhein bewohnt hatten. – Alles steht an seinem Platz, meiner Treu, ich sehe den altertümlichen Kachelofen. – Es war, als fielen ihm die Schuppen von den Augen der Erinnerung.

»Was ist da zu bewundern«, hatte Vera ungehalten gefragt.

»Ich mein, Sie lassen doch alles zurück, hier in der Alten Welt, wo Sie geboren sind, wo Sie Ihr ganzes Leben zugebracht haben...«

»Ich lasse gar nichts zurück«, erwiderte sie trocken. »Ich stehe allein, ich bin zum Glück nicht verheiratet...«

War das eine neue Last auf der Waagschale? Nein! Leonidas

empfand dieses »Ich bin nicht verheiratet« als einen leisen Triumph, der ihm wohlig die Adern durchprickelte. Er lehnte sich weit zurück. Länger durfte man nicht mehr Konversation machen. Die Worte kamen ein wenig stockend von seinen Lippen:
»Ich glaubte, Sie hätten für jenen jungen Mann zu sorgen... So wenigstens hab ich Ihren Brief verstanden...«
Vera Wormser belebte sich jäh. Sie änderte ihre Haltung. Sie beugte sich vor. Ihm war's, als ob ihre Stimme errötete:
»Wenn es möglich wäre, daß Sie mir in diesem Falle helfen, Herr Sektionschef...«
Leonidas schwieg recht lange, ehe es ohne jedes Bewußtsein warm und tief aus ihm hervordrang:
»Aber Vera, das ist doch selbstverständlich...«
»Nichts auf der Welt ist selbstverständlich«, sagte sie und begann ihre Handschuhe auszuziehen. Es war wie ein sanftes Entgegenkommen, wie der gutwillige Versuch, ein übriges zu tun und mit ein wenig mehr von sich selbst anwesend zu sein. Und nun sah Leonidas die kleinen überzarten Hände, diese vertrauensvollen Partner des einstigen Hand-in-Hand. Die Haut war ein bißchen gelblich und die Adern traten hervor. Auf keinem Finger ein Ring. Die Stimme des Mannes vibrierte:
»Es ist hundertmal selbstverständlich, Vera, daß ich Ihren Wunsch erfülle, daß ich den jungen Mann auf dem besten Gymnasium hier unterbringe, bei den Schotten, wenn's Ihnen recht ist, das Semester hat kaum begonnen, er wird schon übermorgen in die Abiturientenklasse eintreten können. Ich werde mich um ihn kümmern, ich werde sorgen für ihn, so gut ich kann...«
Ihr Gesicht kam noch näher. Die Augen leuchteten:
»Wollen Sie das wirklich tun?... Ach, dann fällt mir's noch viel leichter, Europa zu verlassen...«
Sein sonst so wohlgeordnetes Gesicht war ganz auseinandergefallen. Er hatte flehende Hundeaugen:
»Warum beschämen Sie mich, Vera! Merken Sie nicht, wie es in mir aussieht...«

Er schob seine Hand an die ihre heran, die auf dem Tisch lag, wagte es aber nicht, sie zu berühren:

»Wann werden Sie mir den Jungen schicken? Erzählen Sie etwas von ihm! Sagen Sie, wie heißt er mit dem Vornamen...«

Vera sah ihn groß an:

»Er heißt Emanuel«, sagte sie zögernd.

»Emanuel? Emanuel? Hat nicht Ihr seliger Herr Papa Emanuel geheißen? Es ist ein schöner und nicht abgegriffener Name. Ich erwarte Emanuel morgen um halb elf Uhr bei mir, das heißt natürlich im Ministerium. Es wird nicht ohne Konflikt abgehen. Es wird sogar die schwersten Konflikte geben. Ich aber bin bereit, sie auf mich zu nehmen, Vera. Ich bin zu den einschneidendsten Entschlüssen bereit...«

Sie schien plötzlich wieder kühl zu werden und sich zurückzuziehen:

»Ja, ich weiß«, sagte sie, »man hat mir schon von diesen Schwierigkeiten berichtet, die sich in Wien sogar einer so hohen Protektion heute in den Weg stellen...«

Er hatte nicht recht hingehört. Seine Finger waren ineinander verkrampft:

»Denken Sie nicht an diese Schwierigkeiten! Sie haben zwar keinen Grund, meinen Schwüren zu glauben, aber ich gebe Ihnen mein Wort, die Sache wird geregelt werden...«

»Es liegt doch ganz in Ihrer Macht, Herr Sektionschef...«

Leonidas senkte seine Stimme, als wünsche er Geheimnisse zu erfahren:

»Erzählen Sie, erzählen Sie mir von Emanuel, Vera! Er ist hochbegabt. Das kann ja nicht anders sein. Worin liegt seine Stärke?«

»In den Naturwissenschaften, glaub ich...«

»Das hätte ich mir denken können. Ihr Vater war ja ein großer Naturwissenschaftler. Und wie ist Emanuel sonst, ich meine, äußerlich, wie sieht er aus?...«

»Er sieht nicht so aus«, erwiderte Fräulein Wormser mit einer gewissen Schroffheit, »daß er Ihrer Protektion Schande machen wird, wie Sie vielleicht fürchten...«

Leonidas blickte sie verständnislos an. Er hielt die Faust gegen die Magengrube gepreßt, als könne er dadurch seine Erregung bemeistern:

»Ich hoffe«, stieß er hervor, »daß er Ihnen ähnlich sieht, Vera!«

Ihre Blicke füllten sich langsam mit einem begreifenden Vergnügen. Sie zog die Ungewißheit hinaus:

»Warum soll Emanuel gerade mir ähnlich sehen?«

Leonidas war so bewegt, daß er flüsterte:

»Ich war von jeher überzeugt, daß er Ihr Ebenbild ist...«

Nachdem sie eine lange Pause ausgekostet hatte, sagte Vera endlich:

»Emanuel ist der Sohn meiner besten Freundin...«

»Der Sohn Ihrer besten Freundin«, stotterte Leonidas, ehe er's noch erfaßte. Draußen die Musik begann einen schlenkernden Rumba, überlaut. Auf Veras Zügen breitete sich eine erschreckende Härte aus:

»Meine Freundin«, sagte sie und man merkte, daß sie sich zur Ruhe zwang, »meine beste Freundin ist vor einem Monat gestorben. Sie hat ihren Mann, einen der bedeutendsten Physiker, nur um neun Wochen überlebt. Man hat ihn zu Tode gemartert. Emanuel ist das einzige Kind. Er wurde mir anvertraut...«

»Das ist ja grauenhaft, ganz grauenhaft«, brach Leonidas das kurze Schweigen. Er spürte aber keinen Anhauch dieses Grauens. Sein Wesen füllte sich vielmehr mit Staunen, mit Erkenntnis und schließlich mit unbeschreiblicher Erleichterung: Ich habe kein Kind mit Vera. Ich habe keinen siebzehnjährigen Sohn, den ich vor Amelie und vor Gott verantworten muß. Dank dir, gütiger Himmel! Alles bleibt beim alten. All meine Angst, all mein Leiden heute waren pure Geisterseherei. Ich bin nach achtzehn Jahren einer betrogenen Geliebten wiederbegegnet. Weiter nichts! Eine schwierige Situation, teils peinlich, teils melancholisch. Aber von einer unsühnbaren Schuld zu sprechen, das wäre übertrieben, hoher Gerichtshof! Unter Männern, ich bin kein Don Juan, es ist die einzige derartige Geschichte in einem sonst ziemlich untadeligen Leben. Wer wirft den ersten

Stein auf mich? Vera selbst denkt nicht mehr daran, diese moderne, selbständige, radikal freisinnige Frau, die mitten im tätigen Leben steht und heilsfroh ist, daß ich sie damals nicht zu mir geholt habe...

»Grauenhaft, was alles geschieht«, sagte er noch einmal, aber es klang fast wie Jubel. Er sprang auf, beugte sich über Veras Hand und drückte mit brennenden Lippen einen langen Kuß auf sie. Er war auf einmal voll tönender Beredsamkeit:

»Ich gebe Ihnen mein heiliges Versprechen, Vera, der Sohn Ihrer armen Freundin wird von mir gehalten werden wie Ihr eigener Sohn, wie mein eigener Sohn. Danken Sie mir nicht. Ich habe Ihnen zu danken. Sie machen mir das großmütigste Geschenk...«

Vera hatte ihm nicht gedankt. Sie hatte kein Wort gesprochen. Sie stand in verabschiedender Haltung da, als wolle sie es verhüten, daß dieses Gespräch eine heilige Grenze überschreite. Es war schon recht dunkel in dem vollgestopften Salon. Die Ungeheuer der Möbel zerschmolzen zu formlosen Massen. Den unechten Regen-Dämmerungen dieses Oktobertages war die echte Dämmerung des Abends gefolgt. Nur die Teerosen strahlten noch immer ein stetiges Licht aus. Leonidas fühlte, es wäre am geschicktesten, sich jetzt davonzumachen. Alles Sagbare war ja gesagt. Jeder weitere Schritt mußte auf moralisches Rutschgebiet führen. Veras steife fremde Haltung verbot die geringste sentimentale Anspielung. Der einfachste »Takt« erforderte es, sich unverzüglich loszulösen und ohne jeden schweren Ton zu empfehlen. Da die Frau jene Episode aus ihrem Leben gestrichen hatte, warum sollte er selbst auf sie zurückkommen? Er sollte sich im Gegenteil freuen, daß die gefürchtete Stunde so glimpflich verlaufen war, und rasch einen würdigen Abschluß suchen. Doch vergeblich warnte Leonidas sich selbst. Allzusehr war er aufgewühlt. Das Glück, sich von jedem Lebenskonflikt befreit zu wissen, durchströmte ihn wie Genesung, wie Verjüngung. Nicht mehr sah er die kleine zierliche Dame seiner Gewissensqual vor sich, die Wiedergefundene einer alten Schuld, sondern eine Vera voll Gegenwart, die er nicht mehr fürchtete. Da von ihm der Zwang gewichen war, sein Leben zu ändern, schoß in seine Nerven die spielerische Überlegenheit zurück, die er am Morgen verloren hatte. Und mit ihr eine kurzatmige, aber verrückte Zärtlichkeit für dieses Weib, das wie eine Geistererscheinung aufgetaucht war, um für ewig aus seinem Schuldgefühl zu entschwinden, ernst, edel und ohne den leisesten Anspruch. Er packte ihre gewichtslosen Hände und drückte sie gegen seine Brust. Ihm war, als knüpfe er jetzt sein Erlebnis dort an, wo er es vor achtzehn Jahren so schnöde abgebrochen hatte:

»Vera, liebste liebste Vera«, stöhnte er, »ich stehe schlimm vor Ihnen da. Worte, die das ausdrücken, gibt's nicht. Haben Sie mir verziehen? Konnten Sie verzeihen? Können Sie verzeihen?«

Vera sah zur Seite, indem sie den Kopf kaum merkbar abwandte. Wie lebte diese kleine abweisende Drehung in seiner Seele! Unbegreiflich, nichts war verloren. Alles ging in mystischer Gleichzeitigkeit vor sich. Ihr Profil war für ihn eine Offenbarung. Die Tochter Doktor Wormsers, das Mädchen von Heidelberg, hier stand es leibhaftig, nicht mehr vom Gedächtnis verwischt. Und die graue Strähne, der verzichtende Mund, die Falten auf der Stirn, sie erhöhten bittersüß die flüchtige Entzückung:

»Verzeihen«, nahm Vera seine Frage auf, »das ist ein phrasenhaftes Wort. Ich mag's nicht. Was man zu bedauern hat, das kann man doch nur sich selbst verzeihen...«

»Ja, Vera, das ist hundertmal wahr! Wenn ich Sie so sprechen höre, dann erst weiß ich, was für ein einzigartiges Geschöpf Sie sind. Wie recht haben Sie getan, nicht zu heiraten. Vera, die Wahrhaftigkeit selbst ist zu gut zur Ehe. Jeder Mann hätte an Ihnen zum Lügner werden müssen, nicht nur ich...«

Leonidas fühlte in sich die Lust männlicher Unwiderstehlichkeit. Er hätte jetzt den Mut gehabt, Vera an sich zu reißen. Er zog es aber vor, zu klagen: »Ich habe mir nie verziehen und werde mir nie verzeihen, nie, nie...«

Eh er's aber noch ausgesprochen, hatte er sich's verziehn, für einst und immer und die Schuld von der Tafel des Gewissens gelöscht. Deshalb klang diese Behauptung so freudig. Fräulein

Wormser entzog ihm mit einer leichten Bewegung ihre Hände. Sie nahm ihr Täschchen und die Handschuhe vom Tisch:

»Ich werde jetzt gehen müssen«, sagte sie.

»Bleiben Sie noch ein paar Minuten, Vera«, flüsterte er, »wir werden uns in diesem Leben nicht wiedersehen. Schenken Sie mir zu allem noch einen guten Abschied, damit ich mich an ihn erinnern kann wie ein völlig Begnadigter...«

Sie sah noch immer zur Seite, hielt aber im Zuknöpfen ihrer Handschuhe inne. Er setzte sich auf die Armstütze eines Fauteuils, so daß er sein Gesicht zu dem ihren empordrehen mußte und ihm näher kam als bisher:

»Wissen Sie, liebste liebste Vera, daß seit achtzehn Jahren kein Tag vergangen ist, an dem ich nicht stumm wie ein Hund gelitten habe Ihretwegen und meinetwegen...«

Dieses Geständnis hatte nichts mehr mit Wahrheit und Unwahrheit zu tun. Es war nichts andres als die schwingende Melodie der Erlösung und köstlichen Wehmut, die ihn erfüllten, ohne sich zu durchkreuzen. Obwohl er ihrem Antlitz so nahe war, nahm er keine Notiz davon, wie blaß, wie müde Vera plötzlich aussah. Die Handschuhe waren zugeknöpft. Sie hielt das Täschchen schon unterm Arm:

»Wär's nicht besser«, sagte sie, »jetzt auseinanderzugehen?«

Leonidas aber ließ sich nicht unterbrechen:

»Wissen Sie, Liebste, daß ich mich heute den ganzen Tag, Stunde für Stunde mit Ihnen beschäftigt habe. Sie waren mein einziger Gedanke seit diesem Morgen. Und wissen Sie, daß ich noch bis vor wenigen Minuten fest davon überzeugt war, daß Emanuel Ihr und mein Sohn ist. Und wissen Sie auch, daß ich wegen dieses Emanuel nahe, sehr nahe daran war, in Pension zu gehen, von meiner Frau die Scheidung zu verlangen, unser entzückendes Haus zu verlassen und knapp vor Torschluß ein neues hartes Leben zu beginnen?...«

In der Antwort der Frau klang zum erstenmal der alte echte Spott auf, jedoch wie vom Rande einer tiefen Erschöpfung:

»Wie gut, daß Sie nur nahe daran waren, Herr Sektionschef...«

Leonidas konnte sich selbst nicht mehr Einhalt gebieten. Gierig brach sie hervor aus ihm, die Beichte:

»Seit achtzehn Jahren, Vera, seit der Stunde, wo ich Ihnen zum letztenmal die Hand aus dem Coupéfenster hinunterreichte, war die unabänderliche Überzeugung in mir, daß etwas geschehen ist, daß wir ein Kind miteinander haben. Manchmal war diese Überzeugung ganz stark, lange Zeiten hindurch wieder schwächer, und dann und wann nur wie ein Feuer unter der Asche. Sie aber hat mich mit Ihnen unzertrennbarer verbunden, als Sie es je ahnen können. Durch meine treulose Feigheit war ich mit Ihnen verbunden, wenn sie mich auch gehindert hat, Sie zu suchen und zu finden. Sie, Vera, haben gewiß seit Jahren nicht mehr an mich gedacht. Ich aber habe fast täglich an Sie gedacht, wenn auch in Angst und mit Gewissensbissen. Meine Treulosigkeit war die größte Trauer meines Lebens. Ich habe in einer sonderbaren Gemeinschaft mit Ihnen gelebt, endlich kann ich es bekennen. Wissen sie, daß ich heute früh aus Feigheit beinahe Ihrer Brief ungelesen zerrissen hätte, so wie ich damals in Sankt Gilgen Ihren Brief ungelesen zerrissen hab...«

Kaum war's heraus, erstarrte Leonidas. Ohne es zu wollen, hatte er sich bis tief auf den Grundschlamm entblößt. Ein jähes Schamgefühl strich ihm wie eine Bürste über den Nacken. Warum war er nicht beizeiten gegangen? Welcher Teufel hatte ihn zu dieser Beichte aufgestachelt? Seine Blicke waren aufs Fenster gerichtet, hinter dem die Bogenlampen aufzischten. Es nieselte wieder. Der Mückentanz der winzigen Regentropfen kreiste um die Lichtkugeln. Fräulein Vera Wormser stand unbewegt da. Es war ganz dunkel. Ihr Gesicht war nur mehr ein fahler Schein. Leonidas fühlte die erloschene Gestalt, von der er abgewendet stand, als etwas Priesterinnenhaftes. Die Stimme aber sachlich und kühl, wie von Anfang an, schien sich entfernt zu haben:

»Das war sehr praktisch von Ihnen, damals«, sagte sie, »meinen Brief nicht zu lesen. Ich hätte ihn gar nicht schreiben dürfen. Aber ich war ganz allein und ohne Hilfe in den Tagen, als das Kind starb...«

Leonidas wandte den Kopf nicht. Sein Körper war plötzlich wie aus Holz. Das Wort »Genickstarre« wuchs in ihm auf. Ja, genau in jenem Jahr hatte die Epidemie so viele Kinder im Salzburgischen hingerafft. Das Ereignis hatte sich, unbekannt warum, seinem Gedächtnis eingegraben. Obwohl er aus Holz war, begannen seine Augen zu weinen. Er fühlte aber keinen Schmerz, sondern eine Verlegenheit ganz fremder Art und noch etwas Unerklärliches, das ihn zwang, einen Schritt zum Fenster zu machen. Dadurch entfernte sich die klare Stimme noch mehr.

»Es war ein kleiner Junge«, sagte Vera, »zwei und ein halbes Jahr alt. Er hieß Joseph, nach meinem Vater. Leider habe ich jetzt von ihm gesprochen. Und ich hatte mir fest vorgenommen, nicht von ihm zu sprechen, nicht mit Ihnen! Denn Sie haben kein Recht...«

Der Mensch aus Holz starrte durchs Fenster. Er glaubte, nichts zu empfinden als das hohle Verrinnen der Sekunden. Er sah tief in die Erde des Dorfkirchhofs von Sankt Gilgen hinein. Einsamer schwerer Bergherbst. Dort lagen auseinandergestreut im schwarzen nassen Moder die Knöchelchen, die aus ihm kamen. Bis zum Jüngsten Gericht. Er wollte irgend etwas sagen. Zum Beispiel: »Vera, ich habe nur Sie geliebt!« Oder: »Würden Sie es noch einmal mit mir versuchen?« Es war lächerlich alles, stumpfsinnig und verlogen. Er sagte kein Wort. Seine Augen brannten. Als er sich dann, viel später, umdrehte, war Vera bereits gegangen. Nichts war im finsteren Raum von ihr zurückgeblieben. Nur die achtzehn sanften Teerosen, die auf dem Tisch standen, bewahrten noch immer einen Rest ihres Lichtes. Der Duft, durch die Dunkelheit ermutigt, schwebte in runden, leise fauligen Wellen empor, stärker als früher. Leonidas litt darunter, daß Vera seine Rosen vergessen oder verschmäht hatte. Er hob die Vase vom Tisch, um sie zum Portier zu tragen. An der Tür des Salons aber überlegte er sich's und stellte die Totenblumen wieder in die vollkommene Finsternis zurück.

Siebentes Kapitel
Im Schlaf

Leonidas steht in der Opernloge hinter Amelie. Er neigt sich über ihr Haar, das dank der langen Qual unterm Nickelhelm des Coiffeurs jetzt wie eine unstoffliche Wolke, wie ein dunkelgoldner Dunst ihren Kopf umgibt. Amelies glorreicher Rücken und ihre makellosen Arme sind nackt. Nur schmale Achselbänder halten den weichen, seegrünen Velours ihres Kleides, das sie heute zum erstenmal trägt. Ein sehr kostbares Pariser Modell. Amelie ist infolgedessen feierlich gestimmt. In der Pracht ihres Selbstgefühls nimmt sie an, auch León sei, angesichts ihrer leuchtenden Erscheinung, feierlich gestimmt. Sie streift ihn mit einem Blick und sieht einen eleganten Mann, der über der blendenden Frackbrust ein zerknittertes und graues Gesicht aufgeschraubt trägt. Ein flüchtiger Schatten von Schreck fällt auf sie. Was hat sich da ereignet? Ist zwischen Lunch und Oper aus dem ewig jungen Tänzer ein vornehmer älterer Herr geworden, dessen zwinkernde Augen und herabgezogene Mundwinkel die Lebensmüdigkeit des Abends kaum unterdrücken können?

»Hast du dich sehr geplagt heut, armer Kerl«, fragt Amelie und ist schon wieder zerstreut. Leonidas arbeitet fleißig an seinem begeistert-mokanten Lächeln, ohne es ganz zustande zu bringen:

»Nicht der Rede wert, lieber Schatz! Eine einzige Konferenz Ich hab den ganzen Nachmittag sonst gefaulenzt...«

Sie berührte ihn liebkosend mit ihrem marmorblanken Rücken:

»Hat dich mein blödsinniges Gerede aus der Fassung gebracht? Bin ich schuld? Du hast recht, León. Alles Unhei kommt von diesem Hungern. Aber sag, was soll ich tun, mi neununddreißig bald, wenn ich nicht mit einem wunderschöne Doppelkinn, einer gepolsterten Krupp und zwei Klavierbeine durchs Leben wackeln will? Du würdest dich bedanken, d Schönheitsfanatiker! Schon jetzt, sag's nicht weiter, kann ich ei Modell ohne kleine Änderungen kaum mehr tragen. Ich ha nicht das Glück, so ein hageres Gliederpüppchen zu sein wie deine Anita Hojos. Wie ungerecht seid ihr Männer. Hättest du dich seelisch mehr mit mir beschäftigt, wär ich nicht solch eine hemmungslose Kanaille geblieben, sondern wäre auch so taktvoll und feinfühlig und entzückend verschämt geworden, wie du es bist...«

Leonidas macht eine kleine wegwerfende Handbewegung: »Mach dir keine Sorgen deswegen! Ein guter Beichtvater vergißt die Sünden seines Beichtkindes...«

»Also, das ist mir auch nicht recht, daß du meine ehrlichen Leiden so schnell vergißt«, schmollt sie, wendet sich aber schon wieder ab, das Opernglas an die Augen führend:

»Was für ein schönes Haus heute!«

Es ist wirklich ein schönes Haus. Alles, was Rang und Namen besitzt, hat sich an diesem Abend in der Oper versammelt. Ein hoher Würdenträger des Auslandes wird erwartet. Zugleich nimmt eine gefeierte Sängerin vor ihrem amerikanischen Urlaub Abschied vom Publikum. Amelie wirft unermüdlich das Netz ihres grüßenden Lächelns aus und zieht es ebenso unermüdlich ein, triefend vom Licht der Erwiderung. Wie Helena auf den Zinnen Trojas zählt sie die Namen der versammelten Persönlichkeiten auf, in einer erregten Teichoskopie des Snobismus:

»Die Chvietickys, Parterreloge No. 3, die Prinzessin hat schon das zweitemal herübergegrüßt, warum antwortest du nicht, León? Daneben die Bösenbauers, wir haben uns sehr schlecht benommen gegen sie, wir müssen sie noch in diesem Monat einladen, Bridgepartie en petit comité, ich bitte, sei besonders liebenswürdig. Jetzt schaut auch der englische Gesandte herüber, ich glaube, León, du mußt es zur Kenntnis nehmen. In der Regierungsloge sitzt schon dieser unmögliche Koloß, das Weib vom Spittelberger, ich glaub, sie hat einen Wolljumper an, was würdest du sagen, wenn ich so aussehen täte, du wärst gar nicht einverstanden, also ehre meinen verborgenen Heldenmut! Die Torre-Fortezzas winken, wie entzückend die junge Fürstin aussieht, und sie ist geschlagene drei Jahre älter als ich, ich schwör dir's, du mußt danken, León...«

Leonidas dreht sich mit kleinen grinsenden Verbeugungen nach allen Seiten. Er grüßt aufs Geratewohl, wie es die Blinden tun, denen man die Namen der Begegnenden ins Ohr flüstert. So sind diese Paradinis, geht es ihm durch den Kopf, er vergißt aber, daß ihn sonst, nicht anders als Amelie, der erlauchte Namensschwall wohlig durchschauert... Immer wieder fordert er sich selbst auf, glücklich zu sein, weil alles so unerwartet, so vortrefflich sich gelöst hat, weil er zu schweren Geständnissen und Entscheidungen nicht mehr verhalten werden kann, kurz, weil sein trübes Geheimnis aus der Welt geschafft und er freier und leichter sein darf als jemals. Leider aber ist er nicht imstande, seiner Einladung zum Glücklichsein Folge zu leisten. Er leidet sogar verstiegenerweise darunter, daß Emanuel nicht sein Sohn ist. Einen Sohn hat er verloren. Oh, wäre Emanuel doch der mittlerweile erwachsene Junge, der kleine Joseph Wormser, der vor achtzehn Jahren in Sankt Gilgen an Genickstarre zugrundeging! Leonidas kann sich nicht helfen, in seinem Kopf rattert ein Eisenbahnzug. Und in diesem Eisenbahnzug fährt Vera aus einem Land, wo sie nicht atmen kann, in ein Land, wo sie atmen kann. Wer hätte das gedacht, daß in den Ländern, wo diese Überheblichen nicht atmen können, hochentwickelte Menschen wie Emanuels Vater zu Tode gequält werden, mir nichts, dir nichts? Das sind doch erwiesenermaßen Greuelmärchen. Ich glaub's nicht. Wenn Vera auch die Wahrhaftigkeit selbst ist, ich will es nicht glauben. Aber was ist das? Mir scheint, auch ich kann hier nicht atmen. Wie? Ich, als Erbeingesessener, kann hier nicht atmen? Das möcht ich mir doch ausgebeten haben! Am besten, ich lasse mir nächstens mein Herz untersuchen. Vielleicht schon übermorgen, ganz heimlich, damit Amelie nicht davon erfährt. Nein, verehrter Kollege Skutecky, ich werde nicht zu Herrn Lichtl wallfahrten, zur triumphierenden Mediokrität, sondern sans gêne zu Alexander (Abraham) Bloch. Vorher aber, morgen früh schon, laß ich mich bei Vinzenz Spittelberger melden: Bitte Herrn Minister gehorsamst um Entschuldigung für die gestrigen Diffizilitäten. Ich hab mir die Anregungen des Herrn Ministers ruhig überschlafen. Herr Minster haben wieder einmal das Ei des Kolumbus entdeckt. Hier hab ich gleich den Ordensantrag für Professor Bloch und das Ernennungsdekret für Professor Lichtl mitgebracht. Wir müssen uns endlich auf unsre nationalen Persönlichkeiten besinnen und sie gegen die internationale Reklame durchsetzen. Herr Minister sind doch äußerst expeditiv und werden beim heutigen Kabinettsrat diese Stücke gewiß durch den Herrn Bundeskanzler unterfertigen lassen. – Danke Ihnen, Herr Sektionschef, danke Ihnen! Ich habe nicht einen Moment daran gezweifelt, daß Sie meine einzige Stütze sind hier im Haus. Im Vertrauen, falls ich demnächst ins Kanzleramt übersiedle, nehme ich Sie als Präsidialisten mit. Wegen gestern brauchen Sie sich keine Gedanken zu machen. Sie waren halt ein bißl enerviert durchs Wetter. – Ja, natürlich, das Wetter! Stürmisches Wetter. Leonidas hat den Wetterberecht des Radios im Ohr. Während er sich für die Oper umkleidete, hatte er seinen Apparat eingeschaltet: »Depression über Österreich. Stürmisches Wetter im Anzug.« Das ist der Grund, warum er nicht atmen kann. Leonidas nickt noch immer mechanisch ins Leere. Er grüßt auf Vorschuß, um Amelie gefällig zu sein.

Die Gäste, die man heute ins Theater geladen hat, sind erschienen. Ein Frack und eine schwarz-silberne Robe mit einem Abendmantel wie aus Metall. Die Damen umarmen einander. Leonidas drückt seinen Mund auf eine duftende fette Hand mit einigen braunen Leberflecken. Wo bist du schon, fleischlose Hand, bittersüße Hand mit deinen zerbrechlichen Fingern ohne Ring!?

»Gnädige Frau werden jedesmal jünger...«

»Wenn das so weiter geht, Herr Sektionschef, werden Sie mich nächstens als Baby begrüßen dürfen...«

»Was gibt es Neues, lieber Freund? Was sagt die hohe Politik?«

»Mit der Politik hab ich Gott sei Dank nichts zu tun. Ich bin ein schlichter Schulmann.«

»Wenn auch du schon geheimnisvoll wirst, teurer Sektionschef, muß es ziemlich schlimm stehen. Ich hoffe nur, daß England und Frankreich mit uns Einsehen haben werden. Und

Amerika, vor allem Amerika! Wir sind schließlich das letzte Bollwerk der Kultur in Mitteleuropa...«

Diese Worte seines Gastes reizten Leonidas, er weiß selbst nicht warum.

»Kultur haben«, sagt er grimmig, »das heißt, anders ausgedrückt, einen Stich haben. Wir alle hier haben einen Stich, weiß Gott. Ich rechne mit keiner Macht, auch mit der größten nicht. Die reichen Amerikaner kommen im Sommer gerne nach Salzburg. Aber Theaterbesucher sind keine Verbündete. Alles hängt davon ab, ob man stark genug ist, sich selbst zu revidieren, eh die große Revision kommt...«

Und er seufzt tief auf, weil er sich nicht stark genug weiß und weil das ungegliederte Gesicht des Schwammigen haßvoll vor ihm zu schwanken beginnt.

Majestätischer Applaus! Der ausländische Würdenträger, von einheimischen umkränzt, tritt an die Brüstung der Festloge. Der Saal wird dunkel. Der Kapellmeister, vom einsamen Pultlicht angestrahlt, krampft sein Profil entschlossen zusammen und breitet die Schwingen eines riesigen Geiers aus. Nun flattert der Geier, ohne vom Fleck zu kommen, mit regelmäßigen Schlägen über dem unbegründet überschwenglichen Orchester. Die Oper beginnt. Und das hab ich früher einmal doch ganz gern gehabt. Eine ziemlich beleibte Hosenrolle springt aus dem Prunkbett der noch beleibteren Primadonna. Achtzehntes Jahrhundert. Die Primadonna, eine ältere Dame, ist melancholisch. Die Hosenrolle, durch jungenhaftes Geschlenker ihre äußerst weiblichen Formen betonend, bringt auf einem Tablett die Frühstücks-Schokolade. Widerlich, denkt Leonidas.

Auf Zehenspitzen zieht er sich in den Hintergrund der Loge zurück. Dort sinkt er auf die rote Plüschbank. Er gähnt inbrünstig. Es ist alles glänzend abgelaufen. Die Sache mit Vera ist endgültig aus der Welt geschafft. Ein unglaubliches Wesen, dies Frau. Sie hat mit keinem Wort insistiert. Wär ich selbst nicht wieder einmal vom Teufel geritten, sentimental geworden, hätte ich nichts erfahren, nichts, und wir wären in tadelloser Haltung auseinandergegangen. Schade! Mir wär wohler ohn

Wahrheit! Kein Mensch kann zwei Leben leben. Ich wenigstens hab nicht die Kraft zu dem Doppelleben, das mir Amelie zutraut. Sie hat mich vom ersten Tag an überschätzt, die gute liebe Amelie. Schwamm drüber, es ist zu spät. Ich darf mir auch nie wieder solch taktlose Sentenzen genehmigen, wie die mit der großen Revision. Was für eine Revision, zum Kuckuck! Ich bin weder Heraklit der Dunkle noch ein intellektueller Israelit, sondern ein öffentlicher Funktionär ohne Spruchweisheit. Werd ich es nicht endlich lernen, genau solch ein Esel zu sein wie alle andern?! Man muß schließlich zufrieden sein. Man muß sich das Erreichte immer wieder zu Gemüte führen. In diesem schönen Hause sind die obersten Tausend versammelt, ich aber gehöre zu den obersten Hundert. Ich komme von unten. Ich bin ein Besiegter des Lebens. Als mein Vater so früh starb, mußten wir, die Mutter und fünf Geschwister, von zwölfhundert Gulden Pension leben. Als drei Jahre später die arme Mutter starb, war auch die Pension nicht mehr da. Ich bin nicht untergegangen. Wieviele sind auf der Stufe des Hauslehrers bei Wormsers steckengeblieben und haben nicht einmal den kühnen Traum verwirklicht, als Schulmeister eines Provinznestes im Honoratiorenstübchen des Wirtshauses zu sitzen? Und ich!? Es ist doch ausschließlich mein Verdienst, daß ich mit nichts als einem ererbten Frack ein anerkannt reizender junger Mann war und ein famoser Walzertänzer, und daß Amelie Paradini darauf bestanden hat, mich zu heiraten, ausgerechnet mich, und daß ich nicht nur Sektionschef, sondern ein großer Herr bin, und Spittelberger, Skutecky und Konsorten wissen genau, ich bin auf den ganzen Krempel nicht angewiesen, sondern ein nonchalanter Ausnahmefall, und die Chvietickys und die Torre-Fortezzas, ältester Feudalsadel, lächeln herüber und grüßen zuerst und morgen früh im Büro werd ich die Anita Hojos anklingeln und mich zum Tee ansagen. – Eins aber möcht ich wissen, hab ich heut wegen des kleinen Jungen wirklich geweint oder bild ich's mir nur ein, nachträglich...

Immer schwerer stülpt sich die Musik über Leonidas. Mit langen hohen Noten fahren die Frauenstimmen gegeneinander.

Monotonie der Übertriebenheit! Er schläft ein. Während er aber schläft, weiß er, daß er schläft. Er schläft auf der Parkbank. Ein schwacher Schauer von Oktobersonne besprengt den Rasen. In langen Kolonnen werden Kinderwagen an ihm vorbeigeschoben. In diesen weißen Gefährten, die über den Kies knirschen, schlafen die Folgen der Verursachungen und die Verursachungen der Folgen mit ausgebauchten Säuglingsstirnen, mit vorgewölbten Lippen und geballten Fäustchen ihren tief beschäftigten Kindheitsschlaf. Leonidas spürt, wie sein Gesicht immer trockener wird. Ich hätte mich für die Oper ein zweitesmal rasieren müssen. Das ist nun versäumt. Sein Gesicht ist eine große ausgedörrte Lichtung. Langsam verwachsen die Pfade, Karrenwege und Zufahrtsstraßen zu dieser vereinsamten Lichtung. Sollte das schon die Krankheit des Todes sein, sie, die nichts andres ist als die geheimnisvoll logische Entsprechung der Lebens-Schuld? Während er unter der drückenden Kuppel dieser stets erregten Musik schläft, weiß Leonidas mit unaussprechlicher Klarheit, daß heute ein Angebot zur Rettung an ihn ergangen ist, dunkel, halblaut, unbestimmt, wie alle Angebote dieser Art. Er weiß, daß er daran gescheitert ist. Er weiß, daß ein neues Angebot nicht wieder erfolgen wird.

Manon

Ich war nicht Manons Vater. Und doch, Manon war mein Kind. Zeit unseres Lebens währte unsre Gemeinschaft. Als ich sie das erstemal sah, war sie kaum ein Jahr alt. Sie hatte damals schon dunkles langes wundervolles Haar. Sprechen konnte sie noch nicht. Wenn man sie aber fragte: »Wie bellt der Hund?« machte sie ›baff-baff‹, und ebenso ›trab-trab‹, wenn man nach einem Pferdchen forschte. Ich sagte zu ihrer Mutter, als wir an dem kleinen Gitterbettchen standen: »Ein sehr schönes Kind haben Sie da...« Manon sah mich mit ihren ruhigen Augen an, in denen schon früh ein beobachtender Schimmer lag...

Später wurde ihre Mutter meine Frau. Miteinander lebten wir drei. Ich war Manons Vater nicht. Sie aber wurde mein Kind.

Die Kleine mochte vielleicht fünf Jahre geworden sein, als wir zum erstenmal an ihr ein Talent zum Schauspiel entdeckten. In dieser Zeit befanden wir uns in einer großen Stadt, wo gerade eines meiner Stücke zur Aufführung gebracht werden sollte. Es war, so scheint mir heute, ein ebenso phantastisches wie wirres Stück. Die Handlung bestand aus einer bunten Folge von Träumen. In einer dieser Traum-Szenen begegnet der Held seiner Geliebten auf einem Friedhof. »Wo ist mein Kind«, fragt er sie. »Du stehst an seinem Grab«, erwidert die Frau. –

Die Generalprobe dieses anspruchsvollen Werkes dauerte fünf Stunden. Da wir Manon im Hotel nicht allein lassen wollten, hatten wir sie ins Theater mitgenommen, auf den Divan einer Loge gebettet, hoffend, sie werde bald einschlafen. Sie schlief keinen Augenblick, nicht einmal während der langen Zwischenakte. Vor Ende des Stückes aber wurde sie so bleich, daß meine Frau erschrak, Manon zusammenpackte und sie trotz wilden Protest-Gezeters schnell nach Hause brachte.

In den nächsten Wochen überraschten wir die Kleine immer wieder, wie sie, mit irgendwelchen Tüchern sich kostümierend, jene Friedhofsszene aus meiner Komödie darstellte. Das Händchen pathetisch ausgestreckt, wiederholte sie unersättlich Frage und Antwort: »Wo ist mein Kind?« – »Du stehst an seinem Grab.« –

»Warum suchst du dir keine lustigere Stelle aus«, frage ich sie, »es gibt doch lustige Sachen genug in dem Stück.« »Ich mag das Lustige nicht«, sagte die Fünfjährige. »Ich mag nur das Traurige. Das Traurige ist viel schöner.«

Mein Beruf brachte die kleine Manon bei Proben und Aufführungen immer wieder mit dem Theater in Berührung. Das Theater übt auf alle phantasievollen Kinder seinen unverwüstlichen Zauber aus, dem Film zum Trotz. Eitle Eltern verwechseln dann oft die Nachäfferei mit wirklicher Begabung und Berufung. Wir waren nicht so eitel. Sieben Jahre gingen vorüber, ehe ich eines Tages zu meiner Überraschung erkannte, daß in Manon eine echte künstlerische Persönlichkeit verborgen war, die um Ausdruck rang.

Ich war seit je ein begeisterter Verehrer und Herold Giuseppe Verdis. Der große Meister der italienischen Musik hat etwa dreißig Opern geschrieben. Nur sieben oder acht von diesen Opern sind bekannt. In allen aber lebt die höchste dramatische Gewalt und melodische Schönheit. Mit Hilfe meiner Frau, die Musikerin ist, habe ich eine Reihe dieser unbekannten oder unbekannteren Verdi-Opern ausgegraben, mit neuen Texten versehen und szenisch bearbeitet. Eine davon war ›La Forza del Destino‹, ›Die Macht des Schicksals‹.

Das Schicksal war dieser ›Macht des Schicksals‹ wohlgewogen. Die glanzvolle Premiere an der Dresdner Staatsoper fand begeisterte Aufnahme. Manon, die nun Zwölfjährige, war selbstverständlich nicht nur am Abend der Aufführung dabei, sondern auch bei den letzten Proben. Ihr Gesichtchen war nicht mehr bleich, sondern glühte... Sie kannte bereits den ganzen Text auswendig.

Im Sommer lebten wir in einem kleinen Haus in den österreichischen Bergen. Eine kleine Freundin leistete Manon Gesellschaft, ein plumpes amusisches Ding. Sie bekam den ganzen Tag lang den Text der ›Macht des Schicksals‹ zu hören. Ich weiß nicht mehr, wer den Vorschlag machte, ich möge mit den Kindern eine Aufführung der Hauptszenen dieses Librettos veranstalten.

Seitdem sind fünfzehn Jahre vergangen. Unvergessen aber leben in mir die Tage der Vorbereitung, als ich mit Manon ihre Rolle, oder besser Rollen durcharbeitete, denn sie gab mehrere. Ich glaube, kein Regisseur, der zum ersten Male auf ein schweigsames, feinhöriges Talent stößt, könnte eine größere Freude empfinden, als ich sie damals empfand. Im Hause waren von früheren Maskeraden her ein paar Kostüme vorhanden. Für Manon – sie gab die männliche Hauptperson, einen spanischen Offizier, der sich später in einen Mönch verwandelt – wählte ich den Rokoko-Frack mit Escarpins und Galanterie-Degen. Die Kutte des Mönches wurde geschneidert. Wir schlugen die Bühne auf der Porch auf. Die Zuschauer saßen unten im Freien. Diese Zuschauer, unter denen sich auch Theaterleute befanden, waren über die zwölfjährige Manon nicht minder erstaunt als ich. Sie bewegte sich in ihrem Kostüm frei und mit unvergleichlicher Grazie. Sie war ganz versunken in die Figur, die sie darstellte. In ihrer dunklen Stimme lag eine kindlich-holde Ergriffenheit. Sie brachte es sogar zustande, die unfreiwillige Komik ihrer Partnerin, des plumpen dicken Mädchens, stellenweise vergessen zu machen. Als sie in der Szene des Mönches niederkniete und den Gegner um Verzeihung bat, vergaß ich, daß es ein Kind war, mein Kind, und fühlte einen Augenblick echter Rührung.

Seit diesem Tage war es für uns, für meine Frau und mich, so gut wie ausgemacht, daß Manon fürs Theater geboren sei und jedenfalls zum Theater gehen werde. Das war so selbstverständlich, zumal für mich, daß wir gar nicht mehr viel darüber sprachen. Wir ahnten nicht, daß jene kindliche Vorstellung der ›Macht des Schicksals‹ das einzige Auftreten Manons gewesen sein sollte.

In den nächsten Jahren bereitete uns Manon in künstlerischer Hinsicht eine sonderbare Enttäuschung. Sie hatte sich zu einem bildschönen Mädchen entwickelt, sehr groß, sehr zart, mit überlangen Gliedern. Das Haar reichte ihr, im Widerspruch zur Mode, bis zu den Hüften. Trotz ihrer alten Vorliebe für das Pathetisch-Traurige hatte sich ihrem Wesen ein Humor zugemischt, der sich oft bis zum spöttischen Witz steigern konnte. Sie hatte ein scharfes Auge für Menschen. Hingegen schien die Leidenschaft für Deklamieren und Theaterspielen in ihr immer mehr zu erlöschen. Schon nahm ich an, es sei auch bei Manon nur die übliche Verzauberung phantasievoller Kinder durch das Theater gewesen und nichts Ernsteres. Daß es die Scham vor dem starken Ausdruck, die Scheu vor der Selbstentblößung sein mochte, wie sie in der Geschlechtsreife alle feineren Naturen überkommt, daran dachte ich nicht. Manon schien uns recht oberflächlich geworden zu sein. Man konnte meinen, sie interessiere sich nur mehr für Kleider. Stundenlang saß sie über Modezeichnungen. »Sie hat leider keine Intensität«, sagten wir von ihr. Und wirklich, das hoch aufgeschossene Mädchen zeigte oft eine nachgiebige Schlaffheit und Schwäche, die im größten Widerspruch stand zur einstigen dramatischen Passion des Kindes.

Nur wenn Manon sich unbeobachtet fühlte, sang sie dann und wann in ihrem Zimmer. Es geschah so selten, daß ich selbst nur zwei- oder dreimal ihre wahre Singstimme vernommen habe. Es war eine volle blühende Sopranstimme mit einer erstaunlichen Durchschlagskraft der hohen Noten. Forderten wir aber Manon auf, mit uns zu musizieren, dann war der schöne Sopran verschwunden und eine piepsig zirpende Mädchenstimme drang aus der verengten Kehle. Da half kein Bitten und Flehen. »Ich kann nicht anders.« Am Schluß setzte es zumeist Tränen.

Von Theater und Schauspielerei war nicht mehr die Rede. Andere, recht sonderbare Interessen hatten sich plötzlich eingestellt. Manon las jetzt Tag und Nacht in ›Brehms Tierleben‹. Sie liebte Tiere bis zur Krankhaftigkeit, so erschien's wenigstens mir. Und was ich ganz und gar nicht verstehen konnte, vor allen andern Tieren liebte sie Schlangen. Als wir einmal in unseren Garten eine große Schlange erschlugen, konnte man sie mehrere Tage lang nicht beruhigen...

Vom Theater war erst wieder durch einen Zufall die Rede, als Manon schon ins achtzehnte Jahr ging. Damals sah sie eines Abends Max Reinhardt. Reinhardt ist der größte Clairvoyant des schauspielerischen Talentes, der sich denken läßt. Seine Augen sind wie Wünschelruten dieser Begabung. Sie sehen ein Gesicht, bleiben haften, wissen alles. Es ist gar nicht notwendig, daß ihm eine etwas vormimt oder vordeklamiert. Max Reinhardt sagte zu Manon, die er zum erstenmal sah: »Ich werde demnächst Calderón – Hofmannsthals ›Welttheater‹ aufführen. Ich möchte, daß Sie den Ersten Engel in diesem Stück spielen...«

Der Erste Engel im ›El Teatro del Mundo‹ ist eine wichtige und schöne Rolle. Ich hielt es für ein widersinniges, ja für ein gefährliches Experiment, diese Rolle einem jungen ahnungslosen Ding anzuvertrauen, das noch nichts gelernt hatte, das noch niemals auf den Brettern gestanden war. Meine Augen sahen weniger als Reinhardts Augen. Ich widerriet heftig. Heute kann mich über diesen Fehler nur die Tatsache hinwegtrösten, daß aus der Aufführung jenes dramatischen Gedichtes nichts geworden ist.

Manon schien unter meinem strikten »Nein« zu leiden. Die Osterzeit war nahe. Zu Ostern pflegten wir immer nach Venedig zu reisen. Manon war vernarrt in Venedig. Ich kam gerade aus Italien und hatte deshalb wenig Lust, wieder dorthin zurückzukehren. Manon aber sagte wortwörtlich zu einem Dienstmädchen: »Ich glaube, wenn ich heuer nicht nach Venedig komme, muß ich sterben.« Das Dienstmädchen meldete den Satz meiner Frau, die über diese exagierten Worte ihrer sonst so verhaltenen Tochter recht erstaunt war. Wir reisten nach Venedig. Dort ereilte uns und Manon die Macht des Schicksals.

Italien war ein totalitärer Staat. Die Zeitungen durften nicht über die Epidemie schreiben, die in Venedig herrschte. In der Woche nach Ostern erkrankte Manon an Kinderlähmung. Es war ein sehr schwerer, es war ein furchtbarer Fall. Vier Wochen lang schwebte Manon zwischen Tod und Leben. Das zentrale Nervensystem war angegriffen. Einmal in einer unausdenkbar schrecklichen Stunde, als der Atem minutenlang aussetzte, hatten wir sie schon verloren gegeben. Es war ein voller Tod vor dem Tode. Manon mußte in ihrem kurzen Leben zweimal sterben. Ich frage mich dann und wann: »Wäre es nicht besser, nicht gnädiger gewesen, das Kind wäre damals dem ersten Tode erlegen und hätte den zweiten, noch schlimmeren, nicht erleben müssen?«

Ich kann diese meine Frage immer wieder nur verneinen. Hätte die Atemlähmung damals Manon hingerafft, so wäre ein schönes reines junges Geschöpf aus der Welt verschwunden, nicht mehr. Ein tragischer, aber alltäglicher Fall. Nicht einmal wir hätten von dem Willen und der Kraft zur Vollendung gewußt, die diese Seele verbarg.

Als die Ärzte erklärten, die unmittelbare Todesgefahr sei überwunden, brachten wir Manon unter den größten Schwierigkeiten heim, nach Wien. Es folgte eine Zeit qualvollster Schmerzen. Das ist immer so bei den schweren Fällen dieser teuflischen Krankheit. Die entzündeten Nerven sterben ab, die Muskeln schrumpfen ein. Die Schmerzen sind immerhin noch ein grausames Zeichen des Lebens. Hören sie auf, dann ist das Werk der Zerstörung getan, dann ist kein Leben mehr da, um weh zu tun.

Ich bat eines Tages den großen Arzt und Spezialisten, den wir hinzugezogen hatten, unter vier Augen um die volle Wahrheit. Ich war ja nicht Manons Vater. Er versetzte mir daher die volle Wahrheit, ohne eine Minute zu zögern: »Die unteren Gliedmaßen sind vollkommen abgestorben«, sagte er. »Die Erfahrung lehrt, daß trotz aller modernen Hilfsmittel jede Besserung illusorisch ist. Ihre Stieftochter wird leider nie wieder gehen können. Man muß noch froh sein, daß sie den Gebrauch ihrer Arme und Hände zurückerhalten hat.« Diese Wahrheit betäubte mich doppelt, weil ich sie für mich allein behielt und meiner Frau nichts sagte. Ich versuchte mit aller Gewalt, nicht an sie zu glauben und den großen Neurologen für den schwärzesten Gaukler zu halten. Dieser Aufrichtige machte mich aber noch auf eine aufmerksam. Man müßte die Kranke mit größter seelischer Behutsamkeit behandeln. Sehr schnell pflegte sich nämlich bei Schwer-Gelähmten das einzustellen, was man »die Psychologie des Krüppels« nennt. Sie werden argwöhnisch, eifersüchtig, egozentrisch und versuchen, ihre Umgebung zu tyrannisieren und zu quälen.

Nichts davon konnte ich an Manon bemerken. Sie lag da, lieblicher als je. Ihre Wangen waren voller geworden. Sie ging ins neunzehnte Jahr. Sie war ein aufgeblühtes Weib. Niemand hätte bei ihrem Anblick jene Wahrheit für wahr zu halten vermocht. Ihr Gesicht freilich zeigte eine ganz neuartige Überlegenheit, ja manchmal fast einen Zug von strenger Schärfe. Was war das? Wußte sie die Wahrheit? Oder ahnte sie die Wahrheit? Alles, was um sie herum gesprochen wurde, war Ausdruck der fröhlichsten Hoffnung, ja der Gewißheit baldiger Genesung. Sie stimmte voll in diesen Ton ein. Und doch, ich habe es nie erkannt, ob sie die Hoffnung teilte oder der Wahrheit bewußt war.

Die beste Freundin Manons bildete sich in der bekanntesten Theaterschule Wiens zur Schauspielerin aus. Sie kam täglich, erzählte von ihrer Arbeit, beriet sich mit Manon. Das mochte den äußeren Anstoß bedeuten. Von einem gewissen Tage an bemerkte ich an unserer Kranken eine neue Heiterkeit, ja ein seltsam durchleuchtetes Wesen. Sie hatte einen gemeinsamen Freund, der sich schon als dramatischer Lehrer bewährt hatte, gebeten, ihr Unterricht zu erteilen. Nun wurde sie alle Tage, wenn der Lehrer erschien, in ein abgelegenes Zimmer getragen. Sie wollte nicht, daß man davon wisse, davon rede. Die dramatischen Lektionen, die sie nahm, sollten geheim bleiben. Wir fragten nicht. Wir kümmerten uns nicht darum. Ich sehe aber Manon vor mir, regungslos ausgestreckt im Bett, wie sie stundenlang Rollen studiert mit hochgeröteten Wangen. Tritt jemand ein, so versteckt sie das Buch. Die alte Leidenschaft ist wiedergekehrt. Dieses Studium wird nur durch den geliebten Brehm unterbrochen, den sie vor dem Schlafengehen aufschlägt: »Kapitel: Reptilien«.

Monate vergingen so. Die merkwürdige Transparenz in Manons Zügen steigerte sich. Sie schien von Grund auf erfüllt zu sein, vollkommen glücklich, als warte ihrer nicht jene Zukunft, wie sie der alte Arzt erbarmungslos ausgemalt hatte, die Zukunft eines elenden Krüppels. Am Palmsonntag ließ sie uns in das Zimmer rufen, wo sonst ihr so wohlverborgener dramatischer Unterricht abgehalten wurde. »Ich werde euch heute etwas vorspielen«, sagte Manon lächelnd. Ihr Lehrer schien erregter zu sein als sie. Die überzarte Mädchengestalt saß wie immer in einem tiefen Fauteuil. Das in der Mitte gescheitelte schwarze Haar fiel über die schmalen Schultern. Die langen Hände ruhten im Schoß. Über den Knien lag eine schöne Decke, so daß man die Beine nicht sehen konnte.

Sie sprach einen berühmten Monolog aus Schillers Jeanne d'Arc. Sie spielte zwei Szenen der Shakespearschen »Viola« Zum Schluß folgte noch eine Dialektszene aus einem sentimental-heiteren Volksstück. Da die Gelähmte sich nur wenig bewegen konnte, lag die ganze Macht ihres Spiels im Worte, in der Stimme, im Blick der Augen, im Zucken des Mundes, im Lächeln, in ein paar sparsamen Gebärden der Hände. Aber gerade diese Fesselung war es, welche die künstlerische Leistung des Mädchens so unaussprechlich, so unnachahmlich zur Geltung brachte. Die dunkle Stimme schwang, die Augen leuchteten auf und erloschen, die Lippen öffneten sich fragend, die Hände zitterten... Von den Hüften abwärts war alles starr. Ich glaube nicht, daß es meine Liebe und mein Schmerz waren, die diese Stunde überschätzten. Ich habe auch nicht die Verwunderung und Erschütterung des großen Schauspielers gebraucht – e hörte Manon am nächsten Tag –, um zu wissen, welch ein Talent hier zum ewigen Verzicht verurteilt war. Die Anlage, die sich in jener kindlichen Darstellung der ›Macht des Schicksals‹ so reizend angekündigt hatte, um dann vor unseren Augen scheinbar zu versanden, jetzt war sie zur Vollendung gelangt, und zwar durch die tödliche Hemmung der Krankheit hindurch. Nein, Manon selbst hatte diese Anlage zur Vollendung gebracht durch den Ernst, den Eifer, die Energie, die ihr das Leiden schenkt, das andere zu hämischen Quälgeistern macht. Sie hatte das ihr Verliehene entwickelt, im Innersten wissend, daß es sinnlos un vergebens sei. Es war so, als könnte eine echte Gnade, die in unsre Seele gelegt ist, gar nicht untergehen, ohne zu blühen, wenn auch nur einmal, ohne Zweck und für eine halbe Stunde. »Du hast viel gearbeitet in diesem halben Jahr«, sagte ich nachher, um etwas zu sagen. »Es war ein schönes halbes Jahr«, sagte sie.

Am Gründonnerstag erlebte Manon noch eine Freude. Ein Freund schenkte ihr zwei smaragdene Ringelnattern, harmlose Tiere, von denen das Männchen eine Art Krone als Kopfschmuck trägt. Manon ließ die Schlangen auf ihrer Brust ruhen. Ich erschrak ein wenig über diese Intimität. »Du siehst aus wie Kleopatra vor ihrem Ende«, sagte ich. »Eine gute Rolle«, lachte sie.

Am Samstag begann sie zu sterben. Das zentrale Nervensystem versagte plötzlich. Der zweite Tod übertraf an Grausamkeit noch den ersten, den sie überstanden hatte. Es war einer jener Tode, angesichts derer der gläubigste Mensch daran zweifeln muß, daß die Güte eine Eigenschaft Gottes sei. Warum hatte die kleine schuldlose Manon mit ihren achtzehn Jahren so viel mehr zu leiden als andre Menschen?

Es war der strahlendste Ostermontag, an dem sie endlich erlöst wurde.

Géza de Varsany
oder:
Wann wirst du endlich eine Seele bekommen?

I

»Freddie, Freddie«, fragte Mama sorgenerfüllt, »wann wirst du endlich eine Seele bekommen?«

Man saß am Frühstückstisch. Freddie sollte am nächsten Dienstag vierzehn Jahre alt werden. Mama litt darunter, daß ihr einziger Sohn ungelenke Glieder besaß, an vorzeitigem Stimmbruch laborierte, die wertvollen Bücher, die sie ihn zu lesen beschwor, nicht einmal aufschlug, und seine Freunde unter der Hefe der Gesellschaft und der Intelligenz wählte. Mama hingegen war Präsidentin des ›Damenklubs zur Verbreitung östlicher Weisheit im Abendlande‹.

»Was liest du da eigentlich in der Zeitung, Freddie?« fragte Papa, wie immer voll der charakterlosesten Bereitschaft, Mama gefällig zu sein. Papa stand im industriellen Leben. Da er sich in seinen verwegeneren Tagen als Zweiter Tenor eines Herrenquartetts betätigt hatte, fühlte er sich legitimerweise der musikalischen Kultur zugehörig. Er zählte zu den Gründern und Förderern des städtischen Konzertvereins. Das verstärkte seine Position Mama und Buddha gegenüber.

Freddie versteckte sein Erröten hinter dem umfangreichen Morgenjournal. Er hatte soeben den hochdramatischen Bericht über das gestrige Fußballmatch verschlungen. Seine mutierende Stimme rutschte unvermittelt und verräterisch in die Tiefe, als er log: »Geheimnisvoller Mord an zwei Greisinnen.«

So lautete die Überschrift, an der unvorsichtigerweise sein Blick hängengeblieben war.

»Immer nur Mord- und Gangstergeschichten«, seufzte Mama.

Papa aber trieb jetzt seine entschlossene Charakterlosigkeit auf die Spitze:

»Liest du niemals die Kunst-, Musik- und Bücherrubrik in der Zeitung, Freddie?« fragte er leichthin und doch mit Nachdruck.

Freddie zog es vor, diese Frage unbeantwortet zu lassen.

»Hast du jemals den Namen Géza de Varsany gehört?« setzte Papa in dunklerem und wärmerem Tone die peinliche Inquisition fort.

Freddie fühlte in seiner Kehle einen gummigen Klumpen aufsteigen, weil er niemals den Namen Géza de Varsany gehört hatte. Schon der Klang dieses Namens traf ihn jäh ins Herz, wie das Vorgefühl einer unentrinnbaren Katastrophe.

»Géza de Varsany ist zwölf Jahre alt«, schwärmte Papa. »Er ist also um zwei volle Jahre jünger als du, Freddie«, fügte er mit unnachsichtiger Arithmetik hinzu, an der sich nichts mehr gutmachen ließ.

Freddie senkte den Kopf hinter der Zeitung. Sein Leben war wahrscheinlich verpfuscht. Er hörte Papas Stimme wie etwa ein Taucher Stimmen vom Ufer hört: »Und Géza de Varsany ist einer der größten Geiger unserer Zeit. So sagen einhellig die Kritiker, selbst Samuel Poritzky. Und ich habe mich gestern abend beim Konzert selbst davon überzeugt.«

Freddie dachte daran, daß er selbst einer der schlechtesten Geiger unserer Zeit sein müßte, wenn nicht gar der schlechteste. Sein Violinlehrer, Professor Angelo Fiori, hatte ihn nach einem Jahr gegenseitiger Quälerei mit den Worten aufgegeben: »Es ist völlig hoffnungslos, mein gutes Kind! Es ist die reinste Vivisektion!«

Papa aber schloß jetzt, um das Maß vollzumachen:

»Hättest du nur das geringste Interesse gezeigt, Freddie, so würde ich dich gestern abend mitgenommen haben, wirklich. Es war ein Erlebnis, das man nicht leicht vergißt. Dieses Mendelssohnkonzert! Eine echte, feurige Künstlerseele steckt in dem Jungen. Und welche Feinheit und welche Sicherheit des Auftretens, wenn er das Podium betritt, wenn er sich verbeugt...«

»Könnten wir nicht, Thomas...« fragte Mama, ohne den Satz zu vollenden, und sah träumerisch und ein bißchen gierig drein.

»Ich hab's schon arrangiert, Melanie«, lächelte Papa und schloß die Lider, was bei ihm ein Zeichen der Zufriedenheit und des Überlegenheitsgefühls war. »Zuerst hab ich den Dienstagabend vorgeschlagen, um Freddie eine besondere Geburtstagsfreude zu bereiten, aber die de Varsanys sind erst am Donnerstag zum Diner frei. Der Professor, Gézas Vater, hat versprochen, daß Géza seine Stradivarius mitbringen wird. Was sagst du nun, Freddie? Ich hoffe, du hast nichts dagegen, daß unser kleines Fest erst zwei Tage nach deinem Geburtstag stattfindet?«

»Nein«, sagte Freddie.

Papa reichte Mama einen Zettel.

»Hier sind die Leute, die ich einladen möchte, wenn du damit einverstanden bist, Melanie...«

Mama begann die Liste zu studieren, unterbrach sich aber sogleich:

»Wenn Freddie bei Tisch sitzen soll, muß er einen Smoking haben...«

»Gut«, nickte Papa großmutvoll, »er soll den ersten Smoking seines Lebens bekommen zu dieser Gelegenheit. Ich werde den Schneider Czermak sofort anrufen...«

Freddie hatte sich ein schwarzes Festkleid dieser Art schon lange gewünscht. Dennoch erfüllte ihn jetzt die unerwartete Verwirklichung seines Begehrens, die im Zusammenhang stand mit Géza de Varsany, dem größten Geiger unserer Zeit, mit einer völlig unbegründeten Bitterkeit.

II

Der Knabe Géza de Varsany wurde im Vorraum aus Seide und Wolle herausgewickelt, als sei er selbst eine köstliche und hochgefährdete Stradivarius, wie jene im großen schwarzen Geigenkasten, die ihm sein Vater nachtrug. Papa titulierte diesen Vater geflissentlich »Professor«, obwohl er heute in Freddies Gegenwart die unvorsichtige Bemerkung gemacht hatte, Herr Ladislaus de Varsany komme ihm vor wie die Kreuzung zwische einem Jesuiten und einem Zirkusartisten, Bauchredner etwa. Freddie jedoch erfüllte die schmale, gewandte Erscheinung dieses Professors mit eindeutiger Ehrfurcht. Zweifellos glich Ladislaus de Varsany auffällig einem Priester. Er war jedoch der Priester seines Sohnes Géza. Auch trug er sein gebleichtes seidenfeines Haar sehr lang. Wahrscheinlich, so meinte Freddie, trägt er lange Haare, weil sein Kind einer der größten Künstler unserer Zeit ist.

Ladislaus de Varsany hatte eine unnachahmliche Art, mit seinem Sohn zu sprechen. Es waren in dieser Art drei Tonfälle zu einer harmonischen Einheit prächtig verschmolzen. Der erste Tonfall: er sprach nicht eigentlich mit Géza, sondern richtete das Wort an ihn. So etwa richtet der stellvertretende Regent väterlich und formvollendet und ein wenig geniert das Wort an das königliche Kind, das den Thron einnimmt. Der zweite Tonfall verriet scheue Zärtlichkeit und dumpfe Sorge des Herzens, die auszudrücken schien: ist es möglich, daß mir, gerade mir diese verkörperte Gnade in die Wiege gelegt worden ist? Lauert nicht überall das grausame Schicksal in Gestalt von Masern, Scharlach, Diphtherie und bösartigen Kritikern, das Licht auszulöschen, das meine bescheidene Hütte erfüllt? Der dritte Tonfall schließlich war der eines kundigen und energischen Weltmannes, eine Kadenz der Autorität, die nicht vorzeitig abzudanken gesonnen war, sondern die Erziehung und Führung dieses gebenedeiten und darum um so umdräuteren Knaben fest in der Hand behielt. – Der Rest, die körperliche Fürsorge für einen schwächlichen, nervösen Zwölfjährigen, war Gézas Mutter anvertraut, einer dicken kleinen Frau im prallen jetteglitzernden Abendkleid. Sie trug die dunklen Haare in der Mitte gescheitelt und öffnete nur selten den Mund.

Bei Tisch hatte es der Hausherr leicht dieses Mal. Er mußte sich nicht, wie bei den meisten Gesellschaften sonst, Mühe geben, die holprige Konversation mit mattem Witz in Gang zu halten. Obwohl sich zwölf Personen zum Diner versammelt hatten, führte Ladislaus de Varsany beinahe allein das Wort. Er begann damit, daß er Mamas wohlberechnete Tischordnung mit ebenso höflichem wie bestimmtem Anspruch umstürzte. Die Mutter des Wunderknaben mußte unbedingt neben diesem sitzen, um dessen Mahlzeit treulich zu überwachen. Mit bewundernswerter Umsicht wußte der Professor die Unterhaltung von Beginn an so zu lenken, daß sie niemals von dem einzigen Gegenstande abirrte, der ungeteilt der allgemeinsten Aufmerksamkeit würdig war. Er nahm vorerst eines nach dem anderen die begeisterten Komplimente über Gézas Konzert entgegen. Das tat er offen lauschenden Ohres, das feine bleiche Haupt mit dem seidigen Haar ein wenig gesenkt, den Atem zurückhaltend, damit dieser der inneren Verarbeitung der Lobsprüche nicht im Wege stehe. Er schien all diese Rühmungen, indem er zuhörte, gewissermaßen in die Ausschnittsammlung seines Gedächtnisses einzukleben. Trotz der leicht beschämten Demütigung seines Zuhörens jedoch, taten Ladislaus de Varsanys dunkle Augen eine nicht völlig verhehlte Nachsicht kund, die aus leiser Langeweile und Ungeduld über die Abgedroschenheit des bürgerlichen Kunst-Urteiles leidend gemischt war. Nachdem er mit vollendeter Bescheidenheit rundum den Ruhm seines Kindes entgegengenommen hatte, quirlte er die bräunlichen, leberfleckbesäten Hände aus den tadellosen Manschetten seines Hemdes hervor, als habe er ein Kartenspiel zusammengeschoben und schicke sich an, ein Kunststück zum besten zu geben. Und wirklich, er legte die soeben vernommenen Lobsprüche nachdrücklich wie Atouts den Tisch und machte zu jedem einzelnen belehrende Bemerkungen. Es sei wahr, sagte er zum Beispiel mit einer Kopfneigung gegen Papa hin, daß eine der erstaunlichsten Leistungen Gézas das berühmte Mendelssohnkonzert sei. Niemand spiele es ihm nach heute. Und von den Meistern der Vergangenheit hatten nur drei in ihren reifen Jahren Gézas Interpretation erreicht und – so fügte er mit unbestechlicher Objektivität hinzu – in manchem Punkte übertroffen: Sarasate, Hubay und vielleicht Kubelik. Er, Ladislaus de Varsany ziehe freilich diesem ebenso klassischen wie dankbaren Glanzstück eher Gézas Wiedergabe einer Bachschen Solosonate vor. Hier komme, ohne die hilfreiche Unterstützung des Orche sters oder eines akkompagnierenden Klaviers, die echte Musikernatur des Kindes zur wundersamen Geltung. Er selbst, Gézas unerbittlichster, ja erbarmungslosester Kritiker, könne niemals genug staunen über die klare Polyphonie, die der Junge aus der so homophonen Geige hervorzaubere, über die Markigkeit seiner Doppelgriffe und die geradezu attackierende Energie der Bogenführung:

»Johann Sebastian ist eben der Größte unter allen«, nickte er, »und wer an ihm nicht zuschanden wird, den macht er ebenfalls groß...«

Hier wagte eine Dame in Unschuld zu bemerken, daß auch sie Bach – Gézas Solosonate, einem Seiltänzerstück wie Paganinis Tarantella vorziehe, mit dem der Knabe den Reigen seiner Zugaben eröffnet hatte.

Sogleich runzelte Ladislaus de Varsany seine eckige Abbé-Stirn, ließ ein wenig verstört die Suppe stehen und faltete seine Hände:

»Sagen Sie nichts gegen Paganini, meine Gnädigste, Paganini war der größte Hexenmeister seines Jahrhunderts. Er konnte auf einen Bogenstrich vier verschiedene Hs greifen. Seine Musik mit ihren stupenden technischen Schwierigkeiten mag für ungeübte Ohren heute formalistisch klingen. Unter gottbegnadeten Fingern aber (er nannte Gézas Namen nicht) spiegelt sie die dämonische Seele ihres Autors wie eh und je... Der römische ›Messaggero‹ hat das in einer Ausführung von zwei Spalten anerkannt.«

Papa brachte das gestörte Gleichgewicht wieder in Ordnung, indem er die treffende Frage stellte:

»Sagen Sie, lieber Professor, wann und wie kommt es den glücklichen Eltern das erstemal zum Bewußtsein, daß sie solch ein musikalisches Genie in die Welt gesetzt haben?«

»Dies, mein Verehrter«, lächelte Ladislaus de Varsany mit behaglicher Bereitwilligkeit, »läßt sich nicht ganz ohne Umschweife beantworten. Wir Varsanys sind eine alte Musikerfamilie. Bitte das recht zu verstehen. Die Varsanys gehören zum sogenannten kleinen magyarischen Adel, was Ihnen schon das Ypsilon unseres Namens beweist. Aber in welchem Ungarn steckt nicht klingendes und singendes Zigeunertum? Ich selbst bin ein hinreichender Pianist, ohne das Konservatorium besucht zu haben. Ich war selbstverständlich Ministerialbeamter, wie es bei den Varsanys die Regel ist...«

Freddie schloß bei diesen Worten für eine Sekunde enttäuscht die Augen. Warum ist Ministerialbeamter besser als Zirkusartist?

»Die Herkunft mag einiges beitragen«, setzte der Professor seine gelenken Ausführungen fort, »und trotzdem möchte ich ihr das Wesentlichste nicht zuschreiben. Sehen Sie, das ist ja das geradezu göttliche Geheimnis der Individualität. Ein männliches und ein weibliches Individuum stoßen zusammen und aus ihnen entsteht eine dritte Persönlichkeit, keine Mischung und kein Absud der respektiven Eigenschaften, sondern ein ganz unabhängiges, selbstbestimmtes Wesen, das den Paß seiner eigenen Unsterblichkeit in der Tasche trägt; so möchte ich das, mit Ihrer gütigen Erlaubnis, auszudrücken...«

Ladislaus de Varsany unterbrach den Redestrom nicht, während er sich mit sicherer Hand vom Braten bediente:

»Und dann ist solch ein selbstbestimmtes Wesen da, ein Säugling zuerst, später, sagen wir, ein Kind von acht Monaten, von einem Jahr, von anderthalb Jahren. Da bemerke ich... was glauben die Herrschaften, daß ich bemerke...?«

»Eine Vorliebe für Töne«, wagte jemand zu erraten.

»Das genaue Gegenteil, wenn ich bitten darf«, sagte der Professor. »Eine Abneigung gegen Geräusche, Töne, ja Wohlklänge! Was sage ich Abneigung – mehr, ein Leiden, eine schrekkenerfüllte Angst vor Geräuschen, Tönen, Wohlklängen und so weiter. Das Kind wird bleich, beginnt zu zittern, zu weinen, wenn ein Hahn kräht, zum Beispiel auf dem Lande. So kündigt sich das absolute Gehör an, ehe noch das Händchen die ersten Ammenweisen auf dem Klaviere nachstammelt...«

Jetzt meldete sich die Mutter mit dem gescheitelten Schwarzhaar: »Aber Ladislaus, du vergißt, daß Géza, als er klein war, stundenlang unserem Kanarienvogel zugehört hat!«

»Meine Beste, es wäre gut, du würdest deinem Sohn da

Fleisch vorschneiden«, sagte darauf Ladislaus de Varsany, und sein Gesicht wurde so scharf gespannt wie seine Stimme. Hatte ihn der Widerspruch beleidigt, die Widerlegung seiner Theorie durch eine Kronzeugin oder die blanke Erwähnung eines Kanarienvogels, dieses Koloraturkünstlers der kleinen Leute? Die Mutter beugte tieferschrocken den Kopf, als habe sie wieder einmal ihre Schande ausgeplaudert, nahm Gézas Teller und begann das Fleisch zu zerkleinern. Ein beklommener Augenblick ging vorüber, der bewies, daß Ladislaus de Varsany ein Familienoberhaupt war, mit dem sich nicht spaßen ließ. Doch im nächsten Augenblick verwandelte er sich wieder in den belehrend liebenswürdigen Gesellschafter.

»Sie wundern sich wohl, meine Herrschaften, daß ich es nicht zulasse, daß ein großer Junge sein Fleisch selbst schneidet. Doch, bitte sehr zu beachten, da ist das zweite Glied des Zeigefingers der rechten Hand, mit welchem man auf das Messer drückt. Dieses Mittelglied des Zeigefingers der rechten Hand drückt auch auf den Geigenbogen. Die linke Hand, lieber Gott, da hab ich weniger Angst – unberufen –, die linke Hand ist die Griffhand. Sie ist die Hand der Aktivität, der Tatkraft. Die Bogenhand aber ist die Hand der Seele. Und die Seele steckt im Mittelglied des Zeigefingers. Darum soll dieses Glied nicht übermäßig bemüht werden...«

»Sie sind ja ein Philosoph, lieber Professor de Varsany«, meinte Mama, »Sie machen sich über alles so genau Gedanken. Man kann viel von Ihnen lernen. Es scheint doch kein Zufall zu sein, daß Ihr Sohn ein musikalisches Genie ist...«

»Es stimmt, Gnädigste«, erwiderte Varsany. »Mein Lebensweg war nicht so leicht, als daß ich ein Geschenk Gottes hätte ohne Spekulation darüber entgegennehmen dürfen. Das Wort ›Genie‹ aber möchte ich im eigenen Namen und im Namen der Familie ganz ergebenst ablehnen. Genie ist Fleiß, hat ein großer Mann gesagt, vielleicht Goethe, vielleicht Maurus Jokai.«

Und er richtete plötzlich im Tonfall des stellvertretenden Regenten das Wort an Géza, das königliche Kind, das appetitlos in seinem Teller herumstocherte.

»Mein lieber guter Sohn, wie lange hast du heute die Ševčikschen Aufgaben geübt?«

»Drei Stunden vormittag und drei Stunden nachmittag«, antwortete versonnen Géza.

»Nun, was sagst du dazu, Freddie?« fragte Papa, und ein durchbohrender Blick traf den bereits Vierzehnjährigen.

III

Freddie ließ diesen Blick von sich abgleiten.

Er hatte sogar Papas Frage und den furchtbaren Vorwurf in ihr überhört, denn sein ganzes Sein war damit beschäftigt, Géza de Varsany anzuschauen, der um zwei Jahre jünger war als er und einer der größten Künstler unserer Zeit. Der Anblick des Wunderkindes – er konnte gar nicht fertig werden mit der Aufgabe – bewies die ganze heilige Wahrheit dieser Tatsache. Es war für Freddie ein unbekannter, schmerzhafter Genuß, Géza anzuschauen und anzuschauen, nein, sich vollzuatmen mit dem Bilde dieses himmelhoch überlegenen Wesens.

Die bewundernde Betrachtung begann schon beim Anzug. Während die Firma Czermak ihm, Freddie, in Papas Auftrag einen gewöhnlichen Abendrock zurechtgeschneidert hatte, der die etwas verkleinerte Ausgabe aller Herrensmokings der Welt war, trug Géza de Varsany ein ganz besonderes Kleid, welches er vermutlich dem fürsorglichen Feinsinn und der spekulativen Liebe seines Vaters verdankte: ein Röckchen von schwarzem Samt mit einem sehr breiten glänzenden Seidenrevers, der das Licht spiegelte. Das gefältete Batisthemd darunter blühte in einem matten Schneeglöckchenweiß und lugte in der Form gebauschter, jabotartiger Manschetten aus den Ärmeln hervor. Ein breiter Umlegkragen im Etonstil und unter ihm eine ganz schmale seidene Binde vervollständigten das Bild, das Freddie gebannt hielt wie ein Schauspiel. Der ganze Anzug schien auf trefflichste auszudrücken: der, welcher mich trägt, steht über aller Konvention, denn er wandelt mit den wenigen Namen lichen auf der Menschheit Höhen. Doch der, welcher mich trägt, ist auch ein Kind und ein kindliches Kind dazu. Komm, laß uns spielen!

In der Tat, Géza war sehr klein für sein Alter und sah gebrechlich aus. Neben ihm hatte Freddie das zerknirschte Körpergefühl eines plumpen Bierknechtes etwa in Gegenwart eines Heiligen. Er, der sonst immer mit seinen Muskeln prahlte und der strotzenden Kraft hörig war, wurde plötzlich von dem brennenden Wunsche angewandelt, so schmal und hinfällig und edel zu sein wie Géza de Varsany. Es wuchs in ihm eine beinah perverse Sehnsucht groß, krank zu werden und durchscheinend wie Wachs...

Géza war durchscheinend wie Wachs, aber durchaus nicht krank. Sein fahles Gesichtchen wurde von zwei schwarzen Augen beherrscht, die einander ein wenig zu nahe standen. Diese Augen wanderten unaufmerksam umher und verrieten manchmal die Müdigkeit eines Kindes, das eigentlich ins Bett gehört zu dieser Stunde. Sie schienen dem Tischgespräch, das sich einzig und allein um ihn drehte, gar keine Beachtung zu schenken. Sie kannten dieses Gespräch schon bis in jede Wendung und in jede Nuance der väterlichen Stimme hinein. Sie gaben sich keine Mühe, das unbehagliche Faktum zu verschleiern, daß man sich wieder einmal unter todfremden Leuten befand, an deren Gesichter man schon morgen sich nicht mehr werde erinnern können, und daß dies aus beruflichen Gründen geschah, immer wieder von Stadt zu Stadt. Der Vater, der unwidersprochen das Leben lenkte wie Gott selbst, setzte der Mutter bei jeder Gelegenheit auseinander, man habe Einladungen vermögender Musikgönner unbedingt anzunehmen, weil man sich eine Partei schaffen müsse, weil die Konkurrenz auf dem Gebiet der Geige sehr groß sei und der Preis nicht gedrückt werden dürfe, auf welch letzteres ja das ganze Sinnen und Trachten der Konzertunternehmungen hinauslaufe. Géza de Varsanys melancholische Augen zeigten ebenso geringes Interesse an der Gesellschaft ringsum wie an dem glänzenden Preis, der nur dadurch hochgehalten wurde, daß man diese besuchte. Das alles ging den Vater an und nicht ihn. Gott weiß, wofür sich seine Augen interessierten, in denen kein Bild zu haften schien. Sehr oft klopften die unverhältnismäßig muskulösen Finger seiner linken Kinderhand auf den Tisch, als spielten sie Klavier.

Wurde aber Gézas Zerstreutheit zu auffällig, so geriet in den breiten ungarischen Tonfall Ladislaus de Varsanys, mit wem immer er sprach, ein Nebenklang, ein achtungsvoll drohender Schatten, der Gézas Augen zur Ordnung rief. Diese kamen darauf sogleich zu Bewußtsein und füllten sich mit einer routinierten Geistesanwesenheit, um freilich so schnell wie möglich wieder in die frühere leichtbekümmerte Leere zurückzusinken. Nur wenige Sekunden aber blieb sich der Sohn selbst überlassen, denn mit einer schwachen Zügelstraffung seiner Stimme brachte der Vater ihn wieder auf den Weg zurück. In dieser unablässigen, ja leidenschaftlichen Aufmerksamkeit des Vaters, die den Sohn nicht freigab, lag etwas Großartiges und Schreckliches zugleich. Mochte Géza noch so meisterhaft auf seiner Stradivarius spielen, Ladislaus spielte nicht minder meisterhaft auf Géza.

Während der ganzen langen Mahlzeit wandte Freddie sich nicht ein einziges Mal von Géza ab. Es war eine Konzentration von solcher Gier, daß ihm die Wurzeln seiner Haare wehe taten. Er beobachtete fast atemlos, wie das Wunderkind, wenn es gefragt wurde, seine höflich gemessenen Antworten gab, wie es aß, das heißt, den Bissen beinahe unmanierlich träge mit der Gabel zum Munde führte, während die andere Hand wie lahm im Schoße lag. Er beobachtete den Schwung, mit dem Géza seine dichten Locken zurückzuwerfen pflegte, wenn sie ihm in die gelbliche Kinderstirn fielen. Jede dieser Gebärden dünkte ihm eine Offenbarung der unnachahmlichsten Noblesse, eine stolze Preisgabe des einzigartigsten Künstlertums, kurz alle dessen, was das fremdartige und unheimliche Wort »Genie« umfaßte, das der Professor, indem er es zurückwies, als rechten für seinen Sohn in Anspruch genommen hatte. Freddie hatte bisher geglaubt, dieses Wort gebühre einzig und allein jenen Großen der Vergangenheit, von denen man in der Schule gelangweilt lernt; (was man in der Schule lernt, ist ja nicht wirklich)

Und nun saß die wirkliche Verkörperung dieses Wortes ihm gegenüber. Er machte die ganze Zeit nicht den Mund auf, obwohl er an Mamas rügendem Blick den stumpfsinnigen Eindruck ablesen konnte, den er bei der Tafelrunde erweckte. Mamas Augensprache ermahnte ihn immer wieder, eine Konversation mit Géza anzuknüpfen. Aber lieber wäre er in die Erde versunken, als den Gast mit seiner widerwärtig mutierenden Stimme zu fragen: »Gehst du auch in die Schule?« Oder »Nimmst du zu Hause Unterricht?« Oder »Interessierst du dich für Fußball?« Nein! Alle diese Fragen wären ihm im Halse steckengeblieben als eine niedrige Entweihung und barbarische Herabwürdigung Gézas. Da er sich jedoch heimlich sehnte, mit diesem höheren Wesen in Berührung zu kommen, blieb ihm nichts anderes übrig, als immer wieder den Blick des schüchtern Bewunderten zu suchen.

Damit aber hatte Freddie kein Glück. Es gelang ihm nicht, die gleichgültig wandernden Augen des Meisterkindes festzuhalten. Er war für Géza Luft. Warum sollte er auch für Géza etwas anderes sein als Luft? Freddie fand das ganz in Ordnung so, obwohl stets der bittersüße Schmerz des Verschmähtseins diesen mißglückten Annäherungsversuchen folgte. Nur einmal – die Eisbombe wurde bereits serviert – fing Freddie Gézas Blick ab. Die nächtigen Augen des kleinen Varsany standen still.

Zuerst war's nur der wohlerzogene Ausdruck freundlicher Dankespflicht, mit dem ein Umworbener den Beifall quittiert, wenn er sich auf dem Podium verneigt. In diesen Ausdruck aber mischte sich mehr und mehr die kleine Neugier. Diese kleine Neugier wurde plötzlich zum Blinzeln der Mitverschworenheit, der Mitverschworenheit des Knabenalters. Aus diesem Blinzeln der Mitverschworenheit entwickelte sich ein Lächeln, ein liebreizendes, spitzbübisches, beinahe schon kameradschaftlich. Und mehr als das noch, Géza spitzte auf einmal die Lippen, als wolle er dem Kameraden ein Signal über den Tisch hinüberpfeifen... Freddies Herz begann entsetzlich zu klopfen. Auch er spitzte die Lippen.

Diesen Anfang eines Anfangs aber schnitt die tragende Stimme Ladislaus de Varsanys mitten entzwei. Er richtete nämlich in französischer Sprache eine Frage an seinen Sohn. Géza war sofort wieder bei der Sache. Er wußte genau, worum es ging und beantwortete in blendendem Französisch seines Vaters Frage. Der Professor setzte das einsame Gespräch mit seinem Sohne auf italienisch und zuletzt auf englisch fort, wobei er jedesmal im entsprechenden Idiom und in wohlgebauten Sätzen Erwiderung erhielt. Diese erstaunliche Prüfung aber ging keineswegs als radschlagende Zirkusnummer vor sich, sondern wie unabsichtlich und nebenbei, im Stile einer leichten Konversation, als sei es die gute alte Gewohnheit der Familie Varsany, sich alltags in mehreren Sprachen untereinander zu verständigen. Der Professor bot damit gewissermaßen der Tafelrunde das linguistische Dessert seiner Erziehungskunst an. Er hatte seine guten Gründe dazu. Niemand durfte ihm nachsagen, daß er, die einseitige Begabung über die Maßen fördernd, die allgemeine Ausbildung seines Sohnwunders vernachlässige, wie es in ähnlichen Fällen meist geschieht. Raunend wurde man sich einig darüber, daß nicht nur Géza ein in jeder Hinsicht überragendes Geschöpf sei, sondern sein Erzeuger ebenfalls ein bedeutender Mann.

Als später zur Krönung des wohlgelungenen Abends Ladislaus de Varsany das Heiligtum der Stradivarius vorsichtig aus Samt, Seide und Wolle wickelte, lehnte Freddie ganz gebrochen in einem Winkel des Klavierzimmers. Er sah, wie der kleine Gott die Geige ergriff, die viel zu mächtig für sein Maß zu sein schien, wie er sie mit frischem Entschluß unters Kinn klemmte und dann, tief sich beugend, mit energischen Doppelstrichen die Saiten zu stimmen begann. Géza aber war nicht mehr gebrechlich, sondern geradezu stämmig. Seine Füßchen in Lackpumps faßten kräftig Posto, so daß sein Körper auf ihnen sich frei hin und her wiegen konnte im Sturme der Musik. Er warf herrisch den Kopf zurück, womit er seinem Vater, der ihn begleitete, das Zeichen zum Anfang gab. Das Verhältnis zwischen den beiden hatte sich jäh verkehrt. Jetzt herrschte der königliche Knabe tyrannisch und unwidersprochen über den demütigen Fürsorger. Dieser hatte das Programm galant entschuldigend, soeben verkündet:

»Nachdem man uns in diesem gastlichen Hause mit einem s«

köstlichen Souper bewirtet hat, beginnen wir mit keiner tiefen, aber dafür mit einer festlichen Musik. Polonaise von Wieniawski...«

Géza schloß die Augen. Und dann fuhr das Unbekannte, das Unerhörte in ihn, das ihn niederzurennen trachtete. Der Satan des Rhythmus. Die Nüstern seines Näschens blähten sich, und sein Mund wurde brutal und alt. Er sog mit solcher Energie den Atem in sich, als wolle er mit ihm seine schmale Brust sprengen. Der in Jahrhunderten angesammelte Wohllaut der Cremonenser Geige brach los, zu groß und zu stolz für diesen Raum...

Da aber Freddie von all dem Wohllaut nichts verstand, sondern nur die niederschmetternde Kraft fühlte, die diesen Wohllaut entfesselte, duckte er sich noch tiefer. Während die fülligen Passagen über die Saiten tollten und die graziösen Flageolets zum Steg hinaufglitten, dachte er an das so schnöde abgeschnittene Lächeln Gézas und an seine gespitzten Lippen. Am liebsten wäre er davongelaufen...

IV

Nach dem Konzert wollte Mama Freddie die Gelegenheit geben, mit dem berühmten Gaste unter vier Augen zu sprechen, der Knabe mit dem Knaben. Sie versprach sich manches von dieser Unterhaltung für ihren ungelenken und unerweckten Sohn, der so wenig geistige Interessen verriet und jüngst fast eingeschlafen war, als sie ihm aus einem spannenden Buche über tibetanische Klöster vorgelesen hatte.

Freddie und Géza saßen somit allein in Mamas Ecksalon. Wiederum wanderten die schwermütigen Augen des Wunderkindes von einem Gegenstand zum andern, ohne sich mit dem Haussohne zu beschäftigen. Versunken für immer schien jene leise, mitverschworene Berührung zu sein, jener Anfang eines Anfangs. Géza de Varsany war nicht mehr müde und routiniert freundlich wie bei Tische. Die halbe Stunde Geigenspiels hatte ihn zweifellos aufgewühlt. Sein rechter Fuß klopfte nervös den

Takt zu einer inneren Musik, die er nicht halten konnte, wie ein durchgehendes Pferd, so sehr sie ihn auch anstrengte. Über sein elfenbeinfarbenes Gesichtchen zuckte gequälte Ungeduld und Launenhaftigkeit. Er sprach kein Wort.

Auch Freddie sprach kein Wort. Er wußte genau, daß es sich jetzt gehört hätte, ein paar begeisterte Bemerkungen über Géza de Varsanys Spiel zu machen und dem Gaste seinen Dank abzustatten für das Konzert, das er seinem Vaterhause zu Ehren seines vierzehnten Geburtstages gewidmet hatte. Wie sehr Freddie sich aber auch sehnte, Géza die demütig wehe Verehrung verraten zu dürfen, die ihm seit Stunden den Atem nahm, er fand keinen Weg. Sollte er sich etwa über Musik im allgemeinen auslassen und über Gézas Kunst? Was verstand er davon? Es wäre gewiß der dümmste Kohl dabei herausgekommen. Professor Fiori hatte ihn als hoffnungslosen Fall aufgegeben. Nein, er wollte nicht zugleich lügen und sich blamieren! So ballte er krampfhaft seine Fäuste zusammen und schwieg mit wilder Tapferkeit zwei andere Minuten. Dann aber ließ sich die Stille nicht länger ertragen, und er mußte zurückweichen. Auch im Schweigen war Géza ihm überlegen, besaß er doch den Vorteil einer unermeßlichen, achtlos in sich selbst versunkenen Gleichgültigkeit.

Freddie räusperte sich also, holte Atem und seine Stimme brach häßlich mitten in dem nichtigen Fragesatz:

»Üben Sie jeden Tag sechs Stunden?«

Géza de Varsany betrachtete, während er antwortete, ein asiatisches Fabelwesen aus goldener Bronze, das auf dem Kamin zu schaukeln schien:

»Nein, nicht jeden Tag«, sagte er. »Sonntag vormittag fällt aus wegen der Messe, Mittwoch und Samstag nachmittag sind frei. Während einer Tournée arbeite ich natürlich so viel wie möglich.«

Géza vermied das Wort »üben«, weil es schülerhaft war. Das Wort »arbeiten« hingegen klang kalt und alt und abweisend sachlich für Freddies Ohren.

»Arbeiten Sie immer Ševčik?« fügte er nach einer Weile, das Gespräch weiterschleppend, hinzu, und weil Fiori selbst mit de ausgetüftelten Finger- und Bogenstrichübungen Ševčiks ihn ein ganzes Jahr lang gemartert hatte. »Ist das nicht sehr langweilig?«

Géza verfiel in den dozierenden Tonfall seines Vaters, sich tief ins Fauteuil zurücksetzend, so daß seine Beinchen den Boden nicht mehr berührten.

»Ševčik«, sagte er, »stellt in seinen fortgeschrittenen Übungen sehr komplizierte Probleme. Er versteht das Instrument wie kein anderer. Mir macht es viel Spaß, Probleme zu lösen...«

Freddie sollte damit auf das hochmütigste belehrt werden, daß die männliche Überwindung technischer Schwierigkeiten das Um und Auf der Kunst sei. Ihre sentimentale Seite, die Glorie und das Mirakel, vom Pöbel angestaunt, ergebe sich als eine Nebenfolge der teils hartnäckig, teils spaßhaft gelösten »Probleme«. Freddie begriff nichts von diesem Snobismus des Eiskastens, der damals gerade in Mode war. Er begriff nur die hochmütige Zurückweisung durch einen ewig Überlegenen, und wiederum durchflutete ihn der bittere Schmerz des Verschmähtseins.

»Und Sie spielen alles auswendig?« sagte er leise.

Géza sah sein Gegenüber noch immer nicht an, sondern machte eine wegwerfende Geste, als bekomme er die lästige Verständnislosigkeit der Laienwelt langsam satt:

»Auswendig?« wiederholte er. »Man kann doch nicht anders musizieren als auswendig, außer bei Kammermusik. Auswendig ist doch selbstverständlich. Es bedeutet gar nichts. In meinem Alter lernt man sehr leicht...«

Géza de Varsany distanzierte sich mit diesen Worten auf das nachdrücklichste von seinem Jugendalter, auf dem der größere Teil seines Erfolges beruhte. Er sprach vollbewußt wie ein reifer Mann, bei dem nur der Körper eines Wunderkindes angestellt ist. Freddie aber hatte alle seine Patronen verschossen. Er sagte nichts mehr. Neues Schweigen. Da aber wandte Géza seinem Gastgeber den Kopf zu und musterte ihn nicht ohne Strenge:

»Und was tun Sie?« fragte er mit leichter Schärfe.

»Ich... ich...« stammelte Freddie, und es war ihm, als hätte er mit den Lippen eine elektrische Leitung berührt. Es schmeckte sauer bis an die Zungenwurzel.

»Ja, Sie, ich frage, was Sie tun...«

Freddies Kopf wurde sehr schwer, als er entgegnete:

»Ich... Ich tue nichts...«

Er war überzeugt, die volle Wahrheit zu sprechen. Denn in die Schule gehn, als rechter Flügelstürmer Fußball spielen, eislaufen, schwimmen, Marken sammeln und Detektivgeschichten lesen, das ist doch nichts, ärger als nichts!

»Nichts?« fragte Géza ziemlich spitz. »Und was tun Sie sonst?«

»Sonst tue ich auch nichts«, gestand Freddie, drückte die Fäuste auf die Magengrube und sah auf den Teppich.

»Das ist nicht viel«, meinte Géza de Varsany, und seine schwarzen Augen begannen wieder umherzuwandern und schienen nicht ohne Qual zu fragen: Warum muß ich meine Zeit in solchen Häusern und mit solchen Leuten verlieren?

»Entschuldigen Sie bitte«, schluckte Freddie und stand auf und ging hinaus...

V

Freddie stand allein und gottverlassen in seinem Zimmerchen. Entsetzt blinzelte er in den Spiegel, aus dem ihm ein widerlicher Junge entgegenstierte; ein Junge mit breiten Schultern, einen viereckigen Kopf, niedriger Stirn, struppigem Haar und auseinanderstehenden Zähnen. Mit diesem häßlichen Burschen war er identisch, obwohl ihm das keineswegs natürlich und selbstverständlich vorkam, daß er mit sich selbst identisch war und in Zukunft identisch werde sein müssen. Es wäre ihm selbstverständlicher und willkommener gewesen, hätte er den Burschen im Spiegel entlassen können wie einen schlechten Dienstboten und sich selbst verwandeln in einen feinen schmalgesichtigen Jüngling, Géza de Varsany ähnlicher und würdiger. Das Spiegelbild wich aber nicht. Da half nichts. Man mußte sich selbst, die sen unangenehmen Fremden, gefaßt ertragen, eine ganze lange Existenz hindurch.

Was blieb ihm zu tun übrig? Man konnte sich töten, erstens! Dies aber war gar nicht so leicht, und Freddie empfand trotz seines Überdrusses an sich selbst kein Bedürfnis danach, sich zu töten. Man konnte zweitens der beste rechte Flügelstürmer Europas werden. Man würde der Champion der internationalen Wettspiele in Paris, Wien, Rom, Berlin und sogar in London sein.

Die Zeitungen berichteten über solche Wettspiele auf der ersten Seite in fetten Überschriften, und nicht auf der fünften und sechsten, kurz und versteckt, wie über die Konzerte von Geigenkünstlern. Doch ist es durchaus nicht leicht, ein großer rechter Flügelstürmer und Champion zu werden. Freddie weiß schon zuviel vom Sport, um sich billigen Illusionen hinzugeben. Er ist ein guter Naturläufer, gewiß! Aber an der Zielbewußtheit hapert's, wie der Trainer vor einiger Zeit festgestellt hat. Auch ist Philipp Moeller, sein Konkurrent, zwar nicht rascher als er, aber viel leichter gebaut und entschlußkräftiger im Kombinationsspiel. Und selbst wenn man der erste Flügelstürmer Europas werden sollte?! Wovon würde das Géza de Varsany überzeugen?!

Was blieb ihm sonst zu tun übrig? Da war der geheimnisvolle Mord an den beiden Greisinnen, die ein einsames Haus am Rande der Vorstadt bewohnten. Diesen Mord, mit dessen Enträtselung die Polizei vergeblich beschäftigt war, würde er, Freddie, ganz allein aufklären, zehn geeichten Detektiven von Scotland Yard zum Trotz. Mit höchster mathematischer Exaktheit würde er aus den dürftigen Spuren das große unbekannte X errechnen und den Täter – dieser, wer zweifelt daran, ist kein Raubmörder, sondern ein finsterer Rachegeist – auf seinen vielen phantastischen Winkelwegen durch all seine hundert Verkleidungen und Finten hindurch erbarmungslos verfolgen, um ihn schließlich, das letzte unerwartete Glied der Schlußkette im Triumph aufdeckend, vor den Augen einer erschauernden Welt mit eigener Hand zu verhaften.

Obwohl solche pathetische Wirrnis seinen Sinn durchwolkte, hatte aber Freddie nicht die geringste Lust, den geheimnisvollen Mord an zwei einsamen Greisinnen aufzuklären. Diese matten und unordentlichen Träume von einer bedeutenden Lebensrolle waren nur die Wiederholung dessen, was ihm meist vor dem Einschlafen durch den Kopf ging. Sie spiegelten keineswegs die Not, die ihn seit der Begegnung mit Géza de Varsany bis zum Kehlkopf erfüllte. Er war in Wirklichkeit gar nicht mit dem Sieg seines Ichs beschäftigt. Er wußte, daß er durch nichts seine eigene Größe und Gleichberechtigung werde beweisen können. Er war ja nicht groß und gleichberechtigt, sondern ganz im Gegenteil unterm Durchschnitt, und er wollte auch gar nichts beweisen; er wollte nicht einmal bemerkt werden von de Varsany, diesem unerreichbaren Genie, hocherhoben über alle Menschen, sondern ihm nur nahe sein dürfen und dienen. Ja, dienen!! Freddie fand den Einfall durchaus nicht absurd, der ihn mit einemmal bis in die Fingerspitzen durchglühte: ich werde jetzt zu Herrn Ladislaus de Varsany hinuntergehen und mich als Diener und Sekretär anbieten. Ich kann auf der Schreibmaschine Briefe schreiben. Papa verwendet mich manchmal dazu. Ich kann Schuhe putzen, Knöpfe annähen, Anzüge bügeln. Die Eisenbahn war von Kind auf meine Schwäche. Ich kenne die Fahrpläne der großen Züge auswendig. Madrid–Stockholm, Palermo–Moskau, Sofia–Köln! Die kompliziertesten Verbindungen zusammenzustellen, das ist für mich keine Hexerei. Ich werde es besser machen als jedes Reisebüro. Ich werde auch Géza aus ernsten Büchern vorlesen, wenn er von der Musik ausruht. Ich will sofort von meinen Eltern fordern, daß sie mich mit Géza gehen lassen. Meine Eltern wissen genau, daß ich zu nichts Besserem tauge. Ich will ja auch gar nichts Besseres, Herr Professor de Varsany, als der Diener und, wenn es geht, der Sekretär Ihres Sohnes sein. In Rechnen, in der Mathematik bin ich recht gut. Auch in der Prozentrechnung...

Es war eine ernste Sekunde in Freddies Leben, als er die Klinke niederdrückte, um hinabzugehen und diesen seinen

Entschluß zu verwirklichen. Es kam aber anders, denn in der Tür stieß er mit Mama zusammen.

Mama war äußerst aufgebracht. War Mama aufgebracht, so bekam sie eine scharfe Pfauenstimme, in welcher der hochmütige Wunsch brannte, zu beleidigen. Weggeblasen waren da plötzlich alle Weisheitsbegriffe des heiligen Ostens, Gautama Buddho mitsamt seinem Nirwana, dem Schleier der Maja, der Nichtigkeit alles Erscheinungslebens, der Verwerflichkeit von Gier und Emotion, kurz jene ganze erhabene Welt, welcher Mama in ihrem Damenklub präsidierte. Bekam Mama die gewisse Pfauenstimme des Zorns, so ging Papa meist leise aus dem Zimmer, und auch Freddie wand sich vor Unbehagen. Er verabscheute Mama, wenn sie aufgebracht war wie jetzt und ihre Anklagen nur so hervorsprudelte:

»Das ist doch unerhört von dir, Freddie! Du verdirbst diesen Abend, den Papa und ich zur Nachfeier deines Geburtstages veranstaltet haben, also nur für dich. Einer der größten Künstler dieser Zeit gibt uns die Ehre, ein begnadetes Kind, das alle Welt verehrt, und spielt ein ganzes Programm in unserem Klavierzimmer. Du aber, der du ganz und gar nicht begnadet bist, statt ihm die Hände zu küssen und deinen Eltern dankbar zu sein, du räkelst dich bei Tisch herum wie ein ungehobelter Hausknecht, du bringst kein Wort heraus, du häufst dir den Teller voll und läßt ohne alle Manieren dein Essen stehn, als hätten wir nicht Miss O'Connor bei dir gehabt bis zu deinem elften Jahre; wenn Professor de Varsany spricht, dieser so bedeutende Mann, an dessen Munde du hängen solltest, ein fast erwachsener Vierzehnjähriger, da drehst du dich ostentativ weg. Nachher verschaffe ich dir, ich Idealistin, ein Tête-à-Tête mit unserem Ehrengast, diesem kleinen großen Meister, damit ihr ins Gespräch kommt, eure Meinungen austauscht – aber hast du überhaupt Meinungen? –, damit du etwas für dein Leben von diesem Abend lernst und hinübernimmst und rettest für deine Zukunft! Und du, du läßt den Ehrengast sitzen, den Meister, der von Königen, Staatspräsidenten, Ministern und Aristokraten verwöhnt wird, und absentierst dich! Warum hast du dich absentiert?!«

»Ich weiß es nicht, Mama«, sagte Freddie wahrheitsgemäß.

»Es ist die Verstocktheit in dir, Freddie«, zischte Mama und sah sehr unglücklich drein. »Ich kenne das. Du betest die Roheit an und nicht den Geist und nicht die Kultur. Es ist hoffnungslos, leider! Du willst dir von nichts und niemandem imponieren lassen... glaubst du, ich hätte nicht gemerkt, wie kritisch du Géza de Varsany angestarrt hast die ganze Zeit, direkt entlarvend...«

Freddie schwieg zu dieser erstaunlichen Feststellung:

»Jetzt gehst du augenblicklich hinunter«, befahl Mama, »und entschuldigst dich bei den Varsanys. Sie wollen aufbrechen...«

»Ich gehe nicht hinunter, Mama«, sagte Freddie mit erstickter Stimme.

»Es ist höchste Zeit«, drängte sie, »du darfst mich nicht aufhalten. Die de Varsanys nehmen schon Abschied. Sie müssen morgen bereits um neun Uhr früh abreisen! Du kommst mit mir, Freddie...«

»Nein, ich bleibe hier, Mama«, sagte Freddie, und es klang so, als denke er sehr angestrengt nach. Der große Entschluß, so ernst gefaßt, war hingeschmolzen an Mamas ätzender Stimme. Freddie fühlte sich, wie ein entgleister Zug sich fühlen mag. Er wird nicht Gézas Diener und Sekretär sein. Die Varsanys verschwinden morgen um 9 Uhr früh aus der Stadt. Die Konzertreise führt sie nach Stockholm, Bukarest, Buenos Aires oder New York. Géza hat mich schon jetzt vergessen. Ich werde ihn nie mehr wiedersehn...

Mama, die ihren Willen nicht durchgesetzt hatte, schraubte die Stimme hoch bis zu ihrem feindseligsten Grad:

»Ich weiß nicht«, klagte sie, »warum ich, gerade ich ein Kind habe, das auf einer so niedrigen Stufe der Wiedergeburt steht... Tu was du willst, Freddie! Du wirst nie und nimmer eine Seele haben!«

Nach diesem Peitschenhieb schickte Mama sich an, das Zimmer zu verlassen. Noch ehe sich aber die Tür geöffnet hatte sank Freddie langsam, ja beinahe nachdenklich, vor seiner Couch auf die Knie und verbarg sein Gesicht. Mama erschrak

Sie trat eilig hinzu und fuhr mit dem Griff aller Mütter dem Knaben unter den Hemdkragen:

»Du hast ja Fieber, Freddie«, flüsterte sie plötzlich weich und schuldbewußten Tones. Freddie schüttelte heftig den Kopf, während erstickte Konvulsionen seinen Rücken hinunterliefen. – Er hatte kein Fieber. Er hatte etwas weit Schlimmeres als Fieber. Er hatte Seele. Er hatte jene Seele, die ihm seine Mutter absprach. Aber was wissen die Väter und Mütter? Freddies Seele war durch die jähe und fassungslose Bewunderung für das unerreichbar Höhere aus ihrem Puppenstand aufgestört worden. Nicht einmal Liebe ist ein grimmigerer Stachel als diese Bewunderung für das Höhere, wer immer es verkörpere. Seele aber heißt jenes Gebrechen, von dem man sich nicht mehr erholt bis zur Todesstunde und vermutlich auch nachher nicht. Freddie hat sich gewiß nicht erholt davon, was auch aus ihm geworden sein mag, heute, zwanzig Jahre nach dem denkwürdigen Abend mit dem inzwischen längst verschollenen Géza de Varsany.

Bibliographischer Nachweis

Legenden. [Fragmente]. *Widmung.* Datiert: Breitenstein im Juli 1935. Handschrift nicht ermittelt. *Erste Legende ›Die Fürbitterin der Tiere‹.* Datiert: 12.7.1935. Handschrift nicht ermittelt. Erstmals in F. W., ›Zwischen Oben und Unten. Aufsätze, Aphorismen, Tagebücher, Literarische Nachträge.‹ Aus dem Nachlaß herausgegeben von Adolf D. Klarmann. [München–Wien:] Langen Müller 1975, S. 755–773; Textvorlage. – *Aufzeichnungen über eine Legende.* Handschrift in »Skizzenbuch Locarno April 1936« (University of California at Los Angeles); Textvorlage. [Im Anschluß an diese Eintragung folgt nach einem langen Querstrich die erste Idee zum Jeremias-Roman ›Höret die Stimme‹.] Erstmals in F. W., ›Zwischen Oben und Unten. Aufsätze, Aphorismen, Tagebücher, Literarische Nachträge.‹ Aus dem Nachlaß herausgegeben von Adolf D. Klarmann. [MünchenWien:] Langen Müller 1975, S. 773–783.

Anmerkungen

9 *Alma Manon* Gropius: Die Tochter von Walter Gropius (1883–1969) und seiner Frau Alma, geb. Schindler, verw. Mahler (1879–1964). Vgl. Peter Stephan Jungk, ›Franz Werfel. Eine Lebensgeschichte‹, Frankfurt am Main: S. Fischer Verlag 1987, S. 223 f. u. ö. Im gleichen Band sind Photographien von Alma Manon Gropius wiedergegeben.

10 *Proömium:* in der Antike Einleitung oder Vorrede zu einer Schrift;

Äquinoktial-Stürme: die z. Zt. der Tag- und Nachtgleiche besonders am Rand der Tropen auftretenden Stürme;

11 *Epihel... Ophel:* ein Irrtum FWs – in der Astronomie bezeichnet Perihelium bzw. Perihel den Punkt der Bahn eines Planeten, welcher der Sonne am nächsten ist, und

Aphelium bzw. Aphel den Punkt der Bahn eines Planeten, welcher am weitesten von der Sonne entfernt ist;

12 *Timur Lenk:* (Der lahme Timur), bekannter als Tamerlan (1336–1405), ein asiatischer Eroberer aus türkisiertem mongolischen Häuptlingsgeschlecht;

Miranda aus Monselice: nicht ermittelt;

13 *Hagiographie:* Erforschung und Beschreibung von Heiligenleben;

Jacobus de Voragine: (1228/29–1298), italienischer Dominikanermönch, Prediger, Magister der Theologie, sammelte die ›Legenda sanctorum‹, die als ›Legenda Aurea‹ bekannt geworden sind;

Daniel aus Maratha: Daniel der Stylite aus Anaplus bei Konstantinopel (409–493), brachte 33 Jahre auf einer Säule nahe Konstantinopel zu; (Maratha: möglicherweise Assoziation an den aramäischen Gebetsruf »Maran atha«, Unser Herr ist gegenwärtig);

Martinian von Caesarea: die Märtyrer und Heiligen Processus und Martinian (hingerichtet nach 67) sollen der Legende nach als römische Offiziere Petrus und Paulus während ihrer Haft bewacht haben und sollen von ihnen zum Christentum bekehrt worden sein; ein Säulenheiliger namens Martinian ist nicht bekannt; Caesarea wird im Neuen Testament u. a. im Zusammenhang mit Petrus und Paulus genannt;

17 *Franziscus:* Heiliger Franz von Assisi (eigtl. Giovanni Bernadone, 1181/82–1226), italienischer Wanderprediger und Stifter des Franziskaner-Ordens;

Johannes Chrysostomos: (354–407), seinen Beinamen (Chrysostomos: Goldmund) erhielt der heiliggesprochene Kirchenlehrer im 6. Jahrhundert;

18 *die euganischen Berge:* Euganeen (Colli Euganei), ein bewaldeter, vulkanischer Höhenzug;

Trachyt: lichtgraues, rauhes Ergußgestein;

Basalt: dichtes und feinkörniges dunkelgraues bis schwarzes Gestein;

19 *Brentanetz:* die Brenta durchfließt die venezianische Ebene; von ihr geht ein Netz von Kanälen in die verschiedenen Richtungen;
20 *Proserpina:* (lat.; griechisch Persephone), Göttin des Erdreichs, der Toten und des Jenseits;
Tarantolini: Blattfinger (Phyllodactylus europaeus);
21 *uccelleti:* Vögelchen;
22 *Monte Venda:* höchster Berg der Euganeen, 603 m ü. d. M.;
23 *Terra ferma:* terraferma, Festland, festes Land;
Abbazia: Abteikirche;
Orden der Olivetaner: Mönche vom Ölberg – Ordo Sancti Benedicti Montis Oliveti; strenger Zweig des Benediktiner-Ordens, gegründet 1313;
Minoritenmönche: Schwarze Franziskaner, Zweig des Franziskaner-Ordens mit gemilderter Regel;
Camaldolistift: Kamaldulenser, Weiße Benediktiner, Zweig des Benediktiner-Ordens mit weißen Gewändern;
Friedrich der Zweite der Hohenstaufen: (1194–1250), wuchs unter dem Einfluß griechischer und arabischer Lehrer auf; 1215–1250 König von Sizilien, 1220 zum römisch-deutschen Kaiser gekrönt;
Francesco *Petrarca* (1304–1374);
24 *Höllenabstieg Dantes:* in seiner ›La Comedia‹ und ›La Divina Commedia‹ (›Die Göttliche Komödie‹) – entstanden um 1307–1321 – schildert Dante Alighieri (1265–1321) eine Wanderung durch die drei Reiche des Jenseits: Hölle, Fegefeuer und Paradies;
Giudecca: eine zu Venedig gehörende Insel im Adriatischen Meer;
25 *Erfolge der ostindischen Kompagnie:* die Handelsgesellschaft Niederländische Ostindische Kompanie wurde 1602 gegründet;
27 *Pallas* Athene: (lat. Minerva), neben Apollo wichtigste griechische Gottheit; Schirmerin des städtisch-staatlichen Lebens, Schützerin von Handwerk, Kunst und Wissenschaft;

27 *Artemis:* (lat. Diana), Schwester des Apoll; ursprünglich Göttin des Todes, später der Jagd und der Wildtiere, auch Göttin der Keuschheit;
30 *Mutzi:* Kosename von Alma Manon Gropius, siehe Anmerkung zu Seite 9;
Christina von Truiden: die Heilige Christina von Belgien (Christina Mirabilis) wurde um 1150 in Brustem, Provinz Limburg, Belgien, geboren; um 1182, nach einer kataleptischen Krise (Starrsucht) führte sie ein strenges Büßerleben und hatte mystische Erlebnisse pathologischer Art; neun Jahre lebte sie auf dem Schloß von Léon, dann in St. Trond (St. Truiden) im Kloster Sta. Katharina, wo sie um 1224 starb; ihr Gedächtnistag ist der 24. Juli;
Thomas von Cantimpre: vermutlich der Augustinermönch Thomas Hamerken von Kempen, Thomas a Kempis (1379/80–1471);
32 *Dantes epische Wanderung:* siehe Anmerkung zu Seite 24;
36 *Schlacht bei Steppes:* im Sommer 1179 geriet Bischof Rudolf von Lüttich (reg. 1167–1191) in Krieg mit dem Grafen Gerhard I. von Loon (reg. 1171–1194/97); der Bischof verbündete sich dabei mit der Stadt St. Truiden (St. Trond), worauf der Graf zum Angriff vorging; nach kurzer Zeit gelang dann eine Friedensvermittlung; Steppes liegt südlich von St. Truiden; die Herzöge von Niederlothringen nannten sich erst später, seit Heinrich I (1186–1235) Herzöge von Brabant;

Beim Anblick eines Toten. »Bis 1954 unveröffentlichtes Fragment, geschrieben im Jahre 1938 in Paris aus Anlaß des Todes des Schriftstellers Ödön von Horváth [1. Juni 1938], zu dessen posthum erschienenem Roman ›Ein Kind unserer Zeit‹, Amsterdam. Verlag Allert de Lange, 1938, Werfel das Vorwort schrieb. Die in diesem Fragment angestellten Betrachtungen werden wieder aufgenommen in der Abteilung ›Theologumena‹ von Werfels ›Zwischen Oben und Unten‹, Stockholm: Bermann-Fischer Verlag 1946, wie auch im Roman ›Stern der Ungeborenen‹. Das Fragment bricht ab mit dem Titel des nicht mehr geschriebenen Kapitels: ›Die Zeugenschaft des Einzelnen‹.« (Adolf D. Klarmann) Handschrift in einem Ringheft (University of California at Los Angeles); Textvorlage. – Erstmals in F. W., ›Erzählungen aus zwei Welten. Dritter Band.‹ Herausgegeben von Adolf D. Klarmann. [Berlin und Frankfurt am Main:] S. Fischer Verlag 1954, S. 28–36. (Zur Datierung vgl. dort ›Anmerkungen zum dritten Band‹, S. 459).

Anmerkungen
42 *mein Freund:* Ödön von Horváth (1901–1938);
   Fliegerangriff: im chinesisch-japanischen Krieg, der im Juli 1937 ausgebrochen war;
44 *Friedhof von Troyes:* Horváth wurde am 7. Juni 1938 auf dem Friedhof von Saint-Ouen im Norden von Paris beigesetzt.

Par l'amour. »Zwischen dem 6. und 8. August [1938] verfaßte er die Erzählung ›Par l'amour.‹« (Lore B. Foltin, ›Franz Werfel‹, Stuttgart, J. B. Metzlersche Verlagsbuchhandlung 1972, S. 92). Erstmals in ›Pariser Tageszeitung‹, Jg. 4, Nr. 912, 5./6. Februar 1939, S. 3–4; Textvorlage. – Aufgenommen in F. W., ›Erzählungen aus zwei Welten. Dritter Band.‹ Herausgegeben von Adolf Klarmann. [Berlin und Frankfurt am Main:] S. Fischer Verlag 1954, S. 51–58.

Anmerkungen
52 *Le Vésinet:* bei Versailles, in der Nähe des Waldes von Saint-Germain-en-Laye;
   Sinekure: mühelos einträgliches Amt;
56 *miselsüchtig:* Miselsucht ist eigentlich Aussatz, Lepra; miselsüchtig wohl etwa mit miesepetrig, stets unzufrieden, gleichzusetzen.

Die arge Legende vom gerissenen Galgenstrick. »Geschrieben 1938. In anderen Abschriften des Dichters heißt der Titel: ›Die schlimme Legende vom gerissenen Galgenstrick.‹« (Adolf D. Klarmann) Die erste Übersetzung erschien offenbar auf spanisch u. d. T. ›El hidalgo invulnerable‹ in der deutsch- und spanischsprachigen ›Jüdischen Wochenschau/Semana israelita‹, Buenos Aires, in Fortsetzungen: 2. Jahr, Nr. 53, 25.4.; Nr. 54, 2.5; Nr. 55, 9.5; Nr. 56, 16.5.1941. »Erschien verschiedentlich auf englisch, so als ›The Bulletproof Hidalgo‹ in ›Heart of Europe, an Anthology of Creative Writing in Europe‹, herausgegeben von Klaus Mann und Hermann Kesten, New York, L. B. Fischer 1943 [S. 558–571]. In dieser Übersetzung, wie auch in dem Vorabdruck der ›Neuen Rundschau‹, [Stockholm, Bermann-Fischer Verlag, Jg. 1948, H. 1, S. 30–45], fehlt der letzte Abschnitt, der hier [F. W., ›Erzählungen aus zwei Welten. Dritter Band‹, herausgegeben von Adolf D. Klarmann, (Berlin und Frankfurt am Main:) S. Fischer Verlag 1954, S. 7–27, zum erstenmal deutsch] abgedruckt ist. Erschien englisch auch in ›Esquire‹, Februar 1941.« (Adolf D. Klarmann) Zur Datierung vgl. in F. W., ›Erzählungen aus zwei Welten. Dritter Band‹, a. a. O., S. 459, ›Anmerkungen zum dritten Band‹. Textvorlage ist der o. a. vollständige Erstdruck in F. W., ›Erzählungen aus zwei Welten. Dritter Band‹.

Anmerkungen
64 *Hidalgo:* Mitglied des niederen iberischen Adels;
   Grande: Mitglied des spanischen Hof- und Hochadels;
   Lope Félix *de Vega* Carpio: (1562–1635);
   Chef-d'oeuvre: Meisterwerk;
67 *Equipage:* Ausrüstung;
68 *indolent:* gleichgültig;
69 ›¡*Arriba España!*‹: Spanien erwache!
   Phalanx: Schlachtordnung;
71 *Kaschemme:* in der Sintisprache katsima, schlechte Schenke
72 *Francisco* José *de Goya* y Lucientes: (1746–1828);
   Skipetare: eigtl. Shqiptar, eigener Name der Albaner;

75 *ärarisch:* staatlich;
78 *Hekatomben:* in der Antike Opfer von 100 Stieren; übertragen Massenopfer;
defaitistisch: pessimistisch im Hinblick auf ein positives Ende;
80 *Schlacht bei Talavera* de la Reina: im Juli 1809; der britische Feldmarschall Arthur Wellesley, Herzog von Wellington, (1769–1852) siegte über die Franzosen unter König Joseph Bonaparte (1768–1844), dem Bruder Napoleons, seit 1806 König beider Sizilien, seit 1808 auch König von Spanien;
der sinistre Hinterkopf: der unheilvolle Hinterkopf;
Profosen: Profoß, Zuchtmeister im Heer;
81 *hereditär:* erblich, ererbt;
vor dem Caudillo defilieren: Caudillo, Häuptling, Anführer – seit 1936 war dies der Titel von Franco; defilieren: parademäßig vorbeiziehen;
82 *Don Pedro* Calderón de la Barca: (1600–1681).

Anläßlich eines Mauseblicks. »Im Sommer 1938 entstand noch der Text ›Anläßlich eines Mauseblicks‹, der zuerst in [der Sonntagsbeilage] der ›Pariser Tageszeitung‹ vom 2. Oktober erschien.« (Lore Foltin, ›Franz Werfel‹, Stuttgart: J. B. Metzlersche Verlagsbuchhandlung 1972, S. 92). Textvorlage ist der o. a. Erstdruck. – Aufgenommen in F. W., ›Erzählungen aus zwei Welten. Dritter Band‹, herausgegeben von Adolf D. Klarmann, [Berlin und Frankfurt am Main:] S. Fischer Verlag 1954, S. 37–39.

Weißenstein, der Weltverbesserer. »Die Erzählung entstand im Jahre 1939 – sie enthält FWs Reminiszenzen an das Prag des Jahres 1911.« (Peter Stephan Jungk, ›Franz Werfel. Eine Lebensgeschichte‹, Frankfurt am Main: S. Fischer Verlag 1987, S. 361) Handschrift (University of California at Los Angeles); Textvorlage. – Erschien u. a. in englischer Übersetzung als ›Weißenstein, the World Reformer‹ in ›Free World‹, III, 1942. Der deutsche originale Text wurde aufgenommen in F. W., ›Erzählungen aus zwei Welten. Dritter Band‹, herausgegeben von Adolf D. Klarmann, Berlin und Frankfurt am Main: S. Fischer Verlag 1954, S. 59–66.

Anmerkungen
89 *Lavallière-Krawatte:* angeblich nach Louise Françoise de Labaume Leblanc de Lavallière (1644–1710), der Geliebten Ludwigs XIV. benannte Krawatte; zur lockeren Schleife mit längeren Enden gebunden, im 19. Jahrhundert besonders von Künstlern getragen.

Eine blaßblaue Frauenschrift. Geschrieben Februar bis April 1940 Handschrift (University of Pennsylvania, Philadelphia). – Erstausgabe: Buenos Aires: Editorial Estrellas Ltda. 1941; Textvorlage. – Aufgenommen in F. W., ›Erzählungen aus zwei Welten. Dritter Band‹, herausgegeben von Adolf D. Klarmann, [Berlin und Frankfurt am Main:] S. Fischer Verlag 1954, S. 305–391. – Im Klappentext der Erstausgabe ist folgende Danksagung FW an den Verlag abgedruckt: »Los Angeles, Ostern 1941. Wir deutschen Schriftsteller im Exil sind dem Estrellas-Verlag von Herzen dankbar, daß er das ebenso notwendige wie mutige Unternehmen wagt, die einzigen unabhängigen Bücher in deutscher Sprache, die es gibt, zu drucken und zu verbreiten. Ich freue mich von Herzen, daß sich unter den Büchern auch ein Werk von mir befindet. Franz Werfel.« Das Impressum lautet »Esta Edición Original se terminó de imprimio el 28 de Julio 1941 – Buenos Aires. ›Estrellas‹ Editorial Ltda., Buenos Aires.

Anmerkungen
97 *providentiell:* von der Vorhersehung bestimmt;
Leonidas erlag in den Thermopylen: der spartanische König besetzte 480 v. Chr. mit 300 Spartanern und einigen tau

send Bundesgenossen den Engpaß der Thermopylen, um dem persischen König Xerxes den Zugang nach Mittelgriechenland zu verwehren; durch Verrat von Ephialtes konnten die Perser die Spartaner von rückwärts angreifen und besiegen; Leonidas und seine Soldaten hätten fliehen können – sie fielen freiwillig;

99 *Augurenlächeln:* hintergründig-wissendes Lächeln;
107 *»Dr. Vera Wormser loco«:* am Ort, also in Wien;
110 *Kronjurist:* Kronanwalt, Staatsanwalt;
113 *verifizieren:* in amtlicher Eigenschaft nachprüfen, beglaubigen, beurkunden, als wahr erweisen;
114 *inkriminiert:* angeschuldigt;
   Fée caprice: launenhafte Fee;
115 *Force:* Stärke, Begabung;
   Konzeptbeamte: Konzeptsbeamte, Beamte, die im Büro sitzen im Gegensatz zu den uniformierten im Außendienst;
118 *Rawa Ruska:* Ort in Galizien;
119 *Lemure:* Geist eines Verstorbenen, Gespenst;
   katastrophale Stufe: entscheidende Wendung;
120 *»Memorieren«:* auswendig lernen;
125 *mala fide:* wider besseres Wissen;
   Strupfen: Schuhlaschen;
   Frondeure: Anhänger einer Fronde, einer regierungsfeindlichen Partei, einer Auflehnung;
126 *Apolda:* Stadt in Thüringen;
128 *Astralleib:* im Spiritismus feinstofflicher, nach dem Tode fortlebender Leib;
   ancien régime: die alte Regierungsform, das Gesellschaftssystem vor der Französischen Revolution;
   Pater semper incertus: der Vater ist seiner Vaterschaft immer unsicher;
129 *agonischer Schlaf:* todesähnlicher Schlaf;
131 *Simplisten:* Vereinfacher;
   Partei-Spülicht: Partei-Spülwasser;
   preziös: geziert;
133 *Embarras:* Umstände;

136 *expeditiv:* (frz. expéditif), flink;
140 *Nabobs:* ind. nawaub, Abgeordneter, Statthalter; übertragen: sehr reiche Männer;
143 *pikiert:* gereizt;
147 *Galalithring:* Milchstein-, Kunsthornring;
151 *Sylphide:* weiblicher Luftgeist;
152 *äquivok:* mehrdeutig, doppelsinnig;
162 *Promemoria:* Entwurf, Eingabe;
163 *korporell:* (frz. corporel), körperlich;
164 *bummvoll:* bumvoll, sehr voll;
Tabouret: (Taburett), Fußbank, Schemel, Hocker;
167 *astigmatisch:* Astigmatismus, Stabsichtigkeit, Brechungsfehler der Augen, durch den die Bilder verzerrt erscheinen;
169 *Kadenz:* Schlußfall der Stimme;
181 *Teichoskopie:* »Mauerschau«, Mittel, im Drama nicht darstellbare Ereignisse dem Zuschauer dadurch nahezubringen, daß ein Schauspieler sie schildert, als sähe er sie außerhalb der Bühne vor sich gehen;
en petit comité: in kleiner Runde;
182 *sans gêne:* ungezwungen;
Diffizilitäten: Peinlichkeiten;
183 *Depression:* (meteorologisch) Tief;
184 *Oper:* Richard Strauss, ›Der Rosenkavalier‹;
185 *Heraklit der Dunkle:* der griechische Philosoph (Ende de 6. Jh. v. Chr.) hinterließ ein Buch ›Die Natur‹, das je doch nur in Fragmenten erhalten ist; es wurde offenba schon in der Antike nicht verstanden, so daß er den Bei namen »der Dunkle« erhielt.

Manon. »Bezieht sich auf Werfels Stieftochter Manon Gropius Erschien englisch u. a. in ›The Commonwealth‹, [XXXVI, 1 Mai 1942.« (Adolf D. Klarmann) Deutsch erstmals u. d. T. ›Ge denkblatt für Manon‹ in ›Almanach. Das siebenundsechzigst Jahr‹, [Berlin und Frankfurt am Main:] S. Fischer Verlag 195:

S. 96–104, und in F. W., ›Erzählungen aus zwei Welten. Dritter Band‹, herausgegeben von Adolf D. Klarmann, [Berlin und Frankfurt am Main:] S. Fischer Verlag 1954, S. 392–399; Textvorlage.

Anmerkungen
187 Manon: siehe Anmerkung zu S. 9;
eines meiner Stücke: ›Spiegelmensch‹;
»*Du stehst an seinem Grab*«: Dritter Teil, II:
»Thamal: So will ich harren, bis dein Herz vergab?
              Und unser Kind...
Ampheh: Du stehst an seinem Grab.«
188 ›*Die Macht des Schicksals*‹: ›Dem Italienischen des F. M. Piave frei nachgedichtet und für die deutsche Opernbühne bearbeitet von Franz Werfel‹, Mailand: Ricordi 1926;
Premiere an der Dresdner Staatsoper: unter der Leitung von Fritz Busch, in der Regie von Alois Mora;
189 *Escarpins:* Tanzschuhe;
Galanterie-Degen: Zierdegen;
Porch: frz. porche, Vorhof;
191 *Max Reinhardt:* (1873–1943), Theaterleiter, Regisseur;
Clairvoyant: der Klarblickende;
Calderón-Hofmannsthals ›*Welttheater*‹: Hugo von Hofmannsthal (1874–1929), ›Das Salzburger Große Welttheater‹. Im Vorspann des Erstdrucks, ›Neue deutsche Beiträge‹, München, Erste Folge, Erstes Heft, Juli 1922, schreibt Hofmannsthal:

»Daß es ein geistliches Schauspiel von Calderon gibt, mit Namen ›Das große Welttheater‹, weiß alle Welt. Von diesem ist hier die das Ganze tragende Metapher entlehnt: daß die Welt ein Schaugerüst aufbaut, worauf die Menschen in ihren von Gott ihnen zugeteilten Rollen das Spiel des Lebens aufführen; ferner der Titel dieses Spiels und die Namen der sechs Gestalten, durch welche die Menschheit vorgestellt wird – sonst nichts. Diese Bestandteile aber eignen nicht dem großen katholischen Dichter als seine Erfindung, sondern gehören zu dem Schatz von Mythen und Allegorien, die das Mittelalter ausgeformt und den späteren Jahrhunderten übermacht hat.«

191 *exagiert:* (frz. exageré), übertrieben,
194 *zwei Szenen der Shakespeareschen »Viola«:* aus ›Was ihr wollt‹.

Géza de Vársany oder: Wann wirst du endlich eine Seele bekommen? »In diesem Sommer 1943 schrieb FW – in Santa Barbara – auch die Novelle ›Géza de Varsany...‹; in ihrem Stil erinnert diese Erzählung ein wenig an ›Kleine Verhältnisse‹.« (Peter Stephan Jungk, ›Franz Werfel. Eine Lebensgeschichte‹, Frankfurt am Main: S. Fischer Verlag 1987, S. 429). Erstmals in Fortsetzungen in ›Sonntagsblatt Staatszeitung und Herold‹, Long Island, 12., 19., 26. 11. und 3. 12. 1944; Textvorlage Aufgenommen in F. W., ›Erzählungen aus zwei Welten. Dritter Band‹, herausgegeben von Adolf D. Klarmann, [Berlin und Frankfurt am Main:] S. Fischer Verlag 1954, S. 429 bis 448.

Anmerkungen
196 *mutierende Stimme:* im Wechsel befindliche Stimme;
199 *Kadenz:* siehe Anmerkung zu S. 169;
  umdräut: umdroht;
  jetteglitzernd: kohlschwarz glitzernd;
200 *Atout:* Trumpf im Kartenspiel;
  Pablo Sarasate: (1844–1908), spanischer Violinist;
  Jenö Hubay: (1858–1937), ungarischer Violinist;
  Jan Kubelik: (1880–1940), tschechischer Violinist;
201 *Polyphonie:* Mehrstimmigkeit; die einzelnen Stimmen weisen eine melodisch-rhythmische Eigenständigkeit auf;
  homophon: im Akkordsatz sind alle Stimmen rhythmisch gleich;

Niccolò Paganini: (1782–1840), italienischer Violinist und Komponist;

203 *Maurus (Mór) Jókai:* (1825–1904), ungarischer Schriftsteller;

204 *Ševčiksche Aufgaben:* Otokar Ševčik (1852–1934), tschechischer Violinlehrer; schrieb 1881 eine ›Schule der Violin-Technik‹ und 1904 ›Violin-Schule für Anfänger‹;

209 *Henri Wieniawski:* (1835–1880), polnischer Violinist und Komponist;

Flageolets: kleine Schnabel-Blockflöten; in der Orgel ein Flötenregister; Flageolet-Töne werden auf Instrumenten durch leichtes Aufsetzen des Fingers auf die Teilungspunkte erzeugt; es sind hohl und pfeifend klingende Töne.

Franz Werfel
Gesammelte Werke in Einzelbänden
Die Erzählungen

Band 9450 *Die schwarze Messe*. Erzählungen

Die Katze · Die Geliebte [I] · Die Diener · Der Dichter und der kaiserliche Rat · Die Riesin. Ein Augenblick der Seele · Revolution der Makulatur. Ein Märchen · Das traurige Lokal · Die Stagione · Die Erschaffung der Musik · Der Tod des Mose · Knabentag. Ein Fragment · Cabrinowitsch. Ein Tagebuch aus dem Jahre 1915 · Bauernstuben. Erinnerung · Die andere Seite · Geschichte von einem Hundefreund · Das Bozener Buch · Die Geliebte [II] · Traum von einem alten Mann · Blasphemie eines Irren · Die Erschaffung des Witzes · Theologie · Skizze zu einem Gedicht · Begegnung über einer Schlucht · Der Dschin. Ein Märchen · Spielhof. Eine Phantasie · Die schwarze Messe. Romanfragment · Nicht der Mörder, der Ermordete ist schuldig. Eine Novelle

Band 9451 *Die tanzenden Derwische*. Erzählungen

Erfolg · Der Schauspieler · Die Bestattung des Beins · Die tanzenden Derwische · Die Ehe jenseits des Todes · Pogrom · Der Tod des Kleinbürgers · Kleine Verhältnisse

Band 9452 *Die Entfremdung.* Erzählungen

Die Entfremdung · Geheimnis eines Menschen · Die Hoteltreppe · Das Trauerhaus

Band 9453 *Weißenstein, der Weltverbesserer.* Erzählungen

Legenden. Erste Legende: Die Fürbitterin der Tiere · Aufzeichnungen über eine Legende · Beim Anblick eines Toten · Par l'amour · Die arge Legende vom gerissenen Galgenstrick · Anläßlich eines Mauseblicks · Weißenstein, der Weltverbesserer · Eine blaßblaue Frauenschrift · Manon · Gèza de Varsany oder: Wann wirst du endlich eine Seele bekommen?

Franz Werfel

Das Lied von
Bernadette
Roman. Band 1621

Die Geschwister
von Neapel
Roman. Band 1806

Der Abituriententag
Roman. Band 1893

Der Tod
des Kleinbürgers
und andere Erzählungen
Band 2060

Verdi
Roman der Oper
Band 2061

Die vierzig Tage
des Musa Dagh
Roman. Band 9458

Stern der
Ungeborenen
Ein Reiseroman
Band 2063

Jeremias.
Höret die Stimme
Roman
Band 2064

Der veruntreute
Himmel
Geschichte
einer Magd
Roman
Band 5053

Nicht der Mörder,
der Ermordete
ist schuldig
und andere Erzählungen
Band 5054

Cella oder
Die Überwinder
Versuch eines Romans
Band 5706

Geheimnis
eines Menschen
Novelle
Band 9327

Barbara oder
Die Frömmigkeit
Band 9233

Die schwarze Messe
Erzählungen
Band 9450

Die tanzenden
Derwische
Erzählungen
Band 9451

Die Entfremdung
Erzählungen
Band 9452

Weißenstein,
der Weltverbesserer
Erzählungen
Band 9453

Jacobowsky
und der Oberst
Komödie einer
Tragödie
Band 7025

Fischer Taschenbuch Verlag

Franz Kafka

Amerika
Roman. Band 132

Ein Bericht für eine Akademie/Forschungen eines Hundes
Erzähler-Bibliothek
Band 9303

Beschreibung eines Kampfes
Novellen, Skizzen, Aphorismen aus dem Nachlaß. Band 2066

Brief an den Vater
Band 1629

Briefe 1902–1924
Herausgegeben von Max Brod
Band 1575

Briefe an Felice
und andere Korrespondenz aus der Verlobungszeit
Band 1697

Briefe an Milena
Herausgegeben von Jürgen Born und Michael Müller
Band 5016

Briefe an Ottla und die Familie
Herausgegeben von Hartmut Binder und Klaus Wagenbach
Band 5016

Hochzeitsvorbereitungen auf dem Lande und andere Prosa aus dem Nachlaß
Band 2067

Franz Kafka Gesammelte Werke
8 Bände in Kassette
Band 14300 / Inhalt:
Amerika / Der Prozeß /
Das Schloß / Erzählungen /
Beschreibung eines Kampfes/
Hochzeitsvorbereitungen
auf dem Lande /
Tagebücher 1910–1923 /
Briefe 1902–1924

Der Prozeß
Roman. Band 676

Sämtliche Erzählungen
Herausgegeben von
Paul Raabe. Band 1078

Das Schloß
Roman. Band 900

Die Söhne
Drei Geschichten
Der Heizer / Die Verwandlung / Das Urteil
Band 9501

Tagebücher 1910–1923
Herausgegeben von
Max Brod. Band 1346

Das Urteil und andere Erzählungen
Band 19

Die Verwandlung
Band 5875

**Franz Kafka.
Eine innere Biographie in Selbstzeugnissen**
Herausgegeben von
Heinz Politzer
Band 708

**Max Brod
Über Franz Kafka**
Band 1496

**Walter H. Sokel
Franz Kafka
Tragik und Ironie**
Band 1790

**Joachim Unseld
Franz Kafka**
Band 6493

Fischer Taschenbuch Verlag

Thomas Mann

Die Romane

Buddenbrooks
Verfall einer
Familie
Band 9431

Königliche Hoheit
Band 9430

**Bekenntnisse
des Hochstaplers
Felix Krull**
Der Memoiren
erster Teil
Band 9429

Der Zauberberg
Band 800

**Joseph und
seine Brüder**
3 Bände: 1183, 1184, 1185

Lotte in Weimar
Band 300

Doktor Faustus
Das Leben des deutschen
Tonsetzers Adrian Leverkühn
erzählt von einem Freunde
Band 9428

**Die Entstehung des
Doktor Faustus**
Band 9427

Der Erwählte
Band 9426

Die Erzählungsbände

Der Tod in Venedig
und andere Erzählungen
Band 54

Herr und Hund
Ein Idyll
Band 85

**Tonio Kröger / Mario
und der Zauberer**
Band 1381

Der Wille zum Glück
und andere Erzählungen
Band 9104

Schwere Stunde
und andere Erzählungen
Band 9105

Unordnung und frühes Leid
und andere Erzählungen
Band 9106

Die Betrogene
und andere Erzählungen
Band 9107

Wälsungenblut
Mit den Illustrationen
von Th. Th. Heine
Band 5778

Fischer Taschenbuch Verlag

Erzähler-Bibliothek

Jerzy Andrzejewski
Die Pforten des
Paradieses
Band 9330

Hermann Burger
Die Wasserfall-
finsternis von
Badgastein
*und andere
Erzählungen
Band 9335*

Joseph Conrad
Jugend
*Ein Bericht
Band 9334*

Die Rückkehr
*Erzählung
Band 9309*

Tibor Déry
Die portugiesische
Königstochter
*Zwei Erzählungen
Band 9310*

Fjodor M. Dostojewski
Traum eines lächer-
lichen Menschen
*Eine phantastische
Erzählung
Band 9304*

Ludwig Harig
Der kleine Brixius
*Eine Novelle
Band 9313*

Abraham B. Jehoschua
Frühsommer 1970
*Erzählung
Band 9326*

Franz Kafka
Ein Bericht
für eine Akademie/
Forschungen
eines Hundes
*Erzählungen
Band 9303*

George Langelaan
Die Fliege
*Eine phantastische
Erzählung
Band 9314*

D.H.Lawrence
Die Frau, die davonritt
*Erzählung
Band 9324*

Thomas Mann
Mario und
der Zauberer
*Ein tragisches
Reiseerlebnis
Band 9320*

Die vertauschten Köpfe
*Eine indische Legende
Band 9305*

Daphne Du Maurier
Der Apfelbaum
*Erzählungen
Band 9307*

Fischer Taschenbuch Verlag

fi 669/6a

Erzähler-Bibliothek

Herman Melville
Bartleby
Erzählung
Band 9302

Arthur Miller
Die Nacht
des Monteurs
Erzählung
Band 9332

Franz Nabl
Die Augen
Erzählung
Band 9329

Vladimir Pozner
Die Verzauberten
Roman
Band 9301

Peter Rühmkorf
Auf Wiedersehen
in Kenilworth
*Ein Märchen in
dreizehn Kapiteln*
Band 9333

William Saroyan
Traceys Tiger
Roman
Band 9325

Antoine
de Saint-Exupéry
Nachtflug
Roman
Band 9316

Arthur Schnitzler
Frau Beate
und ihr Sohn
Eine Novelle
Band 9318

Anna Seghers
Wiedereinführung
der Sklaverei
in Guadeloupe
Band 9321

Mark Twain
Der Mann,
der Hadleyburg
korrumpierte
Band 9317

Franz Werfel
Geheimnis
eines Menschen
Novelle
Band 9327

Carl Zuckmayer
Der Seelenbräu
Erzählung
Band 9306

Stefan Zweig
Brennendes Geheimnis
Erzählung
Band 9311

Brief einer
Unbekannten
Erzählung
Band 9323

Fischer Taschenbuch Verlag

fi 669 / 1b

Peter Stephan Jungk
Franz Werfel
Eine Lebensgeschichte
453 Seiten. Mit 38 Abbildungen. Geb.

Dies ist die erste durchgeschriebene Biographie Franz Werfels. Peter Stephan Jungk ist seinem Lebensweg von den Kinder- und Jugendjahren an nachgegangen, einem Weg, der über traumatisierenden Soldatendienst während des Ersten Weltkriegs, über Wien, Venedig, Santa Margherita und Capri nach Sanary-sur-mer ins französische Exil führt und schließlich nach waghalsiger Flucht vor Hitler-Deutschland via Spanien und Portugal in den Vereinigten Staaten, in Kalifornien, endet. Zahlreiche bisher unbekannt gebliebene Dokumente aus dem Besitz von Werfels Stieftochter Anna Mahler sowie in den Universitäten von Los Angeles und Philadelphia archivierte Notizhefte, Tagebücher, Skizzen, Urkunden und Briefe an seine spätere Frau Alma Mahler fügten dabei, zusammen mit der publizierten Primär- und der Sekundärliteratur, Mosaikstein zu Mosaikstein.

Dieses Buch ist der überzeugende Versuch einer – auf sehr selbständige Weise – persönlichen Annäherung des sieben Jahre nach Werfels Tod geborenen Erzählers Peter Stephan Jungk an einen Klassiker der Moderne.

S. Fischer